북천십이로

北天十二路

북천십이로 1

허담 新무협 판타지 소설

초판 1쇄 찍은 날 § 2012년 7월 30일
초판 1쇄 펴낸 날 § 2012년 8월 10일

지은이 § 허담
펴낸이 § 서경석

편집부장 § 권태완
편집책임 § 어정원
디자인 § 이혜정

펴낸곳 § 도서출판 청어람
등록번호 § 제1081-1-89호
등록일자 § 1999. 5. 31
어람번호 § 제2-2246호

주소 § 경기도 부천시 원미구 심곡2동 163-2 서경B/D 3F (우) 420-822
전화 § 032-656-4452 팩스 § 032-656-4453
http://www.chungeoram.com
E-mail § chungeorambook@daum.net

ⓒ 허담, 2012

ISBN 978-89-251-2965-5 04810
ISBN 978-89-251-2964-8 (세트)

北天十二路

북천십이로

1

석요송

허 담 新무협 판타지 소설

ORIENTAL FANTASY STORY

도서출판 청람

北天十三路

序

　깊은 밤 어둠을 밝히는 별처럼, 겨우내 잠들었던 생명이 눈부신 햇살에 싹을 틔우듯 그렇게 두 개의 구리거울이 모습을 드러냈다. 먼 백두에서 흘러내린 강물이 황해의 누런 물결과 조우하는 인적없는 하구의 한 자락이었다.

　두 개의 동경은 눈부셨다. 그것들은 세상의 그 어떤 보석보다도 찬란한 빛을 발했다. 어쩌면 아주 오랜 세월 동안 강과 바다의 모래에 갈고 닦여 만들어진 빛인지도 몰랐다. 그러나 그 빛 속에서 꿈틀대는 동경 표면의 빼곡한 글씨들은 결코 그것들이 세월의 힘에 갈린 것이 아님을 말해주고 있었다. 동경의 글들은 바로 어제 파 넣은 것처럼 선명하고 생명력이 넘쳤기 때문이다.

　문득 하나의 발이 잔잔한 물결 위에 작은 파문을 일으켰다. 발은 성큼성큼 물 안으로 들어오더니 두 개의 동경 앞에서 움직임을 멈췄다. 그리고 뒤이어 하나의 손에 들어와 동경들을 건져 올렸다.

"신묘하구나!"

늙은 목소리가 들렸다. 손에 들린 동경들은 물속을 벗어나자 더욱 찬란한 빛을 흘려냈다. 동경에서 나온 빛이 무지개처럼 허공으로 퍼져 나가며 동경을 건져 올린 손의 주인을 휘감았다.

노인에게서도 동경의 빛만큼이나 신비한 기운이 흘러나왔다. 어쩌면 동경의 기운이 노인을 신비한 모습으로 보이게 만드는지도 몰랐다. 백발에 백염, 노인임이 분명하지만, 동경의 빛 속에서는 노인의 나이를 쉽게 짐작할 수도 없었다. 그래서 노인은 어찌 보면 초로의 모습이기도 하고, 또 어찌 보면 백 세를 훌쩍 넘긴 듯 보이기도 했다.

그 찬란한 빛 속에서 노인이 호기심을 담은 눈으로 동경을 살폈다. 그리고는 잠시 후 나직하게 중얼거렸다.

"토정경과 금패경이라… 오행의 원리를 기술한 것이군. 그런데 이건 무학이군!"

노인의 눈에 이채가 서렸다. 그리고 좀 더 깊은 눈빛으로 두 개의 동경에 새겨진 글들을 살피기 시작했다.

찰랑거리는 물결이 노인의 무릎을 간지럽혔다. 젖은 옷자락을 타고 물기가 허벅지까지 차올랐다. 그럼에도 노인은 선 자리에서 오랫동안 움직이지 않았다. 두 개의 동경은 여전히 노인의 손에 들려 있었다. 신비한 기운도 여전히 노인을 휘감고 있었다.

그렇게 동경을 살피는 동안 노인의 표정은 변해 있었다. 모든 것을 초탈한 듯하던 노인의 얼굴에 묘한 이질감이 내려앉았다. 그에 따라 노인의 기도도 변해 있었다. 신선과도 같은 그의 모습이 서서히 사람으로 변해갔다. 그의 눈에 열락의 기운이 떠올랐다. 천하제일의 미녀를 품은 것처럼, 천하제일의 요리를 맛본 것처럼, 천하제일의 음률을 들은 것처럼 그의 얼굴은 서서히 욕망의 기운으로 덮이기 시작했다.

"하늘의 뜻인가?"

오래 침묵 끝에 노인이 중얼거렸다. 노인이 시선을 동경에게서 거뒀다. 그리고는 먼 바다를 바라봤다. 수평선에 머물던 노인의 시선이 다시 하늘로 향했다. 구름 한 점 없는 푸른 하늘이 노인의 눈을 시리게 만들었다.

"어허, 날씨가 좋구나. 참으로 좋은 날씨야."

노인이 엉뚱한 말을 중얼거렸다. 두 개의 동경은 여전히 노인의 손에 들려 있었다. 그러던 중 갑자기 노인이 동경을 머리 위로 들어 올렸다. 마치 먼 바다로 집어던질 것처럼. 동경을 집어 든 노인의 손이 부르르 떨렸다. 그의 얼굴에 수많은 갈등이 교차했다.

"화복(禍福)은 언제나 함께 온다. 기보(奇寶)는 돌이키면 마물(魔物)이다. 이 두 개의 구리거울은 천하에서 가장 존귀한 것이다. 그러나… 이것이 정녕 복일까?"

노인이 스스로에게 물었다. 다시 머리 위로 든 그의 손이 부르르 떨렸다. 어쩌면 그의 손에 들린 동경이 떨고 있는 것인지도 몰랐다.

"버려야 한다."

노인이 굳게 입술을 깨물었다. 그리고는 결심을 한 듯 힘주어 손을 휘둘렀다.

휙!

노인의 팔이 허공을 가로질렀다. 그러나 노인의 손에는 두 개의 동경이 여전히 들려 있었다. 노인의 표정이 일그러졌다.

"금온… 겨우 이 정도밖에 안 되었던가?"

노인이 자책하듯 중얼거렸다. 그때 멀리 해변에서 한 사람의 목소리가 들려왔다.

"도주, 늦었습니다."

순간 노인의 눈이 번쩍였다.

"가야 할 시간이라고?"

다시 노인이 중얼거렸다. 그리고는 두 개의 동경을 보며 아이에게 말하듯 속삭였다.

"가야 한다는구나. 아무래도… 함께 가야겠구나. 가서 증명해 보거라. 너희가 세상에 나온 이유가 무엇인지. 그리고 왜 내 손에 너희의 몸을 맡긴 것인지."

노인이 몸을 돌렸다. 그리고 천천히 눈부신 백사장을 향해, 다시 세상을 향해 느리게 걸음을 옮겼다.

第一章 석요송

　한설이 사라진 골에 봄기운이 완연하다. 잎보다 먼저 나온 산수유 꽃망울들이 노란 속살을 드러냈다. 어디선가 봄새의 울음소리도 맑게 들려왔다.

　노인과 그보다 더 늙은 노인은 천천히 산수유 꽃이 지천으로 펼쳐진 계곡으로 걸음을 들여 놓았다. 두 사람은 계곡에 들어서자 잠시 시선을 돌려 주변의 풍광을 바라봤다.

　"좋군."

　두 명의 노인 중 더 늙은 쪽이 입을 열었다.

　"그분은 산수유를 좋아하시지요."

　"음, 그랬던가?"

　"예전 남해에 거하실 때에도 주변에 산수유나무를 가득 심으셨지요."

"그랬군."

늙은 노인이 고개를 끄덕였다. 그러면서 성큼 성큼 계곡 안쪽으로 걸음을 옮겼다. 그러자 그를 따르던 다른 노인이 조심스레 물었다.

"과연 그분께서 출사를 하시겠습니까?"

"그렇게 만들어야지."

"하지만 이미 석문과의 인연은……."

"끊어진 지 오래다?"

"교통이 없었던 것은 아니지만 이미 대사의 논의가 중지된 것이 수십 년이 아닌지요?"

노인의 물음에 더 늙은 노인이 고개를 끄덕였다.

"그렇지. 그래서 더욱 그가 필요해."

"……?"

"결국 금문의 힘만으로는 부족하다는 것이지. 역시… 석문의 도움없이는 온전히 천하를 도모할 수 없어. 금문은 그 사실을 부정하려 했기에 지난 세월 실패를 거듭했던 것이네."

"그러나 지금에 와서 석문이 다시 금문의 일에 나서겠습니까?"

"어렵겠지. 하지만 불가능한 것도 아니네."

"어찌하실 요량이신지?"

"난 복잡한 것을 싫어하네. 그에게 단 두 개의 패만을 내놓겠네. 생(生)과 사(死), 선택은 그의 몫이지."

"석문이 적으로 돌아설 수도 있습니다."

"절대 그렇게 되지는 않을 걸세. 난 이 패를 만들기 위해 지난

십 년의 세월을 허비했어. 그에게 단 두 가지 길만을 만들어주기 위해서 말이야. 그도 내가 패를 내놓는 순간 깨달을 걸세. 다른 길은 없다는 걸. 그는 현명한 사람이니까."

노인의 눈에 한광이 일렁였다. 그 눈빛에 막 봄기운을 받아 깨어나던 꽃망울들이 급히 몸을 움츠렸다.

노인은 팔각의 정자에 앉아 차를 마시고 있었다. 정자 아래로 삼십여 채의 초옥이 소담스럽게 계곡을 메우고 있었다. 어디선가 깔깔거리는 아이들의 웃음소리가 들려왔다. 그 어떤 산새 소리보다도 맑고 깨끗한 소리다. 노인의 얼굴에 슬며시 웃음이 번졌다.

"그분이 곡에 드셨다는 전갈입니다."

문득 정자 아래서 단출한 차림의 중년 사내가 정자 위의 노인을 향해 입을 열었다.

"오셨는가?"

노인이 얼굴에 드리웠던 미소를 지우며 말했다.

"이각 정도면 도착하실 것입니다."

"음… 오시면 이리로 모시게."

노인의 말에 중년 사내가 고개를 숙이다가 조심스러운 표정으로 다시 물었다.

"어찌하실 생각이신지?"

"글쎄… 어찌해야 할까?"

노인의 되묻자 중년 사내가 정광을 번뜩이며 대답했다.

"지금 우리 석씨의 형제들은 그 어느 때보다도 평온한 삶을 살고 있습니다. 다시 금문과 인연을 맺는 것은……."

"기평, 자네는 세상에 나서고 싶지 않은가?"

"모멸과 멸문의 기억은 한 번으로 족하지요."

중년 사내가 대답했다.

"그 일은 자네가 태어나기 훨씬 전의 일이 아닌가?"

"사람의 기억이란 핏줄로 이어지는 것 아닌지요?"

사내가 물었다. 그러나 노인이 허허로운 웃음을 흘렸다.

"허허, 그렇지. 혈연이란 무서운 것이지. 도대체가 사라지지가 않는단 말이야. 선악의 인연까지 말이야. 그러나 기평!"

"네 어르신!"

"제대로 살려면 끊어내야 해!"

"무슨 말씀이신지?"

"자네가 태어나기 전에 일어났던 일들은 잊어버리라는 말일세. 이 생에서 맺은 인연을 감당하는 것도 힘든 게 인생이란 말이지. 하물며 태어나기 전의 과거 따위야. 그러니 온전히 살아가려면 선조의 은원 따위 단칼에 끊어내게."

"또 그 말씀이십니까?"

중년 사내가 퉁명스럽게 대답했다.

"자네 아직도 결심이 서지 않았나?"

"제가 어르신을 떠나는 일은 절대 없을 겁니다. 어르신이 아무리 떠나라 하셔도 말입니다."

"쯔쯔, 나약한 사람 같으니… 그렇게 매몰치 못해서야."

"어르신께서 석가의 사람들에게 새로운 삶을 살게 해주시려는 깊은 뜻을 모르는 것은 아닙니다. 하지만 모두가 떠나도 한 사람 정도는 어르신 곁에 남아 있어야 하지 않겠습니까?"

"그게 자네일 필요는 없어."

노인의 말에 중년 사내의 얼굴이 어두워졌다.

"차라리… 요송을 보내주십시오."

"음……."

사내의 말에 노인이 낮은 신음 소리를 냈다. 소리에서 느껴지는 고민의 깊이가 얕지 않았다.

"어르신 요송은……."

"그만하게."

"어르신!"

"내가 토하곡에 들어온 이유를 자네가 더 잘 알고 있지 않은가?"

"물론 어르신께서 요송을 걱정하시는 것은 잘 알고 있습니다. 그러나……."

"난 요송이 묘문과 같은 삶을 살게 하고 싶지 않네."

노인이 고개를 저으며 말했다.

"묘문의 일은… 그저 운이 없었을 뿐입니다."

중년 사내가 대답했다.

"진정 그리 생각하는가? 정말 그것이 묘문의 운명이었을까? 겨우 나이 사십에 죽는 것이?"

"어르신……."

"자네 말이 맞을 수도 있지. 그 또한 그 아이의 운명일 수도 있네. 그런데 그 운명의 시작이 묘문의 재주와 성정 때문이란 것은 자네도 잘 알고 있겠지?"

"물론 그렇습니다. 그 강직한 성품이 아니었다면 그 자리에서 죽음을 맞았을 리 없지요. 저라면… 몸을 피했을 겁니다. 물론 처음부터 그분을 따를 생각 같은 것도 하지 않았을 것이고……."

"맞아. 나 역시 묘문이 그를 따르는 것을 원치 않았네. 그러나 묘문은 홀로 우리 석씨 일족의 명예를 감당했지. 덕분에… 우린 시간을 벌었고 이제 멸문의 화 같은 것은 당하지 않겠지."

"그렇기는 하지요. 그러나 단지 묘문의 일로 요송을 이렇게 세상과 단절시켜 살게 한다는 것은 너무 지나친 기우가 아닐는지요?"

"아니야. 요송은 묘문의 재능과 성품을 그대로 이어받았어. 아니 오히려 더 뛰어나다고 할 수 있지. 그런 아이를 세상이 가만히 둘 것 같나? 더군다나 그분이 요송의 존재를 알게 된다면……."

"그렇다고 요송을 정말 이 토하곡에서 평생을 살게 할 수도 없지 않습니까?"

"모르지. 어쨌든 난 내가 세상을 떠날 때까지는 요송을 내 곁에 둘 생각이네. 그 이후의 삶은 그 아이 스스로 감당하겠지. 더군다나 그때쯤이면 다른 사람들이 자신의 운명을 쥐고 흔들 수 없는 힘을 가지고 될 터이고……."

"그런 생각이셨군요. 요송에게 스스로를 지킬 힘을 가질 시간을 주시려 함이군요."

중년 사내의 말에 노인이 고개를 끄덕였다.

"하하!"

"잡아 봐!"

아이들의 웃음소리가 산수유나무 사이로 퍼져나갔다. 가끔 산수유 틈에 섞여 자란 벚나무가 그 꽃잎을 눈처럼 뿌렸다.

"좋구나."

산수유 숲을 따라 난 길을 걸으며 노인이 말했다. 노인의 귀에도 아이들의 맑은 웃음이 들렸다. 간혹 눈송이처럼 흰 벚꽃의 작은 잎들이 어깨에 내려앉았다.

"외람되지만 석 어르신의 거처에는 항상 향기가 묻어나는 것 같습니다."

"향기?"

"그렇습니다. 청명한 것이……."

"후후후, 차유, 역시 자네도 늙었군."

"제 나이 벌써 일흔다섯입니다."

"벌써?"

좀 더 늙은 노인이 놀란 듯 시선을 돌렸다. 그러자 차유라 불린 노인이 쑥스러운 듯 고개를 끄덕였다.

"이런 정말 그렇군. 일흔다섯이라. 그래 그 나이면 당연히 사람의 냄새를 맡을 수 있지. 본래 사람은 누구나 자신만의 독특한 향기를 지니고 있지. 그걸 알아챌 수 있는 사람은 극히 적지만. 차유 자네가 사람의 향기를 맡을 수 있다니 축하할 일이군."

"부끄럽습니다."

차유라 불린 노인이 고개를 숙여 보였다. 그러자 좀 더 늙은 노인이 정색을 하며 물었다.

"난 어떤가?"

"예?"

"내게선 어떤 냄새가 나느냔 말일세."

순간 노인 차유의 얼굴에 당혹스러운 빛이 흘렀다.

"대답을 할 수 없을 만큼 고약한가?"

"그, 그럴 리가 있겠습니까? 다만……."

노인 차유가 망설였다.

"말해보게."

좀 더 늙은 노인이 차유의 대답을 재촉했다. 그러자 차유가 공손하게 입을 열었다.

"제가 어렴풋이 사람의 냄새를 맡기 시작했을 때 도주님에게 선 솔향이 나셨지요."

"솔향이라… 하하 즐겁군. 좋아."

"그런데……."

차유가 말꼬리를 흐리자 노인의 표정이 살짝 변했다.

"지금은 아니란 말인가?"

"언제부터인지 도주님에게서는 향기가 사라졌습니다. 그 게… 사라진 것인지 제가 맡지 못하는 것인지 모르겠지 만……."

"음……!"

"그게 얼마나 되었지?"

노인의 질문에 차유가 잠시 생각에 잠겼다가 대답했다.

"정확히는 알 수 없으나 아마도… 그때 그 일이 있은 후부터 인 듯싶습니다."

"그 일?"

"예! 석 대협이 죽던 그 당시부터……."

"묘문이 죽었던 그때?"

"그렇습니다."

노인 차유가 고개를 끄덕였다. 그러자 도주라 불린 노인의 표정이 급격하게 어두워졌다. 그는 더 이상 입을 열지 않고 노란 산수유 숲과 그 숲 사이로 흩날리는 벚꽃 물결을 응시했다. 그러더니 한순간 깊은 한숨을 내쉬었다.

"가지."

"죄송합니다. 제가 괜한 말을……."

"아니야. 잘 말해주었네. 내 잠시 이곳의 향취에 젖어 감상에 빠져 있었어. 이 얼마나 후안무치한 일인가? 향기가 없는 자가 감히 석가의 장원에 와서 그 향취에 빠지다니. 더군다나 그 석가의 향을 앗으려는 내가 말이야. 허허!"

"도주!"

"가세."

도주라 불린 노인이 걸음을 옮겼다. 여전히 산수유 꽃망울과 벚꽃이 그들의 앞길에 드리웠지만, 웬일인지 그들이 지나간 자리에서는 향기가 사라지는 것처럼 느껴졌다.

꽃의 향기를 없애며 한동안 걸음을 옮기던 노인의 발이 다시 멈췄다. 어느새 아이들의 웃음소리도, 깊은 숲에서 들려오던 새소리도 더 이상 들려오지 않았다. 천지가 문득 깊은 고요에 빠진 것처럼 느껴졌다. 그러나 소리가 아주 없는 것은 아니었다.

졸졸졸……

산수유 숲을 가로질러 흐르는 작은 개울물이 여전히 소리를
만들어내고 있었다. 그러나 그 시냇물 흐르는 소리는 마치 침묵
에 빨려 들어가는 것처럼 금세 지워졌다.

도주라는 노인을 따르던 차유가 의아한 눈으로 노인을 바라
봤다. 그런 차유의 눈에 한 곳을 응시하고 있는 노인의 눈이 들
어왔다. 차유의 눈길도 자연스럽게 노인을 따라 움직였다.

"흐흐흥!"

그러고 보니 물 흐르는 소리만 존재하는 것이 아니었다. 시냇
물 흐르는 소리에 섞여 작은 사람의 소리도 있었던 것이다. 깊
은 어둠속에서 한 줄기 가는 빛이 흘러나오듯 그렇게 냇물과 사
람의 소리가 함께 가는 선을 만들며 산수유 숲을 떠돌고 있었
다.

"이상한 아이군."

문득 도주라는 노인이 입을 열었다.

"글쎄요. 제 눈에는 그저 평범해 보입니다만……."

"그래. 평범하지. 그런데 너무 평범해. 나와 비슷하지 않나?"

"무슨 말씀이신지?"

"향기가 없어."

"네?"

차유가 의아한 표정으로 되물었다.

"어린놈이 향기가 없어. 그렇지 않은가?"

그러자 차유가 개울가에서 무엇인가를 씻고 있는 소년을 신
중하게 살폈다. 그리고는 고개를 갸웃하며 말했다.

"역시 그렇군요."

"후후, 자네도 알아챌 수 없다면 과연 고절하군."

"무슨 말씀이신지 모르겠습니다. 설마 저 아이가 스스로 자신의 체취를 숨기고 있다는 말씀이신지요? 만약 그렇다면 전 도주님의 말을 믿지 못하겠습니다. 천하의 그 누구도 저 나이에 자신의 향기를 숨기지는 못하지요."

"내 말은 그런 게 아닐세. 저 아이가 스스로 자신의 향을 숨겼다는 것이 아니야."

"그럼……?"

"누군가 저 아이의 몸에 제약을 가했어. 일부러 생기를 죽여 놓았다는 말일세."

"그게 가능한 일입니까?"

"오직 한 사람만이 가능하지."

"설마 그분을 말씀하시는 것인지……?"

"맞네. 석숭, 그라면 가능하네. 자네도 석가의 비전절학에 대해서 알고 있지?"

"구변환공 말이신지요?"

"그래, 구변환공. 그 무공에 능통한 자라면 사람의 향을 없앨 수 있지."

노인의 말에 차유가 고개를 끄덕였다.

"구변환공이 천하에서 가장 기이한 무공이라는 것은 들어 알고 있습니다. 누군가는 천하제일환술이라고도 하더군요."

"맞는 말이네. 천하제일환술이라 할 수 있지. 그러나 사람들이 모르는 것이 있네. 사실 구변환공이 그저 단순한 사술이 아니라는 것을 사람들은 모르지. 구변환공에는 세인들이 생각지 못하는 심오한 무학이 담겨 있다네."

"그런가요? 하긴 석가의 역사를 생각해보면 결코 단순한 환술일 리는 없지요."

차유가 다시 고개를 끄덕였다. 그러자 노인이 잠시 생각에 잠겼다가 입을 열었다.

"저 아이와 이야기를 좀 나눠봐야겠군."

"도주님, 시간이……."

"잠시면 되네."

차유의 만류를 뒤로하고 노인이 개울가 아이에게 다가갔다.

아이는 외인이 자신에게 다가오는 것도 모르는지 여전히 고개를 개울가에 숙이고 무엇인가를 열심히 손질하고 있었다.

"애야. 뭘 그리 열심히 하느냐?"

아이 앞에 다가선 노인이 물었다. 그제야 아이가 고개를 들어 노인을 바라봤다. 노인의 눈이 재빨리 아이의 전신을 살폈다.

"할아버지는 누구세요?"

나이는 대략 십이삼 세 가량, 그런데 말하는 품새가 그 나이 또래의 아이에 비해 어눌하다. 한눈에 보아도 무언가 부족한 아이임을 알 수 있었다.

"이곳에 사느냐?"

노인이 대답 대신 다시 질문을 던졌다. 그러자 아이가 말없이 고개를 끄덕였다.

"음, 그렇구나. 그런데 지금 뭘 하고 있었느냐?"

"할아버지는 누구세요?"

이번에는 아이가 노인의 질문에 대답을 하지 않고 노인의 정체를 물었다.

"난, 이곳 곡주님의 친구란다."

"곡주님의 친구시라고요?"

아이가 되물었다.

"그렇단다. 그런데 뭘 하고 있었지?"

노인이 집요하다 싶을 만큼 아이가 하고 있던 일에 대해 물었다. 그러자 아이가 팔뚝만 한 쇠막대기를 집어 들며 말했다.

"칼을 만들고 있었어요."

"칼?"

노인이 되물었다.

"네."

노인의 시선이 아이의 손에 들려 있는 쇠몽둥이로 향했다. 두툼한 쇠몽둥이는 칼이 되기에는 너무 두꺼워 보였다. 더군다나 불에 달구지도 않은 쇠를 숫돌에 갈아 칼로 만든다는 것은 무모한 일이 아닐 수 없었다. 아마도 노인이 아니라 다른 사람이 아이의 말을 들었다면 허튼짓을 한다고 아이를 놀려댔을 터였다. 그러나 노인은 아이를 놀리는 대신 무척 심각한 표정으로 다시 물었다.

"그 쇠몽둥이로 말이냐?"

"네."

"누가 네게 그 쇠몽둥이로 칼을 만들라고 했지?"

노인의 질문에 아이가 잠시 어리둥절한 표정을 짓더니 고개

를 갸웃거리기 시작했다. 그러자 노인이 아이의 대답을 재촉했
다.

"누가 시킨 일이더냐?"

"그… 그게… 모르겠어요."

"무슨 소리냐?"

"누가 시킨 것 같기는 한데 그게… 아, 정말 누가 시켰지?"

아이의 표정이 조금씩 일그러졌다. 자신에게 칼을 만들라고
시킨 사람을 기억해 내기가 힘든 모양이었다. 그러자 노인이 아
이를 말렸다.

"되었다. 생각이 나지 않으면 애써 대답할 필요없다. 그나저
나 지루하지 않느냐? 다른 아이들은 산으로 들로 뛰어놀고 있는
데……."

노인의 말에 아이가 금세 풀이 죽은 표정으로 중얼거렸다.

"친구들이 나와 놀아주지 않아요."

"저런, 왜?"

"제가… 바보래요. 그래서 매일 놀리기만 하고… 전 칼을 만
들래요. 그게 좋아요. 마음이 편해져요."

아이가 노인과 더 이상 말을 하고 싶지 않은지 다시 고개를
숙이고 쇠몽둥이를 숫돌에 대고 밀기 시작했다. 그런 아이의 모
습을 노인은 한동안 지켜보고 있었다. 그러자 노인을 수행하던
차유가 조심스레 입을 열었다.

"도주님, 가셔야지요."

"음, 그래. 가야지."

노인이 고개를 끄덕였다. 그러면서도 노인은 여전히 아이에

게서 눈을 떼지 못했다. 그렇게 잠시 망설이던 노인이 갑자기 뜻밖의 말을 아이에게 던졌다.

"얘야. 내 부탁을 하나 들어주겠느냐?"

노인의 말에 아이가 다시 고개를 들었다. 아이가 어수룩한 눈으로 부탁이 뭐냐고 묻고 있었다.

"들어주겠느냐?"

"예. 곡주님 친구시라니까요. 그런데… 어려운 부탁인가요?"

아이가 조금 걱정스러운 표정으로 물었다.

"하하, 아니다. 그리 어려운 부탁은 아니다. 지금부터 이각 정도 있다가 샘물을 길어 곡주님이 있는 곳으로 올 수 있겠느냐?"

"샘물은 왜요?"

"음, 내가 곡주님께 선물을 하기 위해 아주 귀한 차를 가져왔단다. 이 차는 너무 귀중한 것이라 아무 물에나 달여 먹을 수 없다. 오직 갓 길어 올린 깨끗한 물이라야 차 맛을 제대로 낼 수 있지."

노인의 말에 아이가 미소를 지으며 고개를 끄덕였다.

"걱정 마세요. 제가 아주 좋은 물을 알고 있어요."

"오! 그러냐? 그것참 다행이구나. 그럼 꼭 부탁한다. 그런데 아이야 네 이름이 뭐지?"

"전 석요송이라고 해요. 그리고 물은 꼭 길어 갈게요. 제가… 약속은 꼭 지켜요."

"하하, 아주 착한 아이로구나. 암, 사내는 반드시 약속을 지켜야 하는 법이지. 자, 우린 그만 가세."

노인이 차유를 보며 말했다. 그러자 차유가 의뭉스러운 표정을 지으면서도 노인을 따라 걸음을 옮겼다.

"왜 그런 부탁을……?"

아이에게서 멀어지자 차유가 노인에게 물었다. 그러자 노인이 심각한 표정으로 대답했다.

"어쩌면… 내 평생의 고민을 해결할 수도 있겠어."

"무슨 말씀이신지……?"

"령의 세상을 만들 수 있을지도 모르겠네."

"금령 아기씨 말입니까?"

"그래."

"그야 아기씨의 재능이라면……."

"부족했지. 그 아이의 재능이 하늘에 닿아 있다고 해도 단 하나가 부족했어. 그런데… 그 하나를 채울 수 있을지도 모르겠네."

"전 통 무슨 말씀이신지……?"

"두고 보게 두고 보면 알게 될 게야. 허! 이곳에서 인검의 재목을 보게 될 줄이야."

노인이 탄식을 흘리고는 산수유 숲으로 사라졌다.

"오시는군요."

노인에게 기평이란 이름으로 불린 사내가 산수유 숲에서 이어진 길을 따라오는 두 명의 노인을 발견하고는 긴장한 목소리로 말했다. 그러자 정자 위의 노인이 자리에서 일어났다.

"가세. 앉아서 맞을 수야 없지."

노인이 한 발을 허공에 디뎠다. 그러자 거짓말처럼 그의 몸이 허공에 떠오르더니 정자를 벗어나 구름을 탄 듯 가볍게 땅에 내려섰다. 고절한 신법이 아닐 수 없다. 그러나 사내 기평은 이런 노인의 모습을 하루 이틀 본 것이 아닌 듯, 놀라는 기색도 없이 노인을 따라 정자에서 내려섰다.

정자를 내려선 노인은 어느새 삼사 장을 이동해 두 노인에게 다가서고 있었다. 양쪽의 네 사람은 순식간에 거리를 좁혔다.

"오셨습니까?"

정자에서 내려선 노인이 정중하게 머리를 숙여 손님을 맞이했다. 그러자 앞서 도주라 불린 노인이 가볍게 고개를 끄덕여 인사를 받았다.

"아우님, 잘 지내셨는가?"

도주라 불린 노인의 목소리가 부드럽다.

"저야 이 산골에서 철 지나는 줄 모르고 지내고 있지요."

"하하하, 그렇군. 역시 좋은 몫을 타고난 사람은 다르다니까. 이 토하곡은 참으로 좋군. 토하곡의 곡주로 사는 아우님의 신세가 한없이 부럽네."

"도주께서는 어찌 지내셨는지요?"

"나야 뭐 그럭저럭… 그나저나 이렇게 세워둘 셈인가? 이제 죽을 때가 되어서인지 다리에 힘이 빠지는군."

"그러실 리가요. 도주께서는 여전히 정정하십니다. 볕이 좋으니 초옥으로 가시지 말고 정자에 오르시겠습니까?"

"좋지. 그러세."

도주라 불린 노인이 선선히 대답을 하고는 자신이 먼저 정자 위로 걸음을 옮겼다.

"십 년만인가?"

정자에 오르자 도주라 불린 노인이 산수유가 흐드러진 풍광을 살피며 물었다. 그러자 손님을 맞은 노인이 대답했다.

"그렇지요."

"음… 정말 오랜만이군."

"세월이……."

"후후 빠르지. 그래서 그런지 요즘 들어 마음이 조급하군. 세상의 일이 분주해. 남은 날은 많지 않고……."

도주라는 노인이 넋두리를 흘렸다.

"뒷일은 후대에 맡기심이……?"

산수유 계곡의 곡주가 조심스럽게 말했다. 그러자 도주라는 자가 말꼬리를 흐렸다.

"글쎄……."

"생전에 대업의 성취를 보시려는지요?"

"그런 욕심은 없네. 하지만… 그 기반은 확실히 닦아둘 생각이네. 그래서… 아우님을 찾아온 걸세."

"그건……."

"물론 아우님의 생각을 모르는 바가 아니야. 석문은 더 이상 우리 금문과 한길을 가지 않겠다는 아우의 뜻은 이미 오래전부터 알고 있었으니까."

"금문과 인연을 끊는 것이 아니라 세상의 권세에 뜻을 두지 않은 것이지요."

"음… 결국 같은 말 아니겠나?"

"이제 우리 석씨 일족은 뿔뿔이 흩어져 예전과 같은 도움을 드리기도 힘들지요."

"그 또한 알고 있네. 지난 수십 년 동안 아우가 석씨 일족을 흩어 천하 각지로 떠나보냈다는 사실을 말일세."

"그러니 더 이상 어찌 금문을 도울 수 있겠습니까?"

"하하하, 비록 석문의 형제들이 천하에 흩어졌다고는 하나 핏줄이란 것이 떨어져 산다고 끊어지는 법이던가? 질긴 혈연의 끈은 한곳을 당기면 실타래처럼 끌려오게 마련이지."

순간 노인의 눈빛이 흔들렸다.

"진정 석문을 다시 강호에 불러내려 하십니까?"

"내 부탁함세."

도주라 불린 노인이 서늘한 안광을 흘리며 말했다. 그의 눈빛은 부탁을 하는 자의 시선이 아니었다. 그건 절대자의 눈이었다. 그러나 산을 쪼갤 듯 강렬한 시선에도 불구하고 맞은편에 앉은 토하곡의 곡주는 미동이 없다. 표정의 변화가 없어서 그저 산들바람에 실려오는 산수유 꽃내음을 음미하는 듯 보일 뿐이었다.

"부탁함세."

도주라 불린 노인이 다시 입을 열었다. 그러자 토하곡의 곡주가 천천히 입을 열었다.

"이미 묘문의 목숨으로 석가와 금문의 인연은 끝을 보았다고 생각합니다만……."

"음… 역시 거절인가?"

"더군다나 이미 석문의 가족들은 천하로 흩어졌으니 도주를 돕는 것은 불가능한 일입니다."

토하곡 곡주의 말에 도주라 불린 노인이 잠시 생각에 잠겼다가 품에서 한 장의 양피지를 꺼내 들었다. 그리고는 부드러운 바람에 실어 양피지를 토하곡 곡주를 향해 날려 보냈다. 그러자 신기하게도 노인의 손을 떠난 양피지가 살랑살랑 나비의 날갯짓을 하며 토하곡 곡주의 무릎까지 날아왔다. 양피지가 무릎에 앉자 토하곡의 곡주가 나직한 한숨을 내쉬며 말했다.

"하… 도주님의 무공은 제가 예측할 수 없는 궁극지경에 이르셨군요."

"후후, 회광반조라고 아나? 죽기 전에 바짝 힘 한번 써본 것이라네."

"도주님의 천명은 아직 현세에 남아 계십니다."

순간 도주라 불린 노인의 눈빛이 반짝였다.

"별을 읽었군."

"귀인을 맞으며 어찌 천기를 살피지 않을 수 있겠습니까?"

"그래 내 수명이 얼마나 남았던고?"

"십 년은 충분하십니다."

"십 년이라… 그럼 아우님은?"

"천기를 읽는 자는 자신의 운명을 보지 않지요."

"하하하! 천기를 거스를 수도 있다는 말로 들리는군."

"순응할 뿐입니다."

"그 물건을 살펴보시게."

도주라는 노인이 눈으로 양피지를 가리켰다. 그러자 토하곡의 곡주가 양피지에 눈길을 주었다. 그런데 양피지를 살피던 토

하곡 곡주의 표정이 서서히 굳어지기 시작하더니 한순간 고요
하던 그의 얼굴에 폭풍과도 같은 분노가 일렁였다.

"잘 보셨는가?"

"도주……!"

토하곡의 곡주가 차가운 음성을 흘려냈다.

"난 그것과 닮은 열다섯 장의 양피지를 가지고 있네. 그 안에
쓰여 있는 사람의 이름은 모두 오백칠십둘. 그들의 나이, 그들
의 부모, 그들이 사는 곳이 함께 적혀 있지."

노인의 말에 토하곡의 곡주가 서릿발 같은 시선으로 노인을
응시했다. 그러다가 서서히 노기를 가라앉히며 이번에는 나직
하게 한숨을 내쉬었다.

"도주께서는 정말 무서운 분이시군요."

"그저 절박하다고 해두세. 그만큼 난 아우님의 힘이 필요해."

"묘문의 죽음과 바꾼 약조를 깨시겠다는 것입니까?"

"미안하이."

도주의 대답이 단호하다. 그러자 토하곡의 곡주가 나직하게
말했다.

"석가는 약속을 중시하지요."

"알고 있네. 석가의 자손들은 한 번 한 약속을 반드시 지킨다
는 것을!"

"하면 이 부탁을 들어드리기 어렵다는 것도 예상하셨겠군
요."

"물론 예상했네. 해서 그 양피지를 준비한 것이지."

"도주님의 청을 거절하면 석가의 씨를 말리시겠다는 것입

니까?"

"비슷하네."

"그럴 경우 우리 석가가 금문의 적이 될 수도 있음은 생각하셨는지요?"

토하곡주의 말에 도주라 불린 노인이 잠시 상대를 바라보다 고개를 끄덕였다.

"그럴 수도 있다고 생각했네."

"그리되면 금문의 꿈은 다시 수백 년 뒤로 미뤄질 것입니다. 물론 우리 석문도 당대에 멸족을 당하게 되겠지요."

"그리되어서야 되겠는가?"

노인이 고개를 저으며 말했다.

"석문을… 그만 놓아주십시오."

토하곡주가 단호하게 말했다. 그러자 노인이 대답을 하는 대신 잠시 침묵을 지켰다. 그런데 그때 정자 아래 한 소년이 나타났다. 도주라는 노인이 토하곡주에게 오는 도중 만났던 요송이라는 아이였다.

"네가 웬일이냐?"

아이의 등장에 토하곡주가 당혹스러운 표정으로 물었다. 그러자 아이가 대답했다.

"손님께서 차를 달여 마신다고 샘물이 필요하다고 해서 물을 길어 왔어요."

순간 토하곡주의 눈이 빠르게 도주라 불린 노인에게로 향했다. 노인은 토하곡주의 시선을 모른 척하며 아이에게 말을 건넸다.

"고맙구나, 내 부탁을 잊지 않고 들어주어서."

"전 약속은 꼭 지켜요. 토하곡에서는 꼭 그래야 해요."

"오냐. 역시 석문의 후인답구나. 이리로 물을 좀 가져다주지 않으련?"

노인의 말에 아이가 커다란 나무 물통을 들고 정자 위로 올라왔다. 그리고는 정자 한쪽에 물통을 놓으며 물었다.

"그런데 불도 없이 어떻게 차를 달이죠?"

"하하 걱정 말거라. 다 방법이 있으니… 이보게 차유, 다기를 좀 내어 주게."

노인의 말에 그의 뒤쪽에 앉아 있던 차유가 품속에서 작은 차병과 찻잔 두 개를 내어 놓았다. 아마도 평소 차를 즐기는 모양으로 다기를 몸에 지니고 다니며 수시로 차를 달여 마시는 모양이었다.

차유가 다기를 내어 놓자 노인이 소년이 길러온 물로 다기를 한 번 행군 후 차병에 물을 부었다. 그리고는 품속에서 한지로 싼 차를 꺼내더니 차병에 넣은 후 가만히 손바닥 위에 차병을 올려놓았다. 그러자 잠시 후 놀라운 일이 일어났다.

第二章 목숨의 약속

하늘빛을 닮은 청자 차병이 노인의 손 위에서 서서히 붉은빛을 띠기 시작했다. 노인은 무심한 표정으로 자신의 손에 올려진 차병을 바라보고 있었는데 극양의 진기를 끌어내 차병을 달구고 있으면서도 그의 얼굴은 평온하기 이를 데 없었다.

노인의 전율적인 공력에 토하곡의 곡주와 그 뒤에 앉아 있는 기평이라는 중년 사내 얼굴이 돌덩이처럼 굳어갔다. 노인의 무공에 대해선 오래전부터 알아온 그들이었지만 오늘 노인이 보여주는 공력의 깊이는 그들이 상상하던 것 그 이상의 경지였다.

치이이!

한순간 차병에서 물이 열기를 이기지 못하고 비명을 흘렸다. 그러자 노인이 천천히 차병을 내려놓았다. 그리고는 가볍게 손짓을 하자 두 개의 찻잔이 그의 앞으로 이동했다. 격물의 수법이야 웬만한 상승 고수는 어렵지 않게 할 수 있는 것이지만 찻잔을 움직이는 도주라는 노인의 격물은 강호에 알려진 수법과는 또 다른 경지였다.

쪼르르!

찻물을 따르는 것은 노인을 시종해온 차유가 맡았다. 차유는 조심스러운 움직임으로 도주라는 노인이 우려 놓은 차를 잔에 따랐다. 차유는 찻잔에 차가 가득 차자 다시 조심스럽게 뒤로 물러났다.

"아우님 한 잔 드시게."

도주라는 노인이 스윽 손짓을 하자 차를 가득 담은 찻잔이 미끄러지듯 토하곡주 앞으로 밀려갔다. 그러자 토하곡주가 눈으로는 노인을 응시하면서도 가볍게 손을 들어 밀려오는 찻잔을 집어 들었다.

"적당하게 우려졌군요. 역시 차에 대한 도주님의 식견은 놀랍습니다. 십 년 만에 다시 이 차를 맛보는군요."

"음, 당시에는 묘문의 상중이라 제대로 차를 우릴 수 없었지. 하지만 오늘은 다를 걸세. 제대로 차 맛을 볼 수 있을 거야. 한 번 맛을 보게."

노인의 말에 토하곡의 곡주가 천천히 차를 한 모금 입에 머금었다. 그리고 잠시 입안에서 찻물을 굴린 후 가볍게 목 안으로 삼켰다.

"좋군요. 청도의 차가 유명하다더니 명불허전입니다."

"하하하, 곡주의 칭찬을 들으니 힘이 나는군. 차에 관한 한 아우님의 감평을 따를 사람이 없지. 어디……."

노인이 자신이 다린 차를 입으로 가져갔다. 그리고는 한 모금 차를 마신 후 고개를 끄덕이며 말했다.

　"좋군. 내가 우렸지만 근래에 맛본 차 중 제일이야."

　"청도는 차가 자랄 만한 기후가 아닌데 어찌 차나무를 키워 내시는지……."

　"허허, 세상에 사람이 하지 못할 일은 없네. 본래 청도는 나무 한 그루 자랄 수 없는 곳이었지. 하지만 지금은 천하의 그 어떤 섬보다도 아름다운 숲을 가지고 있네. 하물며 차나무를 키우는 것쯤이야… 차가운 해풍을 맞아서 그런지 차 맛도 깊고 강해. 음, 어떤 면에서는 유한 아우님의 취향에 맞지 않을 수도 있겠 군."

　"아닙니다. 도주님의 옛 모습을 아는데 제가 어찌……."

　"청도로 들어갈 때를 말함인가?"

　"그렇습니다. 그때는… 저도 무척 어렸지요."

　"그랬지. 나도 지금과는 달랐지. 세속의 일을 온전히 떨쳐버 렸다고 생각했으니까."

　"다시 그때로 돌아갈 수는 없겠지요?"

　"어려운 일이지. 노형님의 천하대업에 실패한 이상 그 업은 결국 내가 짊어져야 하는 것이니까. 벌써 반백 년 전의 일이군."

　"그때의 사람들은 모두 죽었지요."

　토하곡주의 말에 도주라는 노인이 빙그레 미소를 지었다.

　"내게 야욕을 버리라고 말하고 싶음인가?"

　"외람되지만 도주님께서도 그 시절을 그리워하리라 생각합 니다."

"하하하, 이래서 아우님의 무서운 거야. 내 속을 나보다 더 잘 알고 있거든. 맞네. 난 그 시절이 그리워. 더군다나 내 나이 백 살이 훌쩍 넘어 죽음을 앞두고 있으니 더욱 그 시절이 그립군. 하지만… 아우님, 난 그리 대단한 사람이 아닐세. 용기도 없을 뿐더러… 사실은 욕심도 많아. 그러니… 도와주게."

도주의 말에 토하곡주가 즉시 고개를 저었다.

"말씀드렸듯이 불가합니다."

"정녕 이 노형의 손에 피를 묻혀야겠는가?"

"석문의 도움이 없어도 도주께선 충분 세상을 경영하실 수 있습니다. 그러하시거늘 왜 굳이 우리 석씨 일족을 원하시는 것입니까?"

토하곡주의 물음에 노인이 고개를 저었다.

"아니. 석문의 도움 없이는 천하를 얻을 수 없네. 물론 천하의 한 부분을 차지할 수는 있겠지. 그러나 난 완벽한 천하제패를 바라네. 시작을 하지 않았다면 모를까. 일단 시작을 한 이상은……!"

"설마 선문까지도 염두에 두고 계시는 것입니까?"

"우리의 뿌리가 해동에 있지 않은가?"

"그러나 그건 너무도 위험한 일입니다. 설혹 석문의 형제들이 다시 강호에 나간다 한들… 묘문의 죽음을 잊지 마십시오."

"그래. 계림에서 묘문을 잃고 난 후 나도 선문을 상대하는 일은 불가능하다고 생각했었지. 그러나 최근 들어 난 그들을 상대할 방책을 찾아냈네."

순간 토하곡주의 눈빛이 번쩍였다.

"그 방도가 대체 무엇인지요?"

"그걸 말해줄 수는 없네. 석문이 다시 세상에 나오겠다면 그 때 말해주겠네. 하지만 한 가지는 확실하네. 내가 찾은 방책이라면 분명 선문을 상대할 수 있는 것이네. 어떠신가? 날 믿고 다시 출사를 하는 것이……?"

노인의 권유에 토하곡주의 눈빛이 잠시 흔들렸다. 그러나 이내 다시 그는 고개를 저었다.

"아무래도 그건 어렵겠습니다. 저로서는 이미 천하에 흩어져 제각기 자신의 삶을 살고 있는 형제들을 다시 강호의 혈원에 끌어들일 수는 없습니다."

토하곡주의 대답에 노인이 실망한 표정을 지으며 한숨을 쉬었다.

"아우님, 결국 내가 어려운 선택을 하게 할 셈인가?"

"도주께서 석가의 힘을 조금이라도 염두에 두신다면… 석가와 원한을 맺지는 않으시리라 생각합니다."

"허허……! 내 석문의 힘을 모르는 바는 아니지. 하지만 나로선 반드시 석문의 도움이 필요하고… 어쩐다?"

노인이 난처한 표정을 지으며 다시 찻잔을 입으로 가져갔다. 그리고는 가볍게 차를 입에 무는 그 순간 갑자기 노인의 손에 들려 있던 찻잔이 토하곡주를 향해 날아갔다.

팡!

공기가 갈리는 날카로운 소음이 일어나며 노인의 손을 떠난 찻잔이 비수처럼 토하곡주의 아미를 파고들었다. 그러자 토하곡주가 번개처럼 팔을 휘둘렀다. 길게 늘어진 그의 소맷자락이 깃발처럼 펄럭였다. 그러자 토하곡주를 향해 날아들던 찻잔이 그의 소맷자락에 휘감겨 순식간에 그의 손아귀로 들어갔다.

그런데 도주라는 노인의 공격은 그걸로 끝이 아니었다. 노인이 앉은 자세 그대로 허공으로 떠올랐다. 어느새 그의 손에 한 자루 옥빛 부채가 들려 있었다.

위잉!

부채가 한 번 허공을 젓자 갑자기 광풍이 일어났다. 정자 위의 모든 것을 날려버릴 듯한 강맹한 바람이 폭풍처럼 토하곡주를 쓸어갔다.

"도주! 진정 석가를 적으로 돌릴 셈이시오?"

토하곡주가 자리를 박차고 허공으로 떠오르며 소리쳤다. 그의 소매가 한껏 공력을 머금어 도검처럼 빳빳하게 세워졌다. 토하곡주가 검날처럼 날카롭게 선 소매 깃으로 형체없이 밀려드는 노인의 진기를 잘라냈다.

쿠쿵!

강렬한 파열음이 정자를 뒤흔들었다. 그 충격을 이기지 못하고 정자의 지붕이 오래된 먼지를 흘리기 시작했다.

"난 반드시 오늘 석문의 힘을 얻어야겠네."

노인의 입에서 단호한 목소리가 흘러나오더니 번개처럼 손에 든 부채를 토하곡주를 향해 던졌다. 그러자 그의 손을 떠난 부채가 빙글빙글 회전하며 토하곡주에게로 날아갔다.

마치 나비가 꽃을 찾아 날아들 듯 노인의 부채는 봄바람을 탄 꽃잎처럼 부드럽게 토하곡주의 어깨로 내려앉으려 했다. 그러나 부드러운 부채의 움직임을 대하는 토하곡주의 표정은 심각하기 이를 데 없었다. 한 줄기 두려움이 그의 동공을 스치고 지나간 듯도 싶었다.

휘이잉!

다시 토하곡주가 소매를 휘둘렀다. 그러자 단번에 그의 소맷자락이 노인이 날린 부채를 쳐낼 듯 움직였다. 그런데 토하곡주의 소매가 노인의 부채에 닿으려는 순간 마치 살아 있는 생물처럼 부채가 살랑거리더니 바람을 타고 토하곡주의 소매 깃을 빙글 날아 넘었다.

"음……."

토하곡주의 입에서 나직한 신음성이 흘러나왔다. 그 사이 노인의 부채가 토하곡주의 목 바로 앞까지 다가왔다.

툭!

토하곡주가 가볍게 발로 정자의 바닥을 찼다. 그러자 그의 신형이 빠르게 뒤로 물러나더니 어느새 정자 아래 땅을 밟고 있었다. 순간 도주라는 노인이 무겁게 손을 아래위로 저었다. 그러자 여전히 허공에 떠서 살랑거리던 부채가 무서운 속도로 정자 아래로 내려선 토하곡주를 향해 뻗어 나갔다.

토하곡주가 자신을 향해 화살처럼 날아오는 부채를 향해 두 손을 휘둘렀다. 그러자 허공에 수십 개의 수영이 환영처럼 생겨났다. 허공에 생겨난 수영들은 노인이 날린 부채를 사방에서 때려댔다.

파파팡!

연이어 파공음이 터져 나왔다. 그러나 토하곡주의 수영들은 노인의 부채를 온전히 막지 못했다. 노인의 부채는 살아 있는 생물처럼 토하곡주의 수영들을 파괴하며 앞으로 전진했다.

삭!

한순간 날카로운 파열음이 일어나며 노인의 부채가 토하곡주의 가슴을 훑어냈다. 그러자 토하곡주의 가슴께 옷자락이 길게 갈라지며 맨살이 드러났다.

"아우님 그만 손을 거두시게."

노인이 승기를 잡았다 생각했는지 토하곡주를 향해 날아들며 말했다. 그의 손은 매의 발톱처럼 굽어 있었는데 손에 한 번 잡히면 절대 빠져나오지 못할 것처럼 단단해 보였다.

"도주, 아직은 이 늙은이 힘이 남아 있습니다."

토하곡주가 차갑게 말을 내뱉고는 훌쩍 신형을 뛰어올랐다. 그러자 마치 한 마리 새처럼 그의 신형이 허공으로 떠올랐다. 그러면서 그의 옷자락이 사방으로 흩날리기 시작했다. 하늘을 가득 메운 흰 옷자락 때문에 그의 실체가 어디 있는지 쉽게 찾아낼 수 없었다.

"구변환공!"

노인이 토하곡주를 휘감은 흰 천들을 바라보며 소리쳤다. 그러면서도 그는 재차 부채를 날려 보내 허공을 가득 메운 천들을 잘라내기 시작했다.

서걱서걱!

부채가 마치 잘 벼려진 칼처럼 깨끗하게 천들을 잘라냈다. 부채에 의해 잘려나간 천 조각들이 벚꽃 잎처럼 허공을 부유했다. 그런데 그때 문득 토하곡주를 휘감고 있던 흰 천들이 창처럼 꽂

꼿꼿하게 서더니 도주라는 노인을 향해 폭사하기 시작했다.

여러 명의 병사가 한 번에 창을 질러내는 것처럼 흰 천들은 날카로운 병기로 화해 노인의 사혈을 노렸다. 그러자 노인이 재빨리 부채를 회수해 다가오는 천들을 막아내기 시작했다.

차앙차앙!

천과 부채가 마주쳤음에도 마치 쇠가 부딪히는 소리가 터져 나왔다. 두 사람의 공력이 절정에 이르렀기에 가능한 일일 터였다. 두 사람은 그렇게 흰 천과 부채를 가지고 한동안 신묘한 싸움을 이어갔다.

싸움은 쉽게 끝나지 않았다. 그들은 산슈유 숲을 이리저리 오가며 서로의 무공을 겨뤘다. 꽃들 사이를 누비는 두 사람의 모습은 아름답기까지 했다. 연인들이 즐거운 한때를 보내듯 그렇게 두 사람은 산수유 숲을 누비고 있었다.

그러나 영원할 것 같던 두 사람의 싸움도 서서히 그 끝을 드러내기 시작했다. 노인의 부채가 잘라내는 천의 양이 점점 더 많아지더니 급기야 토하곡주의 신형이 드디어 흰 천 밖으로 드러났다.

그러자 노인의 선법이 변했다. 그의 부채가 매서운 한기를 일으키며 토하곡주의 사혈을 공격하기 시작했다. 토하곡주 역시 필살의 초식들을 펼쳐내기 시작했다. 몽환적인 움직임으로 상대의 시선을 어지럽게 하는 와중에 그 속에서 치열한 살초들이 무수히 쏟아져 나왔다.

두 사람의 싸움은 어느새 오백여 초를 넘어서고 있었다. 그러나 둘 중 누구 하나 지친 기색을 보이지 않았다. 그들의 나이를 생각하면 놀라운 공력이었다. 그러던 중 문득 도주라 불린 노인이 부채를 품속에 넣더니 번개처럼 작은 소도를 꺼내 벼락처럼 휘둘렀다.

콰릉!

도에 실린 공력의 힘을 이기지 못하고 강력한 파공성이 터져 나왔다.

쩌저적!

"흡!"

도초의 흐름에 따라 길고 깊게 땅이 갈라졌다. 평정심을 잃지 않던 토하곡주가 자신의 아래로 갈려져 오는 지면을 보며 놀란 신음성을 흘려냈다. 토하곡주가 본능적으로 몸을 틀었다. 그러자 그의 뒤에 있던 산수유나무 서너 그루가 쩍 소리를 내며 잘려나갔다.

"미안하이!"

노인의 입에서 담담한 목소리가 흘러나왔다. 동시에 들고 있던 짧고 단단한 도가 기이한 곡선을 그려냈다.

우웅!

순식간에 근 삼사 장에 이르는 도기가 만들어졌다. 강력한 기운을 담은 노인의 도기가 마치 채찍처럼 토하곡주를 휘어 감았다. 순간 토하곡주의 손이 어지럽게 움직였다.

타다당!

맹렬한 격돌음과 함께 토하곡주의 수장(手掌)이 노인의 도기를 때려댔다. 그러나 천근의 힘이 깃든 토하곡주의 수장도 자신을 휘감아오는 도기를 밀어내지는 못했다.

서걱!

"음!"

토하곡주의 입에서 나직한 신음성이 흘러나왔다. 그의 한쪽 팔과 등에 길게 혈선이 그려졌다. 토하곡주가 비틀거리며 뒤로 물러났다. 그러자 노인이 바람처럼 신형을 날려 토하곡주의 머리를 날아 넘었다. 순간 어디를 어떻게 했는지 토하곡주가 그 자리에 석상처럼 멈춰 섰다.

"도주… 정말 놀라운 무공이군요."

토하곡주는 노인이 자신을 제압한 것보다도 노인의 무공에 관심을 드러냈다.

"쓸 만하던가?"

"도주님의 무공이 궁극지경에 이른 것은 알았지만, 이 정도일 줄은 미처 몰랐군요."

"내가 선문을 상대할 수 있다고 한 말을 이제 믿을 수 있겠는가?"

"그러나… 선문은……."

"여전히 천외천이다? 걱정 말게. 내가 얻은 무공들도 천외천의 무공이니까. 어쨌든 이 정도면 날 따라나서도 되지 않겠는가?"

도주의 말에 토하곡주가 고개를 저었다.

"도주, 내가 석문을 해체한 것은 금문의 힘이 약해서가 아닙니다. 그러니 도주께서 어떤 무공을 손에 넣으셨든지 석문이 다시 모이는 일은 없을 겁니다."

"그대의 목숨을 거두겠다는 위협 같은 것은 한낱 웃음거리에 지나지 않겠지?"

"그리되면 석문과 금문의 인연은 정말로 악연으로 변하겠지요."

토하곡주의 대답에 도주라 불리는 노인이 고개를 끄덕였다. 그러다가 문득 정자 위에서 두려운 눈으로 두 사람의 싸움을 지켜보고 있던 소년에게 시선을 주었다.

"아우님, 처음에 내가 토하곡을 방문할 때는 난 어떻게 해서든 아우님을 강호로 데리고 나갈 생각이었네. 천하에 산재한 석문 후예들의 목숨을 담보로 하면 가능한 일이라고 생각했지. 그런데… 토하곡에 도착해서 생각을 바꿨네."

노인의 말에 토하곡주가 의심 어린 표정을 지으며 물었다.

"어떻게 변하셨는지요?"

"나를 도와줄 사람을 얻기보다는 령을 도와줄 사람을 찾기로 말이야."

"그게 무슨… 큭!"

노인이 한순간 토하곡주의 아혈을 짚어 그의 말을 막았다. 그리고는 정자 위의 소년을 보며 물었다.

"아이야. 잠시 이리 내려오겠느냐?"

노인의 말에 정자 위의 소년이 두려운 빛을 보이고 고개를 저었다.

"시, 싫어요."

"내가 무섭느냐?"

노인의 말에 소년이 고개를 끄덕였다.

"하하하, 맞다. 네 생각처럼 난 사실 무척 무서운 사람이다.

그러니 내 말을 잘 들어야 한다. 이리 내려오너라."

노인의 협박에 소년이 주춤거리며 정자를 내려왔다. 그러자 도주라는 노인이 다시 입을 열었다.

"지금부터 내가 하는 말을 잘 듣고 답을 하거라."

소년이 다시 고개를 끄덕인다.

"좋아. 먼저 네 이름이 뭐라 했더라? 내가 늙어서 금세 네 이름을 잊었구나."

"요……."

"아! 요송이라고 했지. 석요송… 맞지?"

"네."

소년이 어눌한 말투로 대답했다.

"좋아, 요송. 지금부터 내가 하는 질문에 대한 답을 어떻게 하느냐에 따라 너와 여기 토하곡주, 아니 이 토하촌 전체의 운명이, 그리고 강호천하에 퍼져 있는 석문 후예들의 운명이 결정될 것이다. 그러니 내 질문을 잘 생각해서 대답하거라."

노인의 말에 석요송이 두려운 표정을 지으면서도 무겁게 고개를 끄덕였다.

"요송, 글을 배웠느냐?"

노인이 물었다.

"조금……."

"글은 누구에게 배웠지?"

노인의 물음에 석요송의 시선이 무의식중에 토하곡주에게로 향했다. 그러자 노인이 기꺼운 표정으로 다시 물었다.

"좋아. 아주 좋은 스승을 두었구나. 그런데 너와 토하곡주는 어떤 사이더냐?"

"그야… 존경하는 곡주님이시죠."

소년이 두려움 속에서도 이상한 걸 물어본다는 듯 대답했다.

"후후, 그렇구나."

노인이 나직하게 웃음을 흘렸다. 그리고는 천천히 걸음을 옮겨 소년 앞으로 다가와서 다시 입을 열었다.

"요송, 넌 이 토하곡을 떠나고 싶지 않느냐?"

순간 아혈이 제압된 토하곡주의 시선이 강하게 흔들렸다. 지금까지 도주라는 노인이 했던 그 어떤 말과 행동보다도 석요송에게 던진 질문에 더 강한 충격을 받은 모습이었다.

"아뇨. 전 이곳을 떠나고 싶지 않아요."

소년 석요송이 대답했다.

"그래? 넌 이곳을 한 번이라도 벗어나 본 적이 있더냐?"

노인의 물음에 석요송이 고개를 저었다.

"저런 참으로 불쌍한 일이구나. 요송, 세상은 참으로 넓고 광대한 곳이다. 사람이 이 세상에 태어나서 천하를 돌아보지 않는다면 어찌 제대로 살았다고 할 수 있겠느냐?"

그러자 석요송의 입에서 의외의 대답이 흘러나왔다.

"곡주님께서는 자신의 마음을 지키고, 남의 것을 탐하지 않으며, 약속을 지키고 살면 어디서 어떻게 살든 잘 사는 것이라고 했어요."

석요송의 대답에 노인이 뜻밖이라는 표정을 지으면서도 한편으로는 기꺼운 미소를 지었다.

"오라. 과연 네 스승께서 널 제대로 가르치셨구나."

"그런데 곡주님을 왜 저렇게 하신 거죠?"

석요송이 두려움이 조금 걷혔는지 따지듯이 물었다.

"음, 그건 네 스승인 토하곡주와 내가 서로 의견이 맞지 않아서 어쩔 수 없이 그리된 것이다."

"설마 곡주님을 해하실 건가요?"

이런 물음을 아무렇지도 않게 던질 수 있는 것은 아마도 석요송의 천성적인 둔함 때문일지도 몰랐다.

"음… 글쎄다. 아마도 그리될 것 같구나."

"그건 안돼요. 곡주님을 해치시면 안 돼요. 그건 나쁜 짓이에요."

"나도 그것이 옳지 않다는 것을 안다. 그러나 요송, 넌 아직 어려서 잘 모르겠지만 세상을 살다보면 싫어도, 옳지 않아도 꼭 해야 할 일이 있는 법이란다. 그리고… 난 너의 스승 뿐 아니라 이 토하곡에 있는 모든 사람을 없앨 생각이다."

"…다… 당신은……!"

석요송이 겁에 질린 표정으로 노인을 보며 말을 중얼거렸다. 당장에라도 뒤돌아 도망을 갈 태세였다. 그런 석요송을 보며 노인이 재빨리 말을 이었다.

"그런데… 내가 그 모든 살겁을 행하지 않을 방법이 딱 하나 있다."

"……?"

"어떻게 하면 내가 이 토하곡과 너의 스승을 해하지 않을지 궁금하지 않느냐?"

노인의 질문에 석요송이 얼른 고개를 끄덕였다. 그러자 노인이 미소를 지으며 말했다.

"그건 바로 네가 네 스승과 이 토하곡의 모든 사람을 대신하는 것이다."

노인의 말에 석요송이 어리둥절한 표정을 지었다. 그의 얼굴에 아둔함이 그대로 드러났다.

"무슨 말씀이세요?"

석요송이 되물었다.

"이런 알아듣지를 못했구나. 쉽게 말해주마. 네 목숨을 내게 주면 나머지 사람들은 살려주겠다는 말이다."

"헉, 저… 절 죽이시겠다는 건가요?"

"허허, 내가 또 말실수를 했군. 요송아, 내가 네 목숨을 달라고 한 건 널 죽이겠다는 말이 아니라 나와 함께 이 토하곡을 떠나 내가 살고 있는 곳으로 가자는 말이다. 그곳에서 내가 시키는 일을 한다면 이 토하곡과 너의 스승은 무사할 것이다."

그제야 노인의 말을 알아들은 석요송이 눈을 껌뻑거리다가 물었다.

"왜 나를 데려가려고 하지요?"

이번 질문은 석요송의 둔함에 비하면 제법 날카로운 질문이었다. 노인이 그런 석요송을 찬찬히 살피며 말했다.

"난 약속을 잘 지키는 사람을 좋아한다. 그중에서도 인내심이 강한 사람을 더욱 좋아하지. 그런데 넌 약속도 잘 지키고 인내심도 강한 것 같구나. 그래서 나이 든 네 스승을 데려가는 것보다 어린 네가 내게 도움이 더 될 것 같구나. 어떠냐? 네가 결심을 한다면 토하곡과 네 스승은 지금처럼 살 수 있을 것이다."

그러자 석요송이 잠시 침묵을 지켰다. 그러나 생각이 길어지자 머리가 아픈 듯 얼굴을 찌푸리며 물었다.

"내가… 가서 해야 할 일이 뭐죠?"

이번 질문 역시 평소 석요송이 보여준 아둔함과는 제법 거리가 있는 질문이다.

"음… 역시 본성은 숨길 수 없는 것인가? 이런 지경에서도 본능적인 총명함이 튀어나오니……."

노인이 석요송을 바라보며 중얼거렸다. 석요송은 그런 노인에게서 꼭 답을 들어야겠다는 듯 고집스럽게 노인을 바라봤다. 그러자 노인이 다시 입을 열었다.

"나와 함께 가서 네가 할 일은 천하에서 가장 강한 무공을 수련하는 것이다. 그리고 나서 한 사람을 너의 몸처럼, 너의 생명처럼 지켜주는 것이지."

"평생 동안이요?"

"그래. 평생 동안!"

"하, 하지만……."

"그래서 네 목숨을 달라고 했던 것이다. 평생 동안 누군가의 곁을 지키는 것은 결국 자신의 목숨을 내놓는 것과 마찬가지니까."

노인이 정색을 하며 말했다. 노인의 말에 석요송은 쉽게 대답하지 못했다. 아무리 어리고, 아무리 아둔해도 평생을 누군가의 수족으로 살아야 한다는 것이 어떤 삶인지 본능적으로 느끼고 있었던 것이다.

"싫으냐?"

"그, 그것이… 악!"

한순간 석요송이 자신도 모르게 비명을 질렀다. 석요송이 망설이는 듯하자 노인이 번개같이 도를 휘둘러 토하곡주의 한쪽 팔을 잘라냈던 것이다.

"다음번에는 네 스승의 목이 잘릴 것이다."

노인이 다시 도를 높이 들었다.

"하, 할게요!"

석요송이 부지불식간에 소리쳤다. 그러자 허공에 들렸던 노인의 도가 움직임을 멈췄다.

"진정이냐?"

"그… 그래요. 그러니 제발 곡주님은……."

"좋아. 조금 더 일찍 승낙을 했으면 좋았을 걸 그랬구나. 그랬다면 나도 네 스승에게 무례한 행동을 하지 않았을 것인데."

노인이 진심으로 아픈 눈빛을 보이며 말했다.

"지금… 가야 하나요?"

"그렇다. 장부의 걸음은 단호해야 한다. 또한, 장부가 입으로 한 약속은 금석에 새긴 것처럼 마음에 새겨야 한다. 오늘 네가 나와 한 약속을 절대 어기지 마라. 만약 이 약속이 파할 경우 네가 상상하는 것 이상의 참혹한 결과가 네 앞에 펼쳐질 것이다."

노인이 무서운 협박을 했다. 그러자 석요송이 두려운 눈빛을 보이며 고개를 끄덕였다.

"아, 알겠어요. 그러니 어르신도……."

"걱정마라. 나 금온 역시 너와의 약속을 절대 잊지 않을 테니. 아우님! 이 아이는 내가 데려가겠네. 왜 내가 자네와 석문이

아닌 이 아이를 택했는지는 자네도 잘 알고 있을 것이네. 그렇
다고 날 너무 원망하지 말게. 아이의 삶이 그리 어둡지만은 않
을 걸세. 일인지하 만인지상! 그 자리에 이 아이가 있을 테니까.
그리고 석문은… 이제 자유네! 완전하고도 영원히! 차유!"

"옛, 도주님!"

"돌아간다!"

자신을 금온이라 밝힌 노인이 말하자 차유가 빠르게 고개를
숙여 보였다. 그러자 노인이 이번에는 토하곡주의 수하인 중년
사내를 보며 말했다.

"석기평!"

"말씀하시지요, 도주!"

토하곡주의 한쪽 팔을 잘랐음에도 중년 사내는 노인에게 정
중했다.

"날 원망할 수는 있다. 그러나… 금문을 향해 도발은 하지마
라. 오늘부로 금문과 석문의 인연은 완전히 끝났으니까."

"과거 묘문을 데려가실 때에도 곡주께 그런 약속을 하셨지
요."

중년 사내의 말에 노인의 표정이 살짝 변했다.

"묘문이 나에게로 온 것은 나의 권유도 있었지만 그 아이 스
스로 결정한 일이기도 하다."

"그 또한 결국 우리 석문의 자유를 위해서였지요. 그리고 도
주께서는 묘문과 약조를 하셨습니다. 그런데 오늘 다시……."

"석기평! 날 비난해도 어쩔 수 없다. 묘문의 일은 나 금온의
가슴에도 깊은 상처로 남아 있다. 묘문의 죽음… 그 빚은 내 저

승에 가서 묘문에게 무릎 꿇고 빌 것이다. 하지만 두 번은 없다. 오늘 내가 이 아이와 한 약속은 반드시 지켜질 것이다. 믿거라."

"도주님을 어찌 믿지 못하겠습니까? 단지 못 믿을 것은 천년 왕국의 부활을 꿈꾸는 야망이지요."

"음… 네가 지금 내가 야망에 사로잡힌 늙은이임을 비난하는 것이냐? 허허허. 이 금온의 신세가 말년에 처량해졌구나. 겨우 야망에 물든 늙은이 취급이라니… 허허허!"

노인 금온이 분노 대신 허탈한 웃음을 흘렸다. 그러자 석기평이 정중하게 고개를 숙였다.

"기분이 상하셨다면 용서하시길!"

"아니! 사정이야 어찌 되었든 그 또한 틀린 말은 아니지. 가겠다. 쫓지 마라."

"어찌 감히 도주님을 쫓겠습니까?"

팟!

한순간 노인이 품속에서 목함을 꺼내 석기평에게 던졌다. 빛줄기처럼 날아온 목함을 석기평이 가볍게 받아냈다.

"곡주께 드려라. 삼일이면 몸을 회복할 것이다. 아우님!"

노인이 이번에는 고개를 돌려 팔을 잘린 채 서 있는 토하곡주에게 말을 건넸다. 그러나 아혈이 제압된 토하곡주는 대답이 없다.

"요송은 잘 돌보겠네. 자네가 이 아이에게 금제를 걸어 놓아 아쉬운 감은 있지만 달리 생각하면 수련하는데 그것이 더 큰 도움이 될 수도 있을 것 같으이. 그 금제가 오직 석문의 구변환공을 완성한 사람만이 풀 수 있다는 것을 알고 있네. 천하의 대업이 완성되면… 그때 아이를 석문으로 보내겠네. 아마도 그때는 아우님과 나 둘 모두 이 세상 사람이 아니겠지. 그러니, 누구든 요송의 금제를 풀 후인을 남겨두시게. 기평… 저 친구면 괜찮겠군."

노인의 말에 토하곡주가 아련한 눈으로 노인 금온을 바라봤다. 그러자 금온이 살짝 얼굴을 찌푸리며 말했다.

"그런 눈으로 보지 마시게. 내가 불쌍한 것은 내가 더 잘 아니까. 음! 손을 과하게 써 미안하이. 정양하시게. 그리고… 말년 즐거이 보내다 가시게. 이게 우리의 마지막 만남이 되겠군. 저 승에서 보세! 차유, 간다."

노인이 빠르게 말을 내뱉고는 갑자기 석요송의 허리를 한쪽 팔로 휘어 감았다. 그리고는 바람처럼 산수유나무 사이로 몸을 날리기 시작했다.

"곡주! 부디 강건하십시오!"

노인 차유가 토하곡주에게 정중하게 포권을 해보이고는 금온을 따라 장내에서 사라졌다. 금온과 차유가 석요송을 데리고 사라지자 석기평이 번개처럼 날아와 토하곡주의 혈도를 풀었다.

"으…음!"

혈도가 풀린 토하곡주가 나직한 신음성을 흘려냈다.

"괜찮으십니까?"

석기평이 토하곡주를 부축하며 물었다.

"갔느냐?"

"네."

석기평이 짧게 대답했다.

"운명인가?"

"모르지요."

알 수 없는 대화들이다.

"어쨌든 이것으로 금문과 석문의 인연은 끝났다. 묘문을 주었고, 요송을 빼앗아 갔으니 가져갈 것은 다 가져갔다고 할 수 있겠지."

"왜, 십이지주를 부르지 않으셨습니까? 그랬다면……."

"요송을 지킬 수 있었겠지. 그러나… 우리 석씨 일족은 멸족하고 말았을 것이야."

"예전부터 생각해 왔습니다만 본문이 금문에 비해 약하다고 생각한 적이 없습니다. 천년의 왕업도 결국 석문의 시조께서 그 기초를 닦은 것 아닙니까? 그런데 왜 지금껏 석문의 문주들께서는 금문을 그리 두려워하신 겁니까?"

석기평의 말에 토하곡주가 고개를 저었다.

"그건 기평 자네가 잘못 생각하고 있는 것이네. 금문의 힘은 자네가 아는 것보다 훨씬 무섭네. 우리 석씨 일족의 힘으로는 상대할 수 없어. 오늘 그와 내가 대결하는 것을 보았지?"

"그렇습니다."

석기평이 고개를 숙여 보였다.

"우리 두 사람의 승부가 바로 금문과 석문의 차이라고 보면 되네. 오백 초지적……! 그게 우리 두 가문의 차이야."

"그러나… 구변환공은 절대의 신공입니다."

"물론 우리 석문의 구변환공이 금문의 지화보결이나 천환심결에 부족하다는 말은 아닐세. 그러나 역대 석문의 문주 중 구변환공을 완벽하게 완성한 사람은 없었네. 구변환공의 정점에 이른 분은 오로지 시조이신 탈해 조사뿐이지. 결국, 무공의 차이라기보다 사람의 차이인 것이야."

토하곡주의 말에 석기평이 고개를 저으며 대답했다.

"그 말씀에도 동의하기 어렵습니다. 대저 금문이 저희 석씨 일족을 두려워한 것은 본가의 사람들이 지닌 천부적인 재질 때문이 아닌지요?"

"재질, 그래. 우리 석씨 일족의 재질이야 천하제일이랄 수 있지. 그러나 자넨 한 가지 사실을 간과하고 있어."

"가르침을 주십시오."

"우리 석씨 일족의 재주가 뛰어나다고 해도 구변환공을 십할 완성한 사람이 없네. 그건 구변환공이 너무도 난해한 무공이기 때문이지. 그래서 오직 석문의 기재들만이 수련할 수 있지만 그렇다고 해도 완벽하게 터득할 수 없는 무공. 반면 금문의 지화보결과 천환심결은 다르네. 그 무공들은 무학의 최고 경지 오를 수 있는 무공일뿐더러 준재만 되어도 완성이 가능한 무공들이네. 그래서 금문에선 적어도 한 세대에 서너 명은 그 무공의 완성자를 배출할 수 있었지. 무공이란 최고의 절학을 오 할 수 련한 자보다 조금 부족한 무공이라도 완벽하게 완성한 자가 강한 법이네. 완성된 자와 그렇지 않은 자의 차이는 실전에서 승패의 결과로 드러나지. 오늘 내가 도주에게 패한 것처럼 말이야."

토하곡주의 말에 석기평이 천천히 고개를 끄덕였다.

"그런 것이었군요."

"또 하나의 차이는 기질의 차이지. 금문의 사람들은 세상을 향한 야망을 태생적으로 품고 있는 사람들이네. 다시 말해 패도의 기운을 타고 태어난 사람들이지. 반면 우리 석씨 일족은 야망과는 거리가 멀지 않은가."

"그렇지요."

석기평이 대답했다.

"그 차이가 또한 세력의 차이를 만들었네. 그래서 우린 지금껏 금문의 그림자가 되어 살아왔던 걸세. 더군다나 도주는 지난 수십 년 동안 그 어떤 시대보다도 강력한 금문의 힘을 만들었네. 이제 금문은 천하를 향해 움직일 걸세. 그런 금문을 어찌 상대할 수 있겠는가? 결국, 내가 십이지주를 불러내었다 해도 이 싸움은 우리가 질 수밖에 없는 싸움이었을 거네."

"하지만 요송은……!"

"그 아이의 운명인 거지."

토하곡주가 담담하게 말했다.

"괜찮겠지요?"

"괜찮긴 할 거야. 보아하니 도주도 요송의 재질에 한껏 빠진 것 같으니까."

"기왕 보낼 것이라면 금제라도 풀어서 보낼 것을 그랬습니다."

그러자 다시 토하곡주가 고개를 저었다.

"그도 잘못된 생각일세. 애초에 내가 요송에게 금제를 가한 이유가 뭔가?"

"스스로를 지킬 수 있을 때까지 사람들에게 요송의 특별함을 드러나지 않게 하기 위함이라 말씀하시지 않으셨습니까?"

"맞네. 그리고 그건 지금도 마찬가지야. 도주가 요송을 어찌 키울지는 모르겠으나 어쩌면 내가 요송을 가르치는 것보다도 더 강한 사람으로 키울지도 모르네. 도주가 시전한 그 무공… 그건 천환심결도 지화보결도 아니었어. 무서운 무공이었지. 내 생각엔 그 무공을 요송에게 가르칠 것 같네. 그리고는 금령, 그 아이를 지키게 하겠지. 그런데 요송이 그 무공을 수련하기 위해선 역시 지금 상태가 좋아. 본래의 영특함을 회복한다면 그 아이 스스로 자신의 굴레를 벗어던지려 할 게야. 그러니……."

"무슨 말씀인지 알겠습니다. 하지만 그렇다고 해도 금제가 가해져 있는 상태라면 도주님의 말씀처럼 천하의 대업이 끝나 이 토하곡으로 돌아오기 전에는 지금 상태로 살아야 한다는 것 아닙니까? 무언가 부족한 사람으로 말입니다. 그것 역시 위험하지 않을까요? 수련은 몰라도……."

그러자 토하곡주가 빙그레 미소를 지었다.

"후후 그건 아닐세. 도주도 자네도 모르는 것이 있어."

"그게 무엇인지요?"

"요송에게 걸어 놓은 금제는 구변환공이 아니더라도 풀 수 있네."

"어떻게 말입니까?"

"스스로의 힘으로. 그 자신이 금제의 억압을 넘어선 능력을 얻었을 때 금제는 자연히 풀리게 되네. 그때가 되면… 요송은 자신의 운명을 스스로 결정하게 될 걸세. 그러니 도주가 요송을 데려간 것이 금문에 복이 될지 화가 될지는 누구도 모르는 것일세.”

토하곡주의 말에 석기평이 놀란 표정을 지었다.

“설마 그래서 일부러 요송을 보내신 건지요?”

“그건 아닐세. 천하의 그 누가 자기 손주를 일부러 타인의 손에 맡기겠는가? 그것도 죽음을 앞에 두고 말이야.”

“곡주님!”

“사실 어제 도주의 천명만 살핀 것이 아니네. 나 자신의 운명도 보았지. 서두르세. 기평 자네에게 가르쳐 줄 것이 많아.”

第三章　기이한 여행

　석요송은 사람이 하늘을 날 수도 있다는 것을 알았다. 도주라 불리는 노인, 금온의 품속에서 석요송은 하늘을 날았다. 그의 발아래로 산수유 꽃들이 눈부시게 펼쳐졌고, 토하곡의 깊고 따뜻한 땅이 안온함을 전해줬다.

　이 아름다운 곳을 떠나고 있다고 생각하니 석요송의 눈에 자신도 모르게 이슬이 맺혔다. 그 눈물들이 빗방울이 되어 산수유 꽃밭으로 떨어져 내렸지만 아마도 그 나무들 사이에 있을 토하곡 사람들 그 누구도 석요송의 눈물을, 그가 토하곡을 떠나고 있다는 사실을 눈치채지 못할 것이다.

　탁!

　한순간 금온이 산수유나무 높이보다 더 높게 솟은 바위 위에 내려섰다. 금온이 내려선 바위는 숲의 이쪽과 저쪽을 가르고 있었는데, 그들이 지나온 쪽은 토하곡의 산수유 숲이었고, 그 반대쪽은 천년목들이 우거진 울창한 원시림이었다.

"마지막이다. 잘 보아두거라. 아주 오랜 후에야 다시 돌아올 수 있을 게다."

그래도 금온은 인정이 있는 사람인 듯 보였다. 석요송을 바라보는 금온의 얼굴에 미안한 기색이 역력했다.

탁!

잠시 뒤 그들을 따라온 차유가 바위에 내려섰다.

"따르는 자는 없던가?"

"그렇습니다."

"기이하군."

"무엇이……?"

"토하곡주가 어찌 추격을 하지 않을까? 그러고 보니 이상한 것은 그것만은 아니군. 어째서 내가 손을 썼을 때 석문의 고수들을 불러내지 않았을까. 석문의 문도를 천하로 흩어버렸다고는 해도 십이지주만큼은 그의 곁에 머물렀을 터인데……."

금온이 고개를 갸웃했다. 그러자 차유 역시 의뭉스러운 표정을 지으며 고개를 끄덕였다.

"도주님의 말씀을 듣고 보니 이상하긴 하군요."

"음… 이것으로 완전히 인연을 정리하자는 의미일까?"

금온의 말을 듣던 차유가 흠칫했다.

"완벽한 끝을 말씀하십니까?"

"그래. 수천 년을 이어 온 인연을 여기서 끝내자는 의미일지도 모르겠군."

그러자 차유가 걱정스러운 표정으로 석요송을 가리키며 물었다.

"이 아이가 그럴 만한 가치가 있습니까? 석문을 포기할 만큼… 저는 지금도 도주님의 결정을 이해하기 어렵습니다."

그러자 금온이 시선을 들어 산수유 숲 넘어 거대한 산과 그 위의 하늘을 보며 말했다.

"시간이 흘렀네."

"……?"

"우리 금문만 해도 이제 적통의 권위란 하찮게 여겨지고 있지 않은가?"

"누가 감히 도주께 불경한 마음을 품겠습니까?"

"지금으로선 금문의 모든 종파가 내게 충성을 맹세하지. 그러나… 과연 금령에게도 그럴까?"

금온의 물음에 차유가 대답을 하지 못했다. 그러자 금온이 다시 입을 열었다.

"북종이 변심할 거란 말이 금문도들 사이에 돌고 있다고 들었네."

"그, 그런 불경한 말을 누가……?"

"나도 귀가 있네. 귀가 막히고 눈이 멀었다면 어찌 천하의 대계를 꾸려나갈 수 있겠는가? 북종의 변심, 자네도 소문은 알고 있었지?"

"불경한 자들의 말장난일 뿐입니다."

"아니야. 대저 여인의 몸으로 일문의 수장이 된다는 것은 어려운 일일세. 아무리 출중한 재주를 지니고 있다고 해도 거친 장부들이 여인을 따르기는 쉽지 않아. 지난번 북종의 출병 역시 나의 뜻에 반하는 거였네."

"하지만 결국 도주님의 도움으로 겨우 위기를 모면했지요. 그들은 다시 한 번 도주님의 능력에 복종할 수밖에 없음을 깨달았을 겁니다."

"그 일로 내 대에는 걱정이 없어. 하지만 령의 대에도 그들이 청도를, 정종을 금문의 본류로 인정하리라 기대하는 것은 지나치게 순진한 생각이네. 오히려 그들은 령에게서 금문 적통의 자리를 건네받으려 할 걸세."

노인 금온의 말에 차유가 심각한 표정을 지으며 대답했다.

"솔직히 말씀드리자면 저 역시 그 일을 걱정하고 있었습니다."

"고금의 역사에서 여인이 세속 왕조의 창업을 이룬 경우는 없네. 해서 난 북종이 세속의 왕조를 세우는 것을 반대하지 않을 생각이야. 북종은 세속의 힘을 키우는 데 주력하고 있으니 불가능한 일은 아니지. 그러나… 금문의 수장은 다르지. 금문의 적통만큼은 북종에 내어주고 싶지 않네."

"저 역시 그리 생각하고 있었습니다. 왕조야 세월의 풍파에 따라 흥하기도 하고 망하기도 하지만 금문이라는 뿌리는 영원해야지요. 바로 도주님의 후손으로서 말입니다."

"꼭 혈연을 따져 령이가 금문의 적통이 되기를 원하는 것은 아닐세. 단지 그 능력, 령의 능력이 금문의 그 어떤 사람보다도 뛰어나기 때문에 령이 금문의 적통이 되어야 하는 걸세. 그 아이가… 여인이 아니었다면 아마도 천하는 그 아이의 손에 들어

왔을 것이야. 무림과 세속을 통틀어 말이야. 그러나 그 아이가 여인으로 태어난 것도 결국 하늘의 뜻이겠지. 어쨌든 그 아이가 북종을 포함한 금문의 실력자들을 상대해 내려면 령에겐 완벽한 칼, 그 아이만의 그림자가 될 칼이 필요하네. 그래서 난 저 아이를 택한 걸세. 석문을 끌어내는 것은 금문에 도움이 되는 일이지만 령이에겐 큰 이득이 없어. 그러나 저 아이가 령의 검이 된다면……."

금온이 바위 끝에 서서 아련한 눈으로 산수유 계곡을 바라보고 있는 석요송을 보며 말꼬리를 흐렸다. 그러자 차유가 나직하게 말했다.

"무공에 대한 재주는 어떨지 모르지만, 너무 어리숙한 것 아닌지요. 아무리 금제 때문이라 해도……."

"지나치게 똑똑한 자를 곁에 두는 것은 위험하지. 주객이 전도 될 수 있거든. 난 령이에게 모사꾼을 선물하려는 것이 아니네. 천하의 명검 하나를 선물하려는 거지. 그런 의미에서 보자면 금제를 당한 것이 오히려 좋은 거지."

금온의 말에 차유가 이내 고개를 끄덕였다.

"그렇군요. 머리를 쓰는 일이야 령 아가씨 한 분으로 족하지요."

"맞네. 령에게 필요한 것은 입안의 혀처럼 움직여 줄 검이야. 난 저 아이를 그렇게 만들 걸세."

금온의 시선이 다시 석요송에게 가 닿았다. 그러자 석요송이 마치 금온의 말을 들은 것처럼 고개를 돌려 두 사람을 바라봤다. 그러자 금온이 얼굴에 미소를 지으며 말했다.

"이제 작별은 다 했느냐?"

금온의 말에 석요송이 고개를 끄덕였다.

"좋아. 그럼 다시 가자!"

금온이 석요송에게 다가갔다. 그리고는 다시 석요송의 허리를 휘어 감고는 훌쩍 하늘로 날아올랐다. 석요송이 또 한 번 아련한 어지러움을 느끼며 하늘을 날기 시작했다.

*　　　*　　　*

석요송은 새로운 세상으로 나왔다. 태어나 줄곧 토하곡에서 살아왔던 석요송에게 토하곡 밖은 전혀 다른 세상이었다. 금온이 석요송에게 하늘을 나는 호사를 누리게 해준 것은 반나절을 넘지 않았다. 이후에는 석요송의 두 발로 세상을 향해 걸어나가야 했다.

다행인 것은 금온이 토하곡을 나온 후 이틀 만에 처음 들른 마을에서 말 세 필을 구했다는 것이었다.

석요송은 토하곡에서 말 타는 법을 배웠으므로 제법 능숙하게 말을 몰았다. 말이 사람을 대신하자 길이 좀 더 수월해졌다. 석요송은 여행을 하며 들르는 마을, 강과 들, 그리고 사람들을 탄복의 눈으로 바라봤다. 영락없이 처음 대처에 나온 어리숙한 산골 아이의 모습이었는데, 그 모습을 보는 금온과 차유의 표정은 그리 밝지 않았다. 그들 마음 깊은 곳에 순박한 석요송이 앞으로 겪어야 할, 결코 아름답지 못한 세상의 일에 대한 안쓰러움과 죄책감이 깃들어 있기 때문이었다.

그러나 두 사람의 마음과는 상관없이 석요송은 세상을 즐겼다. 진실을 알기 전에야 세상이 어찌 아름답지 않을 것인가. 그 속에 살고 있는 사람들의 아픔조차도 여행자들에게는 아름다운 풍경의 일부일 뿐이다.

그렇게 석요송 일행은 말을 타고 이레를 여행했다. 그러자 석요송 앞에 다시 지금껏 보지 못한 풍경이 모습을 드러냈다. 강이었다.

"아!"

석요송이 거대한 강을 앞에 두고 자신도 모르게 탄성을 흘렸다.

"강을 처음 보느냐? 토하곡 근처에도 강이 있을 텐데?"

"이렇게 큰 강은 처음이에요."

"그렇구나. 압록수라고 한다."

"압록수… 이게 바로 압록수군요."

"들어 본 모양이구나."

금온이 묻자 석요송이 고개를 끄덕이며 대답했다.

"곡주께서 간혹 아이들을 모아 놓고 먼 옛날 석씨의 조상이 어떻게 이 강을 넘었는지 이야기를 해주시곤 했어요."

석요송의 말에 금온의 얼굴이 우울해졌다.

"네 스승이 그런 이야기도 해주었느냐?"

"네. 현실을 살아도 뿌리를 잊어서는 안 된다면서……."

"그럼 금문에 대해서도 들었느냐?"

"음……. 들은 것 같아요."

"들은 것 같다라. 역시 금문을 지워나가고 있었던가."

금온이 나직하게 탄식을 흘렸다. 그러자 석요송이 말했다.

"이제 배를 타고 가나요?"

"그렇단다."

"어디로 가죠?"

"아주 먼 곳으로… 바다로 나가게 될 게다."

*　　　*　　　*

석요송은 태양 아래 서 있었다. 사방은 검은빛 파도가 넘실대는 바다였다. 하늘과 바다 사이에는 아무것도 존재하지 않았다. 석요송은 배를 타고 있으면서도 마치 길을 잃은 것처럼 사방을 두리번거렸다.

막막한 바다는 그 앞쪽에 무엇이 있는지를 보여주지 않는다. 사람이 가장 두려움을 느낄 때는 두 가지 경우에서다. 눈앞에 무엇이 있는지 알 수 없는 어둠 속에서와 어떤 미래가 닥칠 지 예상할 수 없는 시간에서다. 지금 석요송은 이 두 가지 함정에 모두 빠져 있었다.

금온과 차유는 석요송에게 필요한 것 이상의 말을 하지 않았다. 석요송은 이 두 사람이 생각보다 무척 말이 없는 사람이란 걸 배를 탄 후에야 깨달았다.

그들은 거의 모든 시간을 선실에 머물렀다. 가끔 고래처럼 숨을 쉬러 선실 밖으로 나오기는 했지만 그렇다고 오랜 시간 갑판에 머무는 것은 아니었다.

마치 그들은 타인의 눈을 피해 잠행을 하는 사람들처럼 그렇게 선실에 박혀 있었다. 반면 석요송은 선실이 답답했다. 산과 들을 활보하던 그에게 배 안의 선실이란 감옥과도 같았다. 그래서 석요송은 두 사람과는 반대로 갑판에서 주로 시간을 보냈다. 물론 바다로 둘러싸였으니 배 위라 해도 답답하기는 마찬가지였지만 말이다.

금온과 차유는 그런 석요송을 굳이 선실에 붙잡아 두려 하지 않았다. 목숨으로 약속을 맺은 이상 석요송이라는 아이가 도주할 리가 없다고 생각했기 때문일 수도 있고, 혹은 사방이 바다인 곳에서 석요송이 도주할 곳이 없기 때문일 수도 있었다.

배는 압록수를 거슬러 내려온 뒤 북해 연안을 거슬러 올라 요동반도 끝, 숙주에 잠시 들른 후 다시 대해를 건너 등주로 간다고 했다. 제법 많은 장사치가 타고 있었는데 그들은 자신들끼리 어울릴 뿐, 석요송 일행에게 말을 걸지 않았다. 아마 그들도 금온과 차유가 범상치 않은 사람들임을 눈치챘기 때문일 터였다. 그러나 어른은 몰라도 아이에게는 경계심이 없다.

"이름이 뭐니?"

문득 태양 아래 홀로인 듯 서 있는 석요송에게 누군가 말을 걸었다. 석요송은 처음엔 그 질문이 자신을 향한 것이라고 생각지 못하고 관심을 두지 않았다. 그러자 다시 질문이 들려왔다.

"너 듣지 못하니?"

그제야 석요송이 고개를 돌렸다. 그의 앞에 잘 차려입은 사내아이 한 명이 서 있었다. 나이는 얼추 석요송과 비슷해 보였지만, 키도 크고 얼굴은 달덩이처럼 환히 생겼으며, 입고 있는 옷차림 역시 귀한 집 자식임을 드러내고 있었다.

"나에게 말한 거야?"

석요송이 어눌한 말투로 되물었다.

"그런 여기 너 말고 누가 있어?"

소년이 어깨를 으쓱거리며 말했다.

"뭐라고 물었지?"

석요송이 다시 물었다. 그러자 소년이 살짝 눈살을 찌푸리며 말했다.

"이름이 뭐냐고?"

"그건 왜 묻는데?"

"그냥… 궁금해서?"

"왜 궁금한데?"

계속되는 석요송의 반문에 소년이 짜증이 나는 듯 손을 휘저으며 말했다.

"됐다, 됐어. 이름 하나 알려주는데 무슨 사족이 그리 많니? 말하기 싫으면 관둬. 난 네가 심심해 보여서 말동무라도 해주려고 했을 뿐이야. 귀찮은 것 같으니 그만 갈게."

소년이 퉁명스레 말을 내뱉고는 몸을 돌려 배의 앞쪽으로 걸어가려 했다. 그러자 석요송이 그답지 않게 재빨리 입을 열었다.

"난 석요송이야."

석요송의 말에 소년이 득의한 표정으로 빙그레 미소를 지으며 고개를 돌렸다.

"석요송?"

"그래."

"좋아, 반갑다. 난 천불용이야."

"천불용……."

석요송이 소년의 이름을 되뇌었다. 그러는 사이 소년 천불용이 떠나려던 걸음을 돌려 다시 석요송 앞으로 다가왔다.

"그런데 어디서 오는 길이니?"

천불용이 물었다. 그러자 석요송이 잠시 당황한 빛을 보이다가 어리숙하게 대답했다.

"토하곡이라고… 모를 거야. 아주 깊은 산골 마을이거든."

"토하곡? 정말 모르는 곳이네. 어디 있는 곳인데?"

"아주 북쪽."

"북쪽이라면 장백산 근처?"

"그 더 넘어."

"와. 정말 먼 곳에서 왔구나. 그런데 어디로 가는 거야?"

"몰라."

석요송의 대답에 이번에는 천불용이 어리둥절한 표정을 지었다.

"어디로 가는지 모른다니 그게 무슨 말이야?"

"그냥… 뭐… 목적지를 몰라."

석요송의 대답에 천불용이 의심 어린 시선으로 석요송을 보며 다시 물었다.

"동행은 있어?"

"응. 아는 분들을 따라 고향을 떠나왔어."

석요송에게서 특별한 이야기를 기대했던 천불용이 실망스러운 표정을 지으며 고개를 끄덕였다.

"그렇구나. 지인을 따라 세상 구경을 나온 모양이구나."

"뭐, 그런 셈이지. 그런데 넌 어디로 가니?"

"나? 난 집으로 돌아가고 있어. 일 년 전 숙부들을 따라 천하유람을 떠났었거든. 이제 돌아가는 길이야."

"집이 어딘데……?"

"음… 그건 말해주면 안 되는데……."

"나도 내 이름을 말해줬는데……."

"그렇지? 아무래도 받은 게 있으면 돌려주는 게 있어야겠지. 하지만 너만 알고 있어야 해. 난 천랑원 사람이야."

"천랑원?"

"모를 거야. 세상에 많이 알려진 곳이 아니니까."

"어디 있어?"

"본가는 연경에 있어."

"연경… 아주 큰 도성이라고 들었는데……."

"당연하지. 대요의 중경인걸."

"그렇구나. 한번 가보고 싶다."

"한번 꼭 와. 연경에 와서 천랑원을 찾으면 날 만날 수 있을 거야. 아, 뭐 물론 내가 천랑원에 머무는 시간은 그리 많지 않지만……."

그런데 그때였다. 문득 배의 뒤쪽에서 중년 사내의 목소리가 들렸다.

"불용! 뭘 하고 있는 것이냐?"

자신을 부르는 소리에 천불용이 움찔했다.

"이크, 삼숙이군. 요송, 난 그만 가야겠다. 내 숙부들께서는 낯선 사람과 이야기하는 것을 싫어하거든. 하지만 뭐… 뱃길은 기니 다음에 또 보자."

천불용이 빠르게 작별인사를 하고는 재빨리 걸음을 옮겨 자신을 부른 중년 사내에게로 다가갔다. 천불용을 부른 중년 사내가 멀리서 날카로운 시선으로 석요송을 살폈지만 석요송으로서는 그런 중년 사내의 시선을 알아챌 수 없었다.

"천불용… 이상한 이름이야."

석요송이 멀어지는 천불용을 보며 중얼거렸다. 그런데 석요송과 천불용이 이야기를 나누는 모습을 보고 있던 사람은 천불용의 삼숙만이 아니었다. 천불용과 그의 삼숙이라는 자가 사라지자 허깨비처럼 석요송 곁에 차유가 나타났다.

"누구냐?"

갑작스러운 차유의 등장에 석요송이 흠칫 놀랐으나 이미 오랜 여행으로 친숙해진 덕에 큰 두려움없이 입을 열었다.

"천불용이래요."

"천불용?"

"네."

"무슨 이야기를 하고 있었느냐?"

"그냥 서로 이름을 말해줬어요."

"어디에 사는 아이라더냐?"

"천랑… 아차!"

석요송이 말을 하다말고 자신의 손으로 급히 입을 막았다.

"왜 그러느냐?"

"불용이 자신이 어디 출신인지 비밀이라고 그랬어요."

"후후, 이 녀석아. 이미 말해놓고 무슨 비밀이냐. 천랑원의 아이란 말이지?"

"천랑원을 아세요?"

"알지."

차유가 담담히 고개를 끄덕였다.

"어떤 곳이에요?"

석요송이 호기심을 드러내며 물었다. 그러자 차유가 천불용등이 사라진 곳을 바라보며 입을 열었다.

"글쎄… 어떤 곳이라고 해야 할까. 그렇지. 신비지문이라는 말이 가장 적당하겠구나."

"신비지문이 뭐죠?"

"그러니까, 천하의 사람들에게 그 정체가 명확하게 드러나지 않은 곳이란 뜻이다. 세상에 이름은 알려졌는데 그 실체가 알려지지 않은 곳이지. 그런데 이곳에서 천랑원의 사람을 보다니… 이번 강호행이 헛된 것은 아니었군."

"그렇게 대단한 곳인가요? 나중에 연경에 오면 찾아오라던데……."

"하하하, 그 천불용이란 아이는 네가 마음에 들었나 보구나. 본시 천랑원을 방문하려면 반드시 그 원주의 초청이 있어야 하는데… 그래 무슨 일로 이 배에 탔다고 하더냐?"

"그냥 천하유람 중이라고 하던데요?"

"천하유람이라… 천하유람을 중원이 아닌 요동으로 왔다? 그 또한 기이한 일이군."

차유가 혼잣말을 중얼거리며 고개를 갸웃했다. 그러다가 석요송을 보며 말했다.

"들어가자꾸나. 도주께서 찾으신다."

"도주께서요?"

"그래."

"무슨 일이시죠?"

석요송이 걱정스러운 표정으로 물었다. 금온은 석요송에게 차유보다 좀 더 어려운 사람이었다. 여행을 하면서도 줄곧 금온 앞에서는 오금이 저리곤 했었다.

"도주님을 너무 무서워하지 말거라. 사실은 누구보다 마음이 따뜻한 분이란다."

"그런… 가요?"

석요송이 말꼬리를 흐렸다. 이미 금온이 토하곡주 석숭의 팔을 베는 것을 두 눈으로 본 석요송에게는 믿을 수 없는 말이었다.

"천랑원의 사람이 이 배에 타고 있다고?"

금온이 가부좌를 틀고 앉아 있다가 차유의 말에 놀란 표정으로 되물었다.

"그렇습니다. 그 일행 중 요송 또래의 아이가 있는데 그 아이가 요송에게 말을 걸었다고 합니다. 천불용이라는 이름을 가지고 있는 아이였답니다."

"천불용이라… 범상치 않은 이름이구나."

"천랑원이라면 한 번 살펴보는 것도 괜찮지 않겠습니까?"

"그렇기는 하지만 배 안이 아닌가? 그들과 분란을 일으켜 좋을 것이 없네."

"알겠습니다."

차유가 순순히 자신의 뜻을 꺾었다. 그러자 금온이 다시 입을 열었다.

"석년에 송의 무인들이 모여 만든 대화련의 고수가 북방 무림을 살피기 위해 장성 근처에 왔다가 천랑원의 고수 한 명과 분란이 일었던 적이 있었네. 그자의 이름은 무방산이라는 자였는데 그때 그자 하나를 감당하지 못해 대화련의 일급고수 일곱 중 살아 돌아간 자가 둘이었지."

"북방의 무림의 정세를 살피기 위해 보낸 자들이라면 보통 인물들이 아니었을 터인데요?"

"그렇지. 그러니 그 무방산이라는 자가 대단한 자지. 아무튼, 그 일 하나로 천랑원의 명성이 강호에 알려졌네. 더불어 대화련에게는 제일적이 되었지. 그러나 대화련은 황하를 넘어서면 제대로 힘을 쓰지 못하니 제일적으로 지목했다 해도 공염불이지."

금온의 말에 차유가 고개를 끄덕이다 눈빛을 빛내며 물었다.

"천랑원에 대해 알아보신 겁니까?"

"음… 사람을 보내보긴 했는데… 운중룡이랄까. 알 수가 없어. 그 정체가 뭔지."

"남경에 있다면 요 황실과 관계가 있지 않겠습니까?"

"그럴지도 모르지. 그러나 역시 확인되지 않았네."

"변수군요."

"어쨌든 그들 역시 북천십이문의 하나로 불리니 무시할 수는 없지."

"역시 한 번 살펴보는 것이⋯⋯?"

"되었네. 이미 살피고 있느니 이곳에서는 놓아두게."

"알겠습니다."

차유가 다시 한 번 자신의 뜻을 접었다. 그러자 금온이 이번에는 석요송을 보며 말을 건넸다.

"멀미는 이제 가셨느냐?"

"속이 편해진 것은 이미 오래전이에요."

석요송이 대답했다.

"하하, 그렇구나. 내가 요즘 생각이 많아 미처 너에게 관심을 두지 못했구나. 오늘은 나와 이야기를 좀 하자."

금온의 말에 석요송이 금온을 바라봤다. 금온이 이렇게 정색을 하고 석요송에게 말을 건넨 토하곡을 떠난 후 오늘이 처음이었다.

"요송, 네가 토하곡주, 그러니까 네 스승에게 배운 것 중 혹호흡법이나 도검을 쓰는 방법, 아니면 손발을 쓰는 권각술 같은 무술이 있었느냐?"

그러자 석요송이 고개를 갸웃하다가 입을 열었다.

"곡주께서는 토하곡의 모든 아이에게 건강에 좋다며 아침저녁으로 호흡하는 법을 가르치셨어요. 그건 저도 배웠지요."

"음, 구변환공일테고⋯⋯."

"그리고 도검을 쓰는 법이라면⋯ 그저 토하곡 주변에 가끔

늑대나 호랑이가 출몰하는 관계로 짐승들을 쫓는 법을 배웠어
요."

"그렇구나. 이리 가까이 오너라. 네 몸을 좀 봐야겠다."

금온의 말에 석요송이 잠시 망설이다가 무릎걸음으로 금온
앞으로 다가갔다. 그러자 금온이 조심스럽게 석요송의 근골을
살피기 시작했다. 금온의 손길은 치밀하고 세심해서 석요송은
금온이 자신의 온몸에 침을 놓는 것 같은 느낌을 받았다.

"구변환공이 맞군."

석요송의 몸을 살피던 금온이 중얼거렸다.

"어찌 아시는지요?"

차유가 물었다. 그러자 금온이 여전히 석요송의 몸을 살피며
말했다.

"석문의 구변환공이 환술로 오인받는 이유는 구변환공을 수
련한 사람의 경우 축골공에 능하기 때문이네. 단순히 뼈를 움직
여 모습을 바꾸는 것이 아니라 근육과 힘줄의 유연성도 보통 사
람이 생각할 수 없을 만큼 탁월해져서 환술을 익히는 데 최적의
몸을 만들지. 이 아이의 몸도 이미 구변환공으로 많은 변화를
일으키고 있네. 보통 사람과는 다른 몸이지."

"문제는 없습니까?"

"문제? 허허허, 무슨 문제가 있겠나? 천년비공인 것을⋯ 아무
튼 좋아. 구변환공에 의해 단련된 몸은 다른 무공을 수련하는
데에도 큰 도움이 되지."

탁탁탁!

갑자기 금온이 석요송의 몸 곳곳을 가볍게 손바닥으로 때리

기 시작했다. 그럴 때마다 석요송은 깜짝깜짝 놀랐지만 그럼에
도 불구하고 금온을 손길을 피하지 않았는데 그건 금온의 손길
이 매섭기보다는 시원하게 느껴졌기 때문이었다.

타탁!

금온은 대략 일각 정도 석요송의 몸을 안마하듯 두드렸다. 그
리고는 마지막으로 가볍게 석요송의 목덜미를 문지른 후 석요
송에게서 손을 뗴었다.

"되었다. 기대한 대로 아주 좋은 몸을 가지고 있구나."

"안마를 해주신 건가요?"

석요송이 물었다.

"안마? 흠, 안마라면 안마지. 기분이 어떠하냐?"

"몸이 무척 가벼워진 것 같아요."

"오랜 여행으로 지쳐 있는 것 같아서 네 몸에 생기를 불어넣
어 준 것이다. 그건 그렇고… 이걸 받아라."

금온이 석요송에게 한 장의 양피지를 내놓았다. 양피지 위에
는 깨알 같은 글씨가 쓰여 있었다. 석요송은 양피지의 정체가
궁금했지만 아무 말 없이 금온의 손에서 양피지를 건네받았다.
그러자 금온이 다시 입을 열었다.

"그 양피지에는 호흡을 고르게 해 몸의 기운을 기르고, 탁기
를 배출하며 천지의 진기를 단전에 모으는 비결이 담겨 있다.
넌 오늘부터 그 비결을 아침저녁으로 수련토록 하거라."

금온의 말에 석요송이 대답 대신 양피지 위의 글을 살폈다.
그리고는 잠시 후 난감한 표정으로 말했다.

"저기… 제가 모르는 글씨가 있는데요?"

"걱정 마라. 그 호흡법을 무척 섬세한 것이라 너 홀로 수련할수는 없다. 글 또한 요즘에는 쓰지 않는 고어가 많느니라. 내 네게 수시로 그 비결에 대해 설명해 줄 터이니 넌 게으름 피우지말고 열심히 수련토록 하거라."

"알았어요."

석요송이 대답은 했지만 마뜩잖은 표정을 지었다.

"무공을 수련하는 것이 싫은 것이냐?"

"무공이란 결국 사람을 해치는 것이라 들었어요. 전… 그런일을 하고 싶지 않아요."

석요송의 말에 금온이 고개를 끄덕였다.

"석문의 가르침을 이었으니 그리 생각하겠지. 그러나… 곧네 생각도 변하게 될 것이다. 네가 살아갈 곳은 토하곡이 아니라 도산검림의 강호다. 요송, 잘 듣거라. 이 세상에서 누군가를지키기 위해선 힘이 필요하다. 힘이 없으면 소중한 것을 잃게되는 것이다. 그러니 네겐 힘이 필요하다."

"누굴 지켜야 하는 거죠?"

"내가 부탁하는 한 사람, 그리고 토하곡의 네 친족들, 더불어네 자신을 지켜야 할 거다."

금온의 말에 석요송이 잠시 망설이다가 굳은 표정으로 대답했다.

"알았어요. 어르신이 시키시는 대로 할게요. 그게… 약속이었으니까요."

"좋다. 약속을 잊지 않으니 넌 장부다!"

그날부터 이틀 동안 석요송은 선실을 벗어나지 않았다. 그의 곁에서 금온은 자신이 건넨 양피지에 적힌 비결 하나하나를 어린아이에게 처음 글을 가르치듯 석요송에 가르쳤다.

단 한 자라도 허투루 배우면 안 된다는 듯 대략 일백여 자의 글씨로 기록된 비결들이 그렇게 금온에 의해 석요송의 머릿속에 각인되었다. 그 사이 배는 어느덧 숙주를 눈앞에 두고 있었다.

"왜 금패(金覇)가 아니고 토정(土正)입니까?"

차유가 조심스럽게 금온에게 물었다. 그러자 금온이 가볍게 수염을 쓸어 올리며 대답했다.

"뒤에 설 자가 패(覇)를 수련해서야 기가 너무 강하지 않겠는가?"

"그럼 소도주께 금패를 수련하게 하실 생각이십니까?"

"그래야겠지. 천하의 강자들을 무릎 꿇리려면 아무래도 패도를 따라야지 않겠는가?"

"그러나……."

"령이 여인이라고 말하고 싶은 건가?"

"……?"

차유가 대답을 하지 않았지만, 그의 침묵 속에는 이미 대답이 들어 있었다. 그러자 금온이 심각한 표정으로 말했다.

"이래서 큰일이라는 게야. 차유 자네조차도 이미 령이 여인이라는 선입견을 가지고 있지 않은가? 자네가 그러한데 다른 사람들은 어떠할까. 그래서 요송 그 아이가 필요한 것이고, 그래서 더더욱 령이 패경을 익혀야 하는 것이네."

"그러나 소도주의 몸에 무리가 올 수도 있습니다."

"그건 걱정 마시게. 타고난 자질도 자질이지만 그동안 나도령을 위해 많은 준비를 했으니까. 패경을 수련하는 데에 큰 무리가 없을 걸세."

금온의 말에 차유가 고개를 끄덕이다가 다시 입을 열었다.

"요송, 저 아이에게 정경의 모든 구절을 건네시지는 않으실 생각이신지요?"

"좀 두고 보세. 저 아이의 재질이 뛰어남은 알겠지만, 과연 정경을 모두 수련해 낼 그릇인지는 아직 모르겠네. 무공의 진보에 따라 결정해야 할 일이네."

"만약 저 아이가 정경을 오롯이 완성한다면 더 걱정이 아닐지요."

"자네가 뭘 걱정하는지 알아. 하지만 너무 걱정 말게. 저 아이에게 정경을 전수하는 이유 중 하나는 무공을 완성했다 해서 령을 배신하지는 못하게 하려는 것이니까. 천성이 순박한 데다가 정경까지 수련하면 나와 한 목숨의 맹약을 결코 어기지 못할 거야. 정경의 순후함은 사람의 심성을 곧게 만드는 기질이 있네. 더군다나 구변환공의 금제까지 가해져 마음을 숨기고 얕은 수를 쓰는 행동은 더욱 하지 못할 걸세. 그런 면에서 토하곡주가 우리에게 꼭 필요한 고삐를 쥐여준 셈이지."

금온의 말에 차유가 나직하게 탄식을 흘려냈다.

"아, 그러고 보면 이 모든 것이 모두 하늘의 안배 같습니다. 이렇게 모든 일의 선후가 맞아 들어가다니."

"나도 그렇게 생각하네. 요송 저 아이와 령의 운명이 맞닿아 있는 것이지. 나의 생각대로 된다면 령은 천하를 지배하게 될 거야. 그 곁에는 항상 충직한 그림자가 있을 것이고."

*　　　*　　　*

배는 이레를 이동해 숙주에 도착했다. 요동반도 끝에 위치한 숙주는 북방 뱃길의 요지로 천하 각지에서 몰려온 사람들로 분주한 곳이다. 금온은 석요송을 데리고 숙주에서 배를 내렸다.

하선을 한 석요송 일행은 조용한 객잔을 찾아 하룻밤을 보냈다. 그리고 다음 날 아침 요기를 하는 사이 한 사람이 금온을 찾아왔다. 조금 거친 듯 보이는 사내는 그 안광이 맹수처럼 형형한 것이 강맹한 무공을 수련한 자가 분명했다.

"도주님 원행에 별고없으셨는지요."

사내의 말투가 생김새답지 않게 공손하다.

"조용히 다녀온 길이니 무슨 일이 있었겠나. 모길, 자네의 행색은 더욱 좋아 보이는군."

"며칠 푹 쉬었더니 그런 모양입니다."

모길이라 불린 사내가 머리를 조아렸다. 그러다가 문득 시선을 석요송에게 주더니 금온에게 물었다.

"가셨던 일은……?"

"그런대로."

"토하곡주께서는……?"

"노룡은 숲에 머물기로 했네. 대신… 잠룡을 데리고 나왔지.

요송!"

금온이 석요송을 불렀다. 그러자 석요송이 대답없이 금온을 바라봤다.

"이리 오너라."

금온의 부름에 석요송이 금온 앞으로 다가왔다.

"인사하거라. 이 사람은 나의 일을 돕는 사람이다."

갑작스레 낯선 이를 소개받은 석요송이 조금 당황한 표정으로 사내를 보며 고개를 꾸벅였다.

"석…요송이라고 합니다."

"반갑구나. 난 모길이라 한다."

그러자 곁에 있던 차유가 모길에 대한 설명을 곁들였다.

"강호에선 그를 마풍이라 부른단다. 본 문의 우풍사지. 성정이 괄괄하니 조심하거라."

"예……."

석요송이 흠칫 겁을 집어먹은 표정으로 대답했다. 그러자 모길이 한줄기 미소를 지으며 말했다.

"너무 겁내지 말거라. 내 생김새가 이래서 사람들이 겁을 먹기는 하지만 난 그렇게 거친 사람이 아니란다."

"네……."

모길의 말에도 석요송의 얼굴에선 여전히 두려움이 사라지지 않았다. 그런 석요송을 유심히 살펴보던 모길이 금온에게 공손한 목소리로 물었다.

"이 아이를 어찌하실 생각으로 데려오셨는지요?"

"청도, 아니 강호 제일의 고수로 만들 생각이네."

"무슨 말씀이신지?"

"재질이 있어."

"그런가요?"

모길이 의구심이 깃든 목소리로 되물었다.

"왜 의심스러운가?"

"제가 어찌 도주님의 안목을 의심하겠습니까?"

모길이 깊이 고개를 숙였다.

"하하하, 그럴 필요없네, 처음 보면 그리 생각할 수밖에 없으니. 그러나 자네도 곧 이 아이의 숨은 재질을 확인하게 될 걸세."

"기대하지요."

"허허허, 이건 마치 내가 시험에 든 것 같군."

"어찌 그런 말씀을!"

마풍 모길이 송구한 표정으로 말했다.

"괜찮네. 사실 나도 궁금하긴 해, 과연 내 도박이 어떤 결과를 가져올지. 준비는?"

"바로 떠나실 수 있습니다."

"좋아. 가지."

금온이 자리에서 일어났다. 일행은 하루 머물렀던 객잔을 벗어나 다시 포구로 향했다.

한 척의 작은 배가 석요송 일행을 기다리고 있었다. 배에 타고 있는 사람은 둘, 둘 모두 평범한 뱃사람 차림이었으나 그 눈에 흐르는 정광이 범상치 않다.

배에 올라 있던 두 사람은 금온이 나타나자 천하에서 가장 존귀한 사람을 맞이하는 듯 깊이 허리를 숙였다.

"수고들 하네."

금온이 사람 좋은 웃음을 흘리며 배에 올랐다. 그러자 차유가 석요송의 등을 가볍게 밀어 배로 이끌었다.

일행이 오르자 배는 곧 바다를 향해 밀려 나갔다. 배의 크기에 비해 지나치게 커 보이는 돛이 바람을 머금자 배는 순식간에 포구에서 멀어졌다.

그런데 석요송 일행이 탄 배가 사라졌을 때 갑자기 포구 위에 칠팔 명의 사람이 모습을 드러냈다. 그리고 그중에는 압록수를 떠나 숙주로 오는 동안 석요송에게 말을 건넸던 천랑원의 소년 천불용도 섞여 있었다.

"저자가 그렇게 위험한 자인가요?"

천불용이 누군가에게 물었다. 그러자 날카로운 눈매를 지닌 초로의 노인이 입을 열었다.

"그렇습니다. 아마도 당금 천하에서 가장 위험한 자일 겁니다. 소원주!"

"그런가요? 내가 보기에는 그저 곱게 늙은 노인 같은데……."

"당금 무림이 오직 그의 행보만을 주시하고 있다면 믿으시겠습니까?"

"그렇게까지 대단한 건가요?"

천불용의 물음에 노인이 고개를 끄덕였다.

"그의 청도는 천외천으로 불리지요. 더군다나 그의 말 한마디에 움직일 강호의 문파도 수십 곳은 됩니다. 그는… 정말 무서운 자입니다."

"본 원에 적이 되는 사람인가요?"

"그가 소문대로 북방의 세력과 연관이 있는 자라면 그렇겠지요."

"그럼 지금이라도……."

"불가한 일입니다. 그의 무공은 저희만으로 감당할 수 없습니다."

"하면 대병을 동원해 청도를 치는 것은 어떤가요?"

"그 또한 위험한 일이지요. 청도는 용담호혈, 승리를 장담할 수 없습니다."

"그럼 대책이 없다는 건가요?"

천불용의 물음에 노인이 한줄기 미소를 지었다.

"대책은 있습니다."

"뭐죠?"

"바로 무책이 상책인 경우입니다. 보셔서 아시겠지만, 그는 이미 백 세가 넘었지요. 아무리 대단한 인간도 결국은 자연의 섭리를 이기지 못하는 법, 그의 수명은 아마도 십 년이 채 남지 않았을 겁니다. 결국… 시간이 그를 상대해 줄 것입니다."

"그게 대책이라니 천랑원으로서는 수모군요."

"천기를 이용하는 것은 천하만계 중 상책에 속하는 것입니다. 그러니, 너무 자괴하지 마십시오."

"알았어요. 그나저나 그 아이… 어떻게 자랄지 궁금하군요."

"마음에 드셨습니까?"

"똑똑한 친구들만 있는 천랑원에서 지내다 보니 그 아이의 어리숙함이 마음을 끄네요."

천불용이 한 점으로 변한 석요송의 배를 보며 나직하게 말했다.

第四章 생사도

　두 개의 섬이 시야에 들어왔다. 한쪽은 숲으로 우거진 푸른 섬이었고, 다른 한쪽은 회색빛 암석들이 가득한 바위섬이었다. 섬의 크기도 달랐다. 녹색의 섬은 무척 크고 넓어서 그 둘레를 돌아보는 데 족히 서너 시진은 걸릴 듯했다. 섬 중앙에는 거대한 장원이 들어서 있었는데 그 아름다움이 천하에 견줄 곳이 없을 듯싶었다.

　반면 녹색의 섬 서쪽에 위치한 바위섬은 장원이 있는 섬에 비하면 그야말로 보잘것없는 모습이었다. 오로지 바위만 존재하고 나무는 거의 찾아보기 힘든 섬, 사람이 살 수 없는 섬인 듯 보였고 크기도 녹색의 섬에 비해 오분지 일에도 미치지 않았다.

　"왼쪽의 섬은 청도라 한다. 오른쪽에 있는 섬은… 생사도라 부르지."

모길이 말했다. 이름만 들어도 섬뜩한 기운이 밀려왔다. 청도가 청도임은 그 푸름을 보면 짐작할 수 있었지만, 바위섬이 생사도란 이름을 가지게 된 연유는 알 수 없었다.

　그런데 석요송을 더욱 당황스럽게 만드는 일이 벌어졌다. 배가 아름답고 풍요로워 보이는 청도가 아니라 죽음의 기운이 물씬 풍기는 바위섬, 생사도로 향하기 시작했던 것이다. 석요송의 불안함을 아는지 모르는지 그의 곁에서 마풍 모길이 계속 입을 열었다.

　"청도를 보면 도주님의 위대함을 알 수 있다. 본래 청도 역시 생사도와 마찬가지로 나무 한 그루 자라지 않은 바위섬이었다. 그런데 도주께서 청도에 자리를 잡으신 이후 수목을 심고 길러 오늘날 생명이 살아 넘치는, 천하에서 가장 아름다운 섬으로 변모시키신 거지."

　"저 섬을… 도주께서 만드셨다고요?"

　어리숙한 석요송에게도 모길이 한 말은 믿기 힘든 것이었다.

　"청도를 처음 보는 사람들은 다 이 말을 믿지 않는다. 너처럼! 그러나 사실이다. 청도를 만든 사람은 도주님이시다. 도주께서 오늘날의 청도를 만드는 데 걸린 시간이 거의 칠십 년… 바위섬을 생명의 섬으로 바꾸기에는 충분한 시간이지. 물론 보통 사람은 절대 할 수 없지만."

　모길의 말에 석요송이 사오 장 밖에 있는 금온을 바라봤다. 금온은 무슨 생각을 하고 있는지 고개를 약간 숙이고 근 한 시진째 침묵을 지키고 있었다.

　"그런데 우린 어디로 가는 거죠?"

석요송이 불안한 표정으로 물었다. 그러자 모길이 어두운 표정으로 대답했다.

"생사도로 간다."

"왜 생사도로 가죠? 청도에서 지내는 것이 아닌가요?"

아무리 모자란 사람이라도 청도와 생사도 중 사람이 살 곳은 청도라는 사실을 모를 리 없었다.

"음… 생사도에서 할 일이 있다."

"무슨 일을요?

"가보면 안다."

모길이 더 이상 말하기 어렵다는 듯 입을 닫았다. 석요송도 더 이상 질문을 하지 못하고 그저 다가오는 생사도를 불안한 시선으로 바라볼 뿐이었다.

철썩! 철썩!

섬이 가까워지자 파도 소리가 점점 강해졌다. 바위섬에 부딪히는 파도 소리가 생사의 아우성처럼 처절했다.

쿵!

한순간 생사도의 바위들 틈에 난 작은 모래사장으로 배가 머리를 들이밀었다.

"내리자."

배가 멎자 마풍 모길이 석요송을 데리고 하선했다. 석요송은 이 무섭고 두려운 섬에 왜 들어가려 하는지 영문을 모르겠다는 듯 줄곧 모길과 금온, 그리고 차유를 표정을 살피면서도 모길의 손에 떠밀려 섬에 발을 디뎠다. 그런데 이상하게도 금온과 차유는 배에서 내리지 않았다.

"왜 우리만 내리죠?"

석요송이 급히 모길에게 물었다. 그러나 모길은 대답을 하는 대신 손을 모아 입에 대더니 섬을 향해 길게 새소리를 만들어냈다. 그사이 석요송이 타고 온 배는 어느새 모래사장에 박혔던 뱃머리를 빼내 섬에서 십여 장 밖으로 밀려 나가 있었다.

"요송, 잘 듣거라."

새소리를 만들어내던 모길이 정색을 한 목소리로 석요송을 보며 말했다.

"무슨 일이에요."

급작스럽게 상황들이 변해가자 석요송이 두려움을 감추지 못하고 물었다. 그러자 모길이 말했다.

"요송, 난 매월 보름 이곳에 올 것이다. 그때 네게 필요한 것들을 받을 수 있을 것이다. 그리고 그것들이 널 이 섬에서 살아갈 수 있게 해 줄 것이다."

"설마 날 혼자 두고 떠난다는 건가요?"

석요송이 비명처럼 목소리를 높였다. 그러나 모길은 그런 석요송의 질문에 대답하는 대신 계속해서 자신의 말을 이어갔다.

"요송, 이 섬이 생사도인 이유는 이곳에선 사람이 살아남기가 쉽지 않기 때문이다."

"도대체… 무슨 소릴 하는 거예요? 왜 갑자기 나에게 이러는 거예요?"

"강해지거라. 이곳에서 살아남는다면 넌 강해질 것이고, 그리되면 언젠가 너도… 네 삶을 찾을 수 있겠지. 요송, 명심해라.

강해져라. 생사의 운명이란 결국 네 스스로 만들어가는 것이다."

그때 문득 섬의 안쪽, 거무스름한 바위들 틈에서 희미한 잔영을 남기며 무엇인가 움직이는 것들이 눈에 들어왔다. 그러자 모길이 그의 별호처럼 바람같이 움직여 바다 위를 날기 시작했다.

타탓!

모길은 물새처럼 바다 위를 날더니 한순간에 십여 장 뒤로 물러나 있던 배에 올랐다.

"도대체 내게 왜 이래요?"

석요송이 모길을 따라 바닷물 속으로 몸을 날렸다. 그러나 그의 몸은 금세 파도에 휩싸였다. 그 파도에 밀려 석요송이 제풀에 쓰러졌다. 그 사이 모길을 태운 배는 점점 더 뒤로 물러났다.

"요송! 오늘부터 넌 이곳에서 살게 된다. 이곳은 생사도! 목숨을 걸고 무공을 수련해야 할 것이다. 그것만이 네가 살아남을 수 있는 유일한 길이다."

금온의 목소리가 들려왔다. 두렵긴 해도 온화하던 그의 목소리가 오늘은 서릿발처럼 차갑다. 석요송이 파도 속에서 몸을 일으켜 금온을 바라봤다. 그러나 금온은 더 이상 석요송과 눈을 마주치지 않았다. 대신 그의 시선은 유령처럼 해변에 나타난 세 사람을 바라보고 있었다.

그들은 하나같이 사람 같지 않은 몰골을 하고 있었다. 셋 모두 비쩍 마른 몸에 허름한 마의를 걸치고 있었는데 눈에서 흘러나오는 광채들이 어둔 밤 숲을 지키는 맹수와도 같았다.

"오랜만이오! 세 분!"

멀리 배 위에서 금온이 세 명의 괴인에게 인사를 했다. 그러자 삼인 중 가장 나이가 많아 보이는 자가 터벅터벅 앞으로 걸어 나왔다. 그러더니 불쑥 물속으로 걸어 들어와 석요송의 목덜미를 집어 올렸다.

"이 물건은 뭐요?"

탁한 음성으로 괴인이 물었다.

"다시 한 번 인검(人劍)에 도전하고 싶소."

금온이 대답했다.

"도주, 아직도 그 꿈을 버리지 못한 것이오?"

사내가 차갑게 물었다. 그러자 금온이 대답했다.

"나를 위해서가 아니라 령을 위해서요. 령과 그대들은 뗄 수 없는 사이. 다시 한 번 시도해 봅시다."

"도주 그대는 참으로 잔인하구려. 이 일이 얼마나 많은 기재들을 죽음으로 몰아넣었는지 도주 자신이 잘 알고 있으면서 다시 그 일을 하라니……."

"매월 보름 필요한 물건을 가지고 올 것이오. 그 아이가 수련하는 동안은 그대들 역시 필요한 물건을 얻을 수 있을 것이오."

"늘그막에 호강인가?"

괴인이 심드렁한 목소리로 대답했다. 그러자 금온이 다시 말했다.

"그 아이는… 지금까지 생사도를 찾은 아이들과는 다르오. 그대들 천기삼사라면 능히 그 아이의 재질을 알아볼 것, 부디 그대들의 손으로 인검의 완성을 보시기 바라오."

"인검을 만드는 것은 천리를 거역하는 일이오. 우리 세 사람은 이미 한 번 역천의 업을 쌓았기에 다시 한 번 천리를 역행한다면 천벌을 면치 못할 거요. 형벌은 한 번으로 족하오. 평생 이 생사도에서 살아가는 것이 어떤 것인지 알고 계시오?"

"그 일은 나도 미안하게 생각하오. 그러나… 그 또한 그대들의 운명이 아니겠소? 애초에 그대들이 순순히 나의 뜻에 따랐다면 이런 일은 없었겠지."

"도주, 그대는 참으로 비정한 사람이오. 저승에 가서 소도주와 며느님을 어찌 보시려 하시오?"

"오히려 난 그 아이들을 만나고 싶소. 그 아이들을 볼 수 있다면… 지옥에라도 가겠소. 그러나 지금은 죽은 후의 일이니 생각하고 싶지 않소. 그 아이들을 위해서라도 난 령을 위한 인검을 반드시 완성해야겠소. 그럼 부디 살아서 다시 봅시다. 가세!"

금온이 더 이상 말을 하기 싫다는 듯 고개를 돌려 차유에게 명을 내렸다. 그러자 차유가 배를 모는 사내들에게 고개를 끄덕였다. 배가 움직였다. 그리고는 순식간에 생사도의 경계에서 멀어졌다.

"더럽게 운이 없는 놈이구나."

배가 떠나자 괴인이 자신의 손에 들린 석요송을 보며 말했다.

"사, 살려주세요."

석요송이 겁에 질린 목소리로 소리쳤다.

"살려달라고? 과연 앞으로도 그런 말을 할 수 있을까? 아이야… 가끔은 사는 것이 죽는 것보다 힘들 때가 있는 법이란다."

괴인의 말이 끝나기 전의 그의 손이 움직였다. 그러자 석요송이 한순간에 정신을 잃고 괴인의 손 아래 축 늘어졌다.

*　　*　　*

"이거… 욕심낼 만해. 도주가 헛된 욕심을 부리는 건 아니군."

거대한 석실, 하늘을 향해 뚫린 둥근 구멍을 통해 별빛이 내려앉고 있었다. 그 빛 아래 여린 촛불이 사시나무 떨듯 떨고 있었고, 촛불에 비친 석대에 한 명의 사내아이가 발가벗겨진 채로 누워 있었다. 석요송이다.

석대 위에 누워 있는 석요송을 둘러싸고 생사도의 세 괴인이 고민스러운 표정으로 턱을 괴고 있었다.

"그렇게 대단해?"

앞서 금온과 말씨름을 벌이던 자가 물었다. 그러자 셋 중 그나마 살이라는 것이 붙어 있는 괴인이 대답했다.

"좋아, 아주 좋아. 대단한 근골이야. 이런 근골은 내 평생 본 적이 없어."

"그래서 도주가 삼 년 만에 우릴 찾아온 것이군."

다른 괴인이 말했다.

"도주는 어디서 이런 기재를 구한 걸까?"

문득 금온과 말을 섞었던 자가 중얼거렸다. 그러자 석요송의 몸을 살폈던 자가 대답했다.

"난 짐작할 수 있을 것 같아."

"응? 지덕(地德), 자네가 알 수 있을 것 같다고?"

"그래. 알 수 있을 것 같아."

"그래? 어디서 이 아이를 구해온 건가?"

"이 아이는 한 가지 금제에 걸려 있네. 천수(天壽), 이 아이의 목덜미를 살펴봐."

지덕이란 괴인의 말에 천수라 불린 괴인이 급히 석요송의 머리를 들추고는 그의 목덜미를 살폈다. 그리고는 한참 뒤 탄식을 흘렸다.

"아, 이건……."

"뇌의 기능 일부를 막아버렸어."

"누가 이런 참혹한 짓을… 이건 도저히 고칠 수 없는 문제 같은데……? 설마 도주가?"

천수라 불린 괴인의 물음에 지덕이란 노인이 고개를 저었다.

"도주는 아니야. 금문의 지화보결이나 천환신결의 흔적이 아니야. 내 이런 수법을 쓸 수 있는 자를 한 명 알고 있지. 아주 예전에 이런 금제를 당한 사람을 본 적이 있거든."

"그게 누구지?"

지금껏 말이 없던 다른 괴인이 물었다. 그러자 지덕이란 괴인이 시선을 돌려 질문을 한 괴인을 보며 말했다.

"인도(人道), 자네 모현 아씨가 도주의 늙은 아들과 혼사를 맺기 전 다른 한 사람과 혼담이 오간 것은 알고 있지?"

"그걸 왜 모르겠나? 그때 석문의 그 젊은이와 혼사가 오갔었지. 음, 그때 청도가 아닌 석문으로 갔으면 아씨나 우리의 운명이 이리 험하게 되지는 않았을 거야."

"쩝, 그야 다 과거의 일이야 후회한들 무슨 소용인가. 아무튼,

당시 혼사가 오갔던 그 석문이 어떤 곳인 줄은 알고 있지?'

"왜 모르겠어. 석문 역시 계림의 한 지파가 아니던가?'

"맞네. 본시 계림이 천년일맥의 왕국이 된 것은 석씨 일족의 힘이 컸지. 계림 초기 역사에서 석씨의 활약이 없었다면 계림은 성립되지 못했을 거야. 단지 그들이 황권을 김씨 일족에 양보함으로써 김씨가 계림의 황족으로 이어진 것이지. 그 석씨 일족의 후예들이 지금의 석문인데 그들에게 전해지는 가전 무공 중에 구변환공이라는 신공이 있어.'

"구변환공?'

"세인들은 잘 모르는 것인데 나도 우연히 알게 된 것이지. 그 구변환공의 혈도법은 보통 난해한 것이 아니어서 오직 구변환공을 익힌 사람만이 풀 수 있지. 그런데 이 아이의 몸에 깃든 금제는 바로 그 구변환공에 의한 것이야.'

"아니 그걸 지덕 자네가 어찌 아나?'

"그때 아씨의 혼사 문제로 내 석문의 문주라는 사람을 잠깐 만난 적이 있는데 그때 석문의 죄인 한 명이 치죄를 당하는 것을 은밀히 보게 되었네. 기이하게도 단 한 번의 손짓에 죄인이 바보가 되더라고. 그래서 내 그 죄인의 몸을 몰래 살폈단 말이야. 뭐 위험하긴 하지만 어떤 수법을 썼는지 궁금해서 참을 수가 있어야지. 그런데 도저히 어떻게 손을 쓴 것인지 알 수가 없었어. 단지 그 기이한 흔적만을 볼 수 있었다네.'

"기이한 흔적이라니?'

"한 번 보게.'

지덕이란 괴인의 말에 인도라 불린 괴인이 재빨리 석요송의 목덜미를 살폈다. 그리고는 탄복하듯 말했다.

"기이하군. 이건 마치 뇌전을 맞은 것 같지 않은가?"

"맞아. 그 뇌전 모양의 문양이 그때 그 죄인의 목덜미에 남아 있었네. 그러니 이 아이는 결국 석문에서 온 것이야."

"석문이라… 뭐, 석문과 금문은 한 몸이나 같으니 그럴 수도 있지."

천수라는 괴인이 입을 열었다. 그러자 지덕이 고개를 저었다.

"그건 또 그렇지 않아. 본래 금문과 석문이 하나의 몸이기는 하지만 수십 년 전부터는 서서히 그 관계가 멀어졌지. 그래서 솔직히 지금도 두 문파가 같은 길을 가는지는 의심스럽네."

"그래? 그럼 이 아이는 왜 이곳으로 온 걸까?"

"어쩌면… 강제로 데려왔을 수도 있어."

지덕이 신중하게 말했다. 그러자 인도가 걱정스러운 표정으로 말했다.

"그렇다면 난감한 일 아닌가? 이 아이를 령의 인검으로 키워야 하는데 이 아이가 도주에 대해 반감을 가지고 있다면……."

"이 아이에게 걸려 있는 금제가 그 문제를 해결하겠지."

지덕이 말했다.

"무슨 소리야?"

인도가 알아듣지 못하겠다는 듯 되물었다.

"이 아이는 본래 무척 총명했을 거야. 두상을 보면 알 수 있지. 그러나 석문의 금제에 의해 지금은 평범한 아이보다도 못한 지력(智力)을 지니게 되었어. 그러니 자신에게 일어난 일에 대한 원한을 갖는 것보다는 당장 눈앞에 닥친 일을 견뎌내는 데 모든 심력을 쏟게 될 걸세. 원한을 마음에 품기에는 자신의 상황이 너무 절박할 테니까. 그러니 우리는 결정을 해야 해."

"뭘?"

"이 아이를 정말 령의 인검으로 만들 것인가에 대해서……."

지덕이 그늘진 표정으로 말했다. 그러자 천수와 인도 두 사람이 입을 닫았다. 그렇게 한 동안 침묵이 흘렀다.

"령은 아씨의 유일한 혈육이야. 사정이야 어찌 되었든."

인도가 말했다.

"맞아. 우린 아씨에게 대죄(大罪)를 지었네. 그러니 령을 위한 일이라면 뭐든 해야겠지."

그러자 지덕이 침중한 어조로 말했다.

"그러나 과연 한 사람을 위해 다른 한 사람을 희생시키는 일이 과연 옳은 일일까? 과연 대의를 위해 소수를 희생하는 것이 정당한 일일까?"

"흐흐, 지덕 그 질문은 이미 수십 번도 더한 질문이다. 이미 수십 번의 죄를 지었는데 어찌 한 번 더 죄짓기를 꺼리겠는가? 령을 위해 지옥으로 가세."

"뭐, 이미 지옥에 들어 살고 있는데 무서울 것도 없지. 좋아."

지덕이 고개를 끄덕였다. 그러자 천수가 석요송을 안아 들며 중얼거렸다.

"미안하구나. 운명이라 생각하자, 서로!"

*　　*　　*

눈을 떴을 때 모든 것은 암흑이었다. 한 치 앞도 살필 수 없는 칠흑같은 어둠 속에서 석요송은 눈을 떴다. 그리고 잠시 그대로 누워 있었다. 도대체 자신에게 무슨 일이 벌어진 것인지 생각할 시간이 필요했다. 그러나 생각이 깊어지자 이내 머리가 아파져 왔다. 그러자 본능적으로 생각하는 것을 멈춘 석요송이 벌떡 몸을 일으켰다.

"일어났느냐?"

어둠 속에서 사람의 목소리가 들려왔다.

"누구세요? 여긴 어디에요?"

석요송이 두려움에 떨며 물었다.

"이곳은 인관(忍關)이다."

"인관이 뭐죠?"

"말 그대로 모든 것을 참고 견디는 곳이다. 넌 이제 이곳에서 네 스스로의 힘으로 살아내야 한다. 무조건 앞으로 전진해라. 걸음을 멈추지 않으면 열흘 안에 인관을 벗어나리라. 그러나… 걸음을 멈춘다면 넌 결국 이곳에서 죽게 될 거야. 다시는 세상을 구경하지 못하는 거지."

"도대체 왜 내게 이러는 거예요?"

"모든 수련의 시작은 인내이다. 인검이 되는 것은 쉬운 길이 아니니 애초에 네 자질을 시험하려는 것이다. 견뎌낸다면 본격적인 수련을 시작할 것이고, 실패한다면… 죽게 되겠지. 열흘 뒤에 보자."

어둠 속에서 목소리가 사라졌다. 그러자 적막이 찾아들었다. 침묵의 무게가 천근보다 무거웠다. 석요송은 다시 온몸을 떨었다. 물론 석요송은 어둠에 익숙했다. 그는 어려서부터 깊은 밤 방을 나서 달과 별을 보기를 좋아했다. 싸늘한 밤 공기도 청량수처럼 기분 좋게 느끼는 석요송이었다.

그러나 이 어둠은 다르다. 이건 맑고 청명한 어둠이 아니다. 열린 공간이 아니라 닫힌 세계에 만들어진 어둠이었다. 탁한 공기가 석요송의 코를 파고든다. 그 내음이 또한 석요송을 답답하게 만들었다.

"왜… 나에게 이렇게 못되게 구는 거지?"

석요송이 겁에 질린 목소리로 중얼거렸다. 그러나 그 누구도 그의 의문에 대답해주지 않았다. 침묵이 이어지자 그 침묵에 대한 반발 때문인지 석요송의 발이 저절로 움직여졌다. 석요송은 어둠 속으로 전진하기 시작했다. 걸음을 멈추면 죽는다고 했던 괴인의 목소리가 그의 머릿속에 맴돌기 시작한 것은 그때부터였다.

걷기를 시작한 지 겨우 두어 시진이 지났을 때 석요송은 머리가 아닌 몸으로 자신이 큰 위험에 빠졌다는 사실을 깨달았다. 어둠을 걷는 것보다 침묵 속에 두려움을 견뎌야 하는 것보다 더 무서운 것, 배고픔을 느끼기 시작했던 것이다.

"배고파……."

본능적으로 걸음을 옮기며 석요송이 중얼거렸다. 그러나 역시 그 누구도 그의 말에 대답하지 않았다.

"배고파……."

다시 석요송이 중얼거렸다. 그러나 역시 침묵이 답이다. 석요송이 어둠 속에서 한쪽 벽면을 짚었다. 그러자 축축한 습기가 손을 통해 전해졌다. 석요송이 습기 찬 벽을 손으로 더듬으며 자세를 낮췄다. 그러자 벽면 아래서 아주 작은 물줄기가 느껴졌다. 석요송이 본능적으로 그 물줄기에 입을 가져다 댔다.

물은 그의 정신을 맑게 해주고, 그의 몸에 생기를 불어넣었다. 그러나 그렇다고 허기가 사라지는 것은 아니었다. 물을 마시자 오히려 내장이 민감해져 더욱더 강하게 허기가 느껴졌다.

"죽을 거야."

석요송이 그 자리에 주저앉으며 중얼거렸다. 허기가 밀려드니 두려움은 갑절로 늘어났다. 더군다나 지하수로를 흐르는 차가운 물의 냉기가 정신까지 번쩍 들게 만들었으니 두려움의 강도는 더욱 심해졌다.

그러나 그도 잠시 다시 석요송의 정신이 다시 뿌옇게 흐려지기 시작했다. 그러자 그의 머릿속에서 어둠 속에서 들렸던 목소리가 되살아났다. 쉬지 말고 걸어야 살 수 있다는 그 목소리, 그 목소리가 머릿속에 떠오르는 순간 석요송은 마치 혼이 빠진 사람처럼 자리에서 일어나 다시 걸음을 옮기기 시작했다.

"어때?"

석실 안으로 천수가 들어오며 지덕에게 물었다. 그러자 지덕이 턱을 괴고 한쪽 벽면을 응시하고 있다가 대답했다.

"생각보다 좋군."

"그래?"

천수가 돌 의자에 엉덩이를 붙이고 앉으며 되물었다.

"본래 인관은 아둔한 자에게 유리하지."

지덕이 벽면에서 눈을 떼며 말했다.

"며칠째지?"

"오 일이 지났어."

"음… 그럼 시작해야겠군."

"그렇잖아도 인도가 갔어."

"뭐, 어리숙한 놈이니 심인술을 펼치는 것도 수월하겠지?"

"똑똑한 놈보다야 낫지. 아무 의심 없이 머릿속에 심어(心語)를 받아들일 테니까."

지덕이 대답했다. 그러자 천수가 고개를 끄덕이다가 불쑥 물었다.

"령의 소식은 모르지?"

"우리가 항상 같이 있는데 자네가 모르는 걸 내가 알겠나?"

"흠, 그렇긴 하지. 도주가 과연 령을 어떻게 키우고 있을까?"

"결코, 평범하게 키우지는 않겠지. 어떻게 태어난 아이인데."

지덕의 말에 천수가 살짝 얼굴을 찌푸렸다. 그리고는 괴로운 표정으로 말했다.

"그렇군. 귀한 자손이니 당연히 특별하게 키우겠지."

"그게 령에게 도움이 될지는 잘 모르겠어."

"어차피 금문의 적자로 태어난 아이니 어쩔 수 없지. 운명인 거야."

"그 운명… 하늘이 만든 게 아니야. 사람이 만든 거지. 역천의 생명이란 말이지."

"그 말은 그만하게. 누워서 침 뱉기지. 그리고 최근 들어서 생각하는 건데, 아 물론 변명하자는 것은 아니고. 과연 령이 태어난 것이 역천의 일이었을까?"

"무슨 소리야?"

천수의 말에 지덕이 뜨악한 표정으로 물었다.

"아무리 사람의 재주가 뛰어나도 결국 생명이 잉태되고 태어나는 것은 하늘의 뜻이 아니었을까 그런 생각이 들어서……."

천수의 말에 지덕이 잠시 생각에 잠겼다. 그러더니 불쑥 말했다.

"그리 생각하면 마음이 좀 편해지는가?"

"후후, 뭐 그냥 그렇다는 말이야."

천수가 나직한 음소를 흘렸다.

—네 주인은 패존 금령이다. 네 주인만이 널 이 지옥에서 구해줄 수 있다. 네 생명을 구하는 자는 바로 금령, 네 운명의 주인이며 널 구원해 줄 수 있는 유일한 분이시다.

사람이 먹지 않고, 자지 않고 오 일을 걸었다면 이미 그의 혼은 파괴되어 있게 마련이다. 그 파괴된 혼 속으로 끊임없이 알 수 없는 말들이 밀려들고 있었다.

"내 주인은 패존 금령이다. 내 주인만이 날 이 지옥에서 구할 수 있어… 내 생명을 구하는……."

석요송은 언제부터인가 자신도 모르게 자신의 머릿속에 파고든 말들을 중얼거리고 있었다. 그 소리가 어디서 온 것인지, 누가 그에게 전한 말인지는 중요하지 않았다. 기이하게도 언제부

터인가 그 말들이 석요송을 자신이 살아나게 할 수 있는 힘을
지닌 주문처럼 그의 뇌에 각인되었던 것이다.

더 이상 허기도 느껴지지 않았다. 칠흑같이 어두운 동굴은 언
제부턴가 뿌연 연무 같은 것이 가득 차 있었는데 신기하게도 그
연무에 노출된 순간부터 석요송은 허기를 느끼지 않았다.

석요송은 몽유병에 걸린 사람처럼 먼 곳에서 꿈결처럼 들려
오는 소리를 되뇌며 앞으로 걸었다. 어둠 속이었으므로 시간의
흐름도 느낄 수 없었다. 설흑 석요송이 해가 지는 것을 볼 수 있
다고 해도 혼몽한 그의 머리가 하루의 밤낮의 흐름을 가릴 수
없었을지도 몰랐다.

어쨌든 어둠 속을 걷는 석요송의 여정은 장장 열흘 동안 계속
됐다. 그리고 드디어 그의 시야에 한 줄기 빛이 들어 왔을 때 석
요송은 그 자리에 쓰러졌다.

"알 수 없는 일이야."

귀신처럼 나타나 인도가 석요송을 들춰 안으며 중얼거렸다.
그의 뒤쪽으로 바다가 보이는 석문이 열려 있었다. 석요송은 석
문 바로 안쪽에 쓰러져 있었다.

"여기까지 와서 왜 문을 넘지 못했을까?"

석요송이 쓰러진 곳과 문과의 거리는 채 오장도 되지 않았다.
보통의 경우라면 본능적으로 그 문을 넘어 세상 밖으로 나왔어
야 정상이었다. 그런데 석요송은 석문을 바로 앞에 두고 쓰러진
것이다.

"이건 인관을 통과했다고 해야 하는 걸까? 아니면 실패했다
고 해야 하는 걸까?"

인도가 오장 밖에 있는 석문을 보며 중얼거렸다. 그러다 잠시 후 고개를 저으며 다시 입을 열었다.

"에이, 여기까지 왔으면 통과한 것이지. 이깟 문 안팎이 뭐가 중요해. 아무튼 대단한 놈이군. 지금껏 인관을 통과한 놈은 겨우 십여 명밖에 없었는데. 거기다 그중 가장 어리단 말이야. 물론 앞으로 더 험난한 관문이 기다리고 있지만!"

팟!

한순간 석요송을 들춰 안은 인도의 신형이 나타날 때와 마찬가지로 귀신처럼 사라졌다.

*　　*　　*

철썩 철썩!

파도가 바위를 때리는 소리가 석요송의 귀에 들려왔다. 석요송은 보름달이 드리운 바다를 멍한 시선으로 바라보고 있었다. 그의 곁엔 생사도 삼인의 괴인 중 천도가 슬쩍슬쩍 석요송의 눈치를 살피며 서 있었다.

그때 문득 멀리 달빛에 밀려오듯 한 척의 배가 모습을 드러냈다. 배는 일단 모습을 나타내자 바람처럼 생사도로 밀려오더니 석요송과 천수가 서 있는 곳에서 십여 장 떨어진 곳에 닻을 내렸다.

"삼사 어르신을 뵈옵니다."

마풍 모길이다.

"약속을 지켰군."

천수가 냉소를 흘리며 말했다.

"어찌 삼사 어르신과의 약속을 어기겠습니까?"

"짐은?"

"내리지요."

대답을 한 모길이 뒤를 보며 고개를 끄덕였다. 그러자 두 명의 장한이 배의 난간에 나타나더니 밧줄을 통해 제법 커다란 뗏목을 바다에 내렸다. 뗏목 위에는 여러 가지의 물건이 천에 덮여 있었는데 바다에 내려진 뗏목은 밀물을 타고 이동해 석요송과 천수가 서 있는 모래사장으로 밀려왔다.

뗏목이 뭍에 닿자 천수가 번개처럼 뗏목을 끌어 올렸다. 단번에 바다에서 뗏목을 건져내는 천수의 무공이 놀랍다. 그러나 석요송은 그 모든 일들을 텅 빈 동공으로 바라보고 있었다.

"아이는 어떻습니까?"

문득 배 위에서 모길이 물었다.

"보다시피!"

"인관을 통과했군요."

"그러니 저 지경이지."

"제가 저 아이와 이야기를 나누려면 얼마의 시간이 필요할까요?"

"글쎄? 지덕이 제법 신경을 쓰고 있지만 적어도 일 년은 필요할 걸?"

"일 년이라… 예전과는 다르군요."

"후후후, 우리도 이게 마지막 기회란 걸 알아. 그러니 어찌 함부로 이 아이를 다루겠나? 서두르지 않을 생각일세. 천천히 그

러나 완벽하게. 다행히 좀 아둔한 녀석이라 참을성은 타고난 듯
하더군."

"도주님의 기대가 크십니다."

"그렇겠지. 근골을 보니 새삼스레 도주가 인검에 욕심을 내
는 이유를 알겠더라고. 하지만 너무 기대는 하지 말라고 전하시
게. 자네도 알다시피 인검오관을 모두 통과한 자는 지금껏 한
명도 없었네. 무리해서 관문을 통과시키다가는 죽지 않으면 오
히려 다행이지. 혹 적당할 때 다른 놈들처럼 살수로 키우는 건
어때?"

"그건 도주께서 원치 않으실 겁니다. 다른 아이들과는 다르
다고 하시더군요."

"죽을 수도 있는데?"

"그래도… 웬일인지 이번에는 기대가 되는군요."

"하하하, 그런가? 사실 나도 그렇다네. 그런데……."

천수가 슬쩍 말꼬리를 흐렸다.

"하문하십시오."

"성하장원은 어떠한가?"

천수의 물음에 마풍 모길의 표정이 조금 굳었다가 한숨을 쉬
며 대답했다.

"여전하지요."

"흥하지도 망하지도 않았다?"

"그렇습니다."

"흐흠. 신임장주가 무던한가 보군."

"신중하신 분이더군요."

"다행이야. 도주의 심기를 건드려 멸문의 화를 당하지 않을
까 걱정했는데……."

"모두 어르신들의 희생 덕분 아니겠습니까? 또한, 도주께서
도 성하장원에 대해서는… 애틋한 마음을 가지고 계시지요."

"하하하! 희생이라. 강요된 희생은 희생이 아니네. 가게. 밤
이 깊었네."

"그럼 다음 달에 뵙지요. 요송! 다음에 보자."

모길이 석요송을 향해 외쳤다. 그러나 석요송은 모길의 작별
인사에 아무런 반응이 없었다. 그런 석요송을 동정 어린 눈빛으
로 보내던 모길이 배를 모는 사내들에게 명을 내렸다.

"돌아간다."

모길의 명에 배가 올 때와 마찬가지로 바람처럼 달빛 속으로
사라졌다.

"가자."

모길이 탄 배가 사라지자 천수가 뗏목 위에 놓인 짐을 들쳐
메고는 석요송에게 말했다. 그러자 석요송이 말 잘 듣는 망아지
처럼 천수를 따라 섬 안쪽으로 사라졌다.

*　　　*　　　*

빠르게 시간이 흘렀다. 어느덧 석요송이 생사도에 들어온 지
도 일 년이 지나고 있었다.

석요송의 삶은 그 일 년 동안 하루도 다른 날이 없었다. 석요
송은 본능의 삶을 살고 있었다. 때가 되면 밥을 먹고, 하루 종일

천기삼사의 명에 따라 몸을 단련시켰다. 그리고 밤이 되면 잤다.

단 하루도 석요송은 정해진 삶의 방식에서 벗어나지 않았다. 수련 중 한 달이 지나 보름달을 맞으면 어김없이 모길의 배가 왔다. 외부와 연결된 유일한 끈은 모길 뿐이었다. 그러나 모길의 배가 생사도에 머무는 시간은 단 이각여에 지나지 않았다. 생사도는 철저하게 세상과 고립된 섬이었다.

그 일 년 동안 천기삼사가 석요송을 수련시키는 방법은 단순했다. 그들은 석요송에게 무공을 가르치지 않았다. 대신 그들은 석요송에게 죽음의 위험 속에서 살아가는 법을 가르쳤다.

생사도 북쪽에 거대한 절벽이 있다. 천기삼사는 그 절벽을 묵벽이라고 불렀는데 이유는 그 절벽이 온통 검은색을 띠고 있기 때문이었다. 생사도의 다른 곳과 마찬가지로 묵벽 또한 나무가 자라지 않았다. 간혹 생명 질긴 잡초들이 돋아나기는 했지만, 그도 북방에서 불어오는 거친 해풍에 한 자 이상 자라지 않았다.

천기삼사는 석요송을 바로 그 묵벽에 세웠다. 지난 일 년 동안 석요송에게 주어진 수련은 죽음의 절벽인 묵벽을 오르는 것이었다. 무공을 수련한 무인들에게조차 오르기 힘든 묵벽을 십대 초반의 아이가 아무런 도움도 없이 오르는 것은 불가능했다. 그러나 천기삼사는 석요송에게 그 불가능한 수련을 명령했다. 그리고 그들이 묵벽에 오르기를 강요하며 한 말은 언제나 같았다.

"네 주군이신 패존 금령께서 내리신 명이다."

그 말을 들으면 석요송은 자신의 영혼이 없는 것처럼 묵벽을 올랐다. 그렇다고 두려움을 느끼지 못하는 것도 아니었다. 그의 발아래 펼쳐지는 까마득한 절벽은 아무리 이지가 흐려진 석요 송이라고 하더라도 두려움을 느끼지 않을 수 없었다.

그러나 그의 머릿속 깊은 곳에 각인된 알 수 없는 의무감에 의해 두려움도 그가 묵벽을 오르는 것을 막을 수 없었다. 그 의무감이 어디서 기인한 것인지는 모호했다. 천기삼사가 심어 놓은 주군에 대한 절대 복종심일 수도, 혹은 그가 토하곡을 떠나올 때 청도의 도주 금온과 맺었던 목숨의 약속에 의한 의무감일 수도, 아니면 그 자신이 금온의 명을 배신했을 때 토하곡이 겪어야 할 참혹한 현실에 대한 걱정이 원인일 수도 있었다.

그러나 이유야 어쨌든 석요송은 죽음의 위험을 무릅쓰고 묵벽을 올랐다. 이지가 흐려진 그의 영혼은 묵벽을 오르는데 있어서만큼은 제법 도움이 되었다. 한 해 동안 이어진 그 지루한 수련에서도 석요송은 다른 사람들과 같은 지루함을 느끼지 못했던 것이다.

처음 묵벽을 오르기 시작했을 때 석요송이 절벽 아래에서 정상까지 올라가는 데에 걸린 시간은 삼일이었다. 그는 잠도 자지 못하고 절벽에 매달려 사투를 벌여야 했다.

그렇게 시작한 묵벽 오르기가 하루 일과로 줄어든 것은 근 육 개월이 지났을 때였고, 몸이 본능적으로 묵벽을 오르는 방법을 습득하기 시작한 이후에는 점점 그 시간이 짧아져 일 년이 지났을 때에는 한 시진이면 족히 수백 척의 묵벽을 오를 수 있었다.

터턱!

오늘도 석요송은 묵벽을 오르고 있었다. 헤어진 마의 사이로 어린애답지 않은 근육이 불쑥불쑥 일어났다. 그 자신도 느끼지 못하는 사이 석요송의 몸은 무공을 수련하기에 충분한 근력과 균형을 갖춰가고 있었던 것이다.

"대단하지?"

문득 묵벽의 정상, 생사도 전체를 내려다볼 수 있는 곳에 자리를 잡고 앉아 묵벽을 오르는 석요송을 지켜보고 있던 천수가 입을 열었다.

"그러게 말이야. 난 사실 저 녀석이 이렇게 빨리 묵벽을 정복하리라고는 생각지 못했어."

인도가 고개를 끄덕이며 대꾸했다.

"장자에 무용지용(無用之用)이라는 말이 있지."

지덕이 입을 열었다.

"갑자기 장자는 왜 들먹여?"

인도가 물었다.

"그 말이 저 녀석에게 어울리는 것 같아서."

"어떻게?"

"저 녀석의 총명함이 사라진 것이 수련에 큰 도움을 주고 있어. 만약 정상적인 머리를 지닌 녀석이었다면 수련 속도가 이렇게 빠르지는 않았을 거야."

"음, 그건 지덕의 말이 맞는 것 같군. 아둔한 것이 미련할 정도로 끈기가 좋아. 모두 녀석의 머리에 가해진 금제 덕분이겠지."

"인관에서 중독된 몽혼약의 기운은 모두 사라진 거지?"

"물론 이미 두어 달 전에 사라졌지. 이젠 처음 생사도에 왔을 때 정도의 지력은 돼."

"심인술은 제대로 심어진 건가?"

인도가 물었다.

"완벽한 듯한데?"

천수가 지덕을 보며 말했다. 그러자 지덕이 고개를 끄덕였다.

"지금까지는 잘못된 점을 찾지 못했어. 인관에서 중독된 몽혼약으로 인해 잃었던 이지를 되찾은 이후에도 패존의 명이라는 말에는 본능적으로 반응하고 있어."

"좋아. 일이 제대로 되어 가는군. 그럼 이제 묵관을 끝낼 때군."

천수의 말에 다른 두 사람이 고개를 끄덕였다. 그 사이 석요송은 어느새 절벽의 정상에 거의 올라 있었다.

턱!

석요송의 손이 절벽 위에 걸쳐졌다. 그리고는 날랜 짐승처럼 그 위로 날아올랐다.

"실컷 먹어라."

묵벽을 오른 석요송을 기다리는 것은 생사도에서 구경하기 힘든 진수성찬이었다. 석요송이 자신 앞에 차려진 음식들을 바라보다 천기삼사에게 시선을 돌렸다.

"뭘 하느냐? 먹지 않고?"

"뭐죠?"

석요송이 물었다. 지난 일 년 사이 변한 것은 석요송의 몸만이 아니었다. 인관을 거치며 혼몽해졌던 정신이 온전히 돌아온 상태였기에 어수룩하기는 해도 앞뒤 사정 분간을 할 수 있는 석요송이었다.

"오늘로 묵벽 오르는 일은 끝이다."

지덕이 석요송에게 말했다.

"그런데요?"

석요송은 눈앞에 차려진 음식에 대해 묻고 있었다. 묵벽의 수련을 끝낸 것과 눈앞의 진수성찬을 연결할 명석함이 아직은 석요송에게 없었다.

"묵벽의 수련을 무사히 끝냈으니 그걸 칭찬해 주기 위해 준비한 음식이다. 그러니 양껏 먹어라."

"오늘이 보름인가요?"

다시 석요송이 물었다. 매달 보름 마풍 모길이 배를 몰고 오는 날이면 먹을 것이 풍성해지는 생사도였다.

"마침 보름도 가까워지기는 했구나. 그러니 양식 걱정은 말고 마음껏 먹거라."

지덕이 부드러운 목소리로 말했다. 그러자 석요송이 더 이상 질문을 하지 않고 그 자리에 앉아서 음식을 먹기 시작했다.

석요송의 식사는 제법 오래 걸렸다. 천기삼사가 석요송을 보며 이상하게 생각하는 것 중 하나는 금제 때문에 아둔해진 머리를 제외하면 석요송의 행동이 무척 반듯하다는 것이었다. 석요송은 조금 답답할 만큼 느리게 움직이는 편이었지만 그 행동 하나하나는 언제나 정확하고 반듯했다.

당장 음식을 먹는 모습도 그랬다. 생사도에는 먹을 것이 풍족하지 않기 때문에 매끼를 배불리 먹을 수는 없었다. 모길이 매달 식량을 전해주기는 했지만 마치 죄수에게 양식을 주듯 매번

빠듯했다. 어린아이에게 주림이란 참기 힘든 고통이다. 그런 아이가 음식을 앞에 두고 체면을 차리거나 예의를 갖추기는 쉽지 않다. 더군다나 금제에 의해 아둔해진 머리를 가진 석요송이라면 더더욱 그래야 했다.

그런데 석요송은 그렇지 않았다. 석요송은 음식이 많든 적든 무척 천천히 그리고 정성껏 음식을 먹었다. 선천적으로 음식에 욕심이 없을 수도 있지만, 꼭 그래 보이는 것은 아니었다. 그건 아주 어려서부터 익혀온 버릇이 분명했다.

음식을 먹는 일만 그런 것이 아니었다. 걸음을 걷거나 혹은 잠을 잘 때도 석요송은 반듯한 모습을 잃지 않았다. 그건 마치 오랜 수양을 거친 선비의 행동과도 같은 것이었다.

"하여간 신기한 놈이야."

인도가 느리게 식사를 하고 있는 석요송을 보며 나직하게 중얼거렸다.

"범상치는 않지. 만약 금제가 없었다면 아마 뛰어난 선비가 되었을 수도 있겠어."

"그렇지? 무공보다는 확실히 그쪽이지?"

인도가 다시 말했다.

"그런들 이제 어쩔 것인가? 운명이 저 아이에게 칼을 잡으라 했으니……."

천수가 대답했다.

"살검을… 쓸 수 있을까?"

문득 지덕이 물었다. 그러자 천수가 차가운 음성으로 말했다.

"쓰게 만들어야지."

"휴우… 못할 짓이야."

"인검이 살검을 쓰지 못하면 아무 소용이 없지."

"그렇긴 하지만… 저 아이의 심성이……."

지덕이 말꼬리를 흐렸다.

"살인귀를 만들자는 말은 아니니까. 그저 검을 쓸 때 망설임이 없게만 하면 되지."

"다음 관문이지?"

인도가 물었다. 그러자 지덕이 고개를 끄덕였다.

"이제 살관이지."

"너무 어린 것이 아닐까?"

"기왕 할 것 어릴수록 좋아."

"지덕 자네답지 않군."

인도의 말에 지덕이 강렬한 눈빛을 흘렸다.

"기왕 저 아이의 운명에 관여했으니 책임을 져야겠지. 강한 놈이 되게 만들어야지."

"일단 며칠 정도는 쉬게 해주고."

천수가 말했다. 그러자 지덕이 고개를 끄덕였다.

"그러자고. 아직 살관도 완성되지는 않았으니까."

第五章 살관(殺關)

　석요송은 급히 대정심공을 떠올렸다. 그러자 금세 호흡이 안정되며 요란하던 마음이 진정되었다. 그의 앞에 펼쳐진 지옥도, 그건 단지 보는 것만으로도 죽음의 공포를 느끼게 하는 석화였다.

　온갖 마귀와 악귀들이 금방이라도 석벽에서 튀어나올 것 같이 생생하게 묘사되어 있었고, 그 악귀들 밑에는 죽어가는 사람들의 비참한 모습이 새겨져 있었다. 벽화를 만든 자의 솜씨가 너무 뛰어나 죽는 자들의 고통이 석요송의 심장에 고스란히 느껴지는 듯했다.

　만약 석요송의 머릿속에 대정심공이 없었다면 그 자리에 주저앉아 석화가 주는 공포와 두려움에 스스로 목숨을 끊었을지도 모르는 일이었다.

　대정심공은 석요송이 토하곡을 떠나 생사도로 오는 동안 청도의 도주 금온이 준 양피지에 쓰여 있던 신공구결이었다. 금온은 대정심공의 운기법을 하나하나 세심하게 가르쳐주면서 한마디 말을 석요송에게 남겼었다.

"이 무공은 그 기상이 곧고 순후한 정공이다. 그러므로 수련하는 자의 정신을 맑게 하고 몸 안의 사기를 씻어낸다. 그래서 어떤 면에서는 세상에서 가장 훌륭한 신공이라고 할 수 있다. 그러나 그럼에도 불구하고 난 이 신공을 천하제일 신공이라 부를 수 없다. 이유는 단 하나, 지나치게 깨끗한 물에는 고기가 살 수 없는 이치와 같다. 이 대정심공은 천지의 기운 중 맑은 기운만 취하다 보니 수련기간이 오래 걸릴 뿐 아니라 수련자의 성정 역시 올곧음에 대한 독선으로 그릇이 작아질 수 있기 때문이다. 그러나… 그럼에도 불구하고 너에게는 가장 적당한 신공이라 할 수 있다. 결국, 넌 한 사람의 주군만을 모셔야 할 운명이니 다른 자들에 대해선 독선적이라 해도 상관없겠지."

석요송은 아직도 금온이 대정심공을 전하면서 한 말의 의미가 정확히 무엇인지 모르고 있었다. 그러나 단 하나, 대정심공을 운기하면 마음이 안정되고 머리가 청정해진다는 사실은 몸으로 알고 있었다. 대정심공에 의해 산란한 마음이 가라앉자 석요송이 다시 석화를 살피기 시작했다.

"살관이라더니 정말 무섭구나. 그런데 이 그림이 겨우 시작이라고?"

석요송이 나직하게 중얼거렸다. 살관에 들기 전 천기삼사가 말했었다. 살관에는 백팔 개의 석화가 있고, 그 석화 안에 다음 석실로 이동하는 열쇠가 숨겨져 있었다. 그 열쇠를 찾아 백여덟 개의 석실을 모두 통과해야 다시 세상에 나올 수 있을 거라고.

"휴, 해야 한다니 어쩔 수 없지 뭐."

석요송이 한숨을 내쉬고는 고개를 빼들고 다시 석화를 살피기 시작했다. 그러자 금세 그의 심기가 어지러워졌다. 알 수 없는 살의들이 몸 곳곳에서 일어났다. 눈앞에 누가 있다면 단칼에 베어 버릴 것 같은 강렬한 살의였다.

석요송이 재빨리 대정심공을 운기했다. 그러자 용암처럼 끓어오르던 살의가 서서히 걷히기 시작했다. 석요송은 대정심공을 운기하며 벽화 속에서 다음 석실로 이동할 열쇠를 찾기 시작했다.

쿠웅!

천기삼사가 모여 있는 석실로 강렬한 울림이 전해졌다. 석요송이 살관에 든 지 오 일 만에 전해지는 첫 울림이었다.

"첫 번째 석실을 벗어난 모양이군."

인도가 말했다.

"생각보다 빠르군."

이번에는 지덕이 입을 열었다.

"그놈이 아둔하기는 해도 가끔씩 의외로 영민한 모습을 보인단 말이야. 구변환공의 금제가 가해지기 전에는 똑똑했을 거란 생각이 맞는 것 같아."

천수가 말했다.

"석문 출신이라면 당연히 똑똑했겠지. 석씨 일족치고 명석하지 않은 자가 없으니까."

지덕이 대답했다.

"도대체 석문에서는 왜 그 아이에게 그런 혹독한 금제를 가한 걸까?"

인도가 고개를 갸웃하며 물었다.

"알 수 없는 일이지. 석문 일족이 하는 일은 도통 그 내심을 짐작키 어려운 경우가 많으니. 그나저나 보자. 첫 번째 석실이 오 일 걸렸으니 살관을 모두 통과하려면 삼사 개월 정도 걸리려나?"

"녀석이 살관의 살기에 정혈이 고갈되어 죽지 않는다면 그쯤 걸리겠지."

인도가 대답했다. 그러자 지덕이 나직하게 말했다.

"요송은 분명 살관을 통과할 거야. 그러나 그 아이가 살관을 통과했을 때 어떤 아이가 되어 있을지는 잘 모르겠다. 본래 살관은 그 입관자의 마음 깊은 곳에 강렬한 살의를 심어주기 위한 관문인데 녀석은 좀 다른 것 같거든."

"뭐가?"

인도가 물었다.

"글쎄 뭐랄까? 금제를 당해서 그런지 외부의 환경에 크게 영향을 받지 않는 성품을 지녔다랄까? 하여간 좀 다를 것 같아."

"그래도 한 가지 사실은 확실하지. 녀석이 살관을 통과한다면 죽음에 대해 익숙한 사람이 되어 있을 거란 것. 강호에 나가 도검을 쓰는 데 주저함이 없는 아이가 되어 있을 거란 건 분명해."

천수가 확신하듯 말했다.

"흐흐흐, 그건 맞아. 살관은 우리 세 사람이 만든 최고의 역작이 아니던가. 더불어 청도 도주의 손길까지 닿았으니 요송 그 녀석이 아무리 특별한 녀석이라도 살관의 기운에서 완전히 자유로울 수는 없을 거야. 우린 때맞춰 건량이나 잘 넣어주자고. 굶어 죽지 않게."

인도의 말에는 지덕도 고개를 끄덕였다.

*　　　*　　　*

석요송이 한 자루 검이 새겨진 벽화 앞에서 몇 시진 째 움직이지 않고 있었다. 벽화의 검은 마치 실제로 사람을 벨 수 있을 것처럼 생생했는데 그 앞에 선 사람의 심장을 뚫고 들어오는 듯한 착시를 일으키고 있었다.

만약 보통의 무인이 그 앞에 섰다가 자신의 검을 뽑아 벽화에 그려진 검을 베어내려 할 만큼 생생한 그림이었다.

석요송이 벽화에 그려진 검에서 느끼는 감정 또한 같았다. 당장에라도 허리춤에 매달고 있는 쇠몽둥이를 꺼내 벽화속의 검을 쳐내고 싶었다. 그러나 석요송은 이미 경험으로 그것이 얼마나 허무한 행동인가를 알고 있었다.

지금껏 수십 개의 벽화를 거치면서 석요송은 이 벽화들이 실제로는 그 자신에게 어떠한 위협도 되지 않는다는 것을 알게 되었다. 벽화는 그림일 뿐 실제가 아닌 것이다.

물론 새로 나타나는 벽화들이 만들어내는 혼몽한 기운은 점점 더 강해졌지만 이미 그에 익숙해진 석요송을 환각 속으로 몰아넣을 만큼은 아니었다.

그래서 석요송은 허리춤의 쇠몽둥이, 그에게 토하곡주가 검을 만들라고 명했던 그 쇠몽둥이를 꺼내 들지 않았다. 대신 그는 벽화를 좀 더 자세히 살피기 시작했다. 그 안에서 다음 석실로 넘어가는 열쇠를 찾아야 하기 때문이었다.

벽화에 집중하자 벽화가 만들어내는 기이한 환상은 더욱 강렬해졌다. 검이 벽화에서 튀어나와 춤을 추는 것 같았고, 그 검 끝이 곧이라도 석요송의 목줄을 꿰뚫을 것 같았다.

그럼에도 석요송은 무던히 벽화를 살폈다. 그리고는 한순간 허리춤의 쇠몽둥이를 꺼내 벽화의 한 부분, 정확히는 검의 손잡이가 그려진 부분을 때렸다.

쿵!

강렬한 파열음이 일어나며 벽화의 한 곳에 둥근 구멍이 나타났다. 석요송이 익숙하게 그 구멍 속으로 손을 집어넣었다. 그러자 손끝에 둥근 고리가 잡혔다. 석요송이 그 고리를 힘껏 잡아챘다.

그르릉!

바위 굴러가는 소리가 벽화 안쪽에서 일어났다. 그러더니 잠시 후 벽화가 벽면과 함께 통째로 오른쪽으로 밀려났다. 그 안쪽에서 새롭게 검은 공간이 석요송을 맞이했다.

"얼마나 지난 거지? 백 개는 넘은 것 같은데……."

석요송이 어수룩한 말투로 중얼거렸다. 그리고는 서슴없이 검은 공간을 향해 걸음을 옮겼다.

새로운 석실에 들어온 석요송의 문득 걸음이 멈췄다.

"뭔가 이상해!"

석요송이 나직하게 말했다. 기이한 일이다. 지금까지 그가 통과한 석실들은 각기 다른 벽화가 그려져 있기는 했지만, 그 구조는 거의 동일했다. 그런데 지금 어둠에 익숙해진 석요송의 눈에 보이는 이 석실은 지금까지와는 달랐다.

일단 그 석실의 크기가 달랐다. 이 석실은 다른 석실에 비해 십여 배는 더 커 보였다. 마치 석실이 아니라 지하 광장에 들어온 듯한 느낌을 줄 정도였다. 그리고 벽화가 없었다.

벽화가 없는 석실이 오히려 석요송의 긴장감을 불러 일으켰다. 그런데 그때 문득 석실 저쪽의 벽이 스르르 열렸다. 그러자 검은 공간이 다시 모습을 드러냈는데 갑자기 그 공간에서 귀화가 일렁였다.

"뭐지?"

석요송이 자신도 모르게 쇠몽둥이를 집어 들었다. 쇠몽둥이는 검이라고 부르기에는 창피했지만 어쨌든 지금 이 순간 석요송을 지켜줄 유일한 무기였다.

"크르르!"

검은 공간 속에서 괴수의 으르렁거림이 들렸다. 더불어 어둠 속에서 번쩍이는 귀화들이 하나둘 석실로 들어오기 시작했다. 늑대였다.

"크르르!"

늑대들은 수일은 굶은 듯 보였다. 배가 등과 붙어 있었고, 그

옆으로 앙상한 갈비뼈들이 드러나 있었다. 숫자는 모두 다섯, 굶주린 늑대들에게 석요송은 놓칠 수 없는 먹잇감이었다.

늑대들이 짙은 살기를 드러내며 석요송을 향해 다가왔다. 우두머리로 보이는 늑대가 가장 앞서 다가왔고, 다른 네 마리는 양옆으로 퍼져 마치 사냥을 하듯 석요송을 석실의 한쪽으로 몰아댔다.

스슥!

석요송이 주춤거리면서 석실의 왼쪽 모퉁이로 물러났다. 여러 마리의 늑대를 한번에 상대할 수는 없다. 그러니 석실의 중앙보다는 좁은 귀퉁이가 늑대를 상대하는 데에 적합했다.

"날 먹을 생각이냐?"

석요송이 마치 늑대가 사람이라도 되는 양 물었다. 그러나 늑대가 사람의 질문에 대답을 할 리 없었다. 늑대들은 이제 침까지 흘리며 석요송을 노리고 있었다. 도망갈 곳 없는 사냥감을 만났다는 만족감이 늑대들의 눈에 비추는 것 같기도 했다.

"물러나. 난 네놈들 먹이가 될 생각이 없어. 만약 덤벼든다면 나도 가만있지 않을 거야. 난 너희를 죽이고 싶지 않아."

석요송이 상대가 정말 사람이라도 되는 듯 말했다. 그러나 늑대란 짐승이 사냥감을 앞에 두고 물러날 리는 없다.

"컹!"

한순간 가장 왼쪽에 있던 늑대가 석요송을 향해 달려들었다. 그러자 석요송이 본능적으로 서너 걸음 뒤로 물러났다.

팟!

날카롭게 휘둘러진 늑대의 발톱이 석요송의 어깨 어림을 훑었다. 길게 옷자락이 찢어지며 화끈한 통증이 일어났다.

"크엉!"

다시 두 마리의 늑대가 석요송을 향해 날아들었다. 그 순간 석요송의 마음 깊은 곳에서 그가 가장 마지막에 통과한 석실의 벽화에서 보았던 한 자루 검이 일어났다. 그러자 본능적으로 석요송이 들고 있던 쇠몽둥이가 움직였다.

지금까지 석요송은 제대로 된 검법이나 도법을 배운 적이 없었다. 토하곡주 석숭이나 청도의 도주 금온이 석요송에게 전한 것은 하나같이 기를 다스리고 내력을 쌓는 신공들, 그들 중 누구도 석요송에게 제대로 된 검 쓰는 법을 가르친 적이 없었다. 물론 토하곡에서 짐승들을 쫓는 몽둥이질을 배우기는 했지만 말이다.

그런데 석요송에 의해 휘둘러진 쇠몽둥이는 마치 강호의 일류검객이 시전한 초식처럼 빠르고 강렬하게 자신을 향해 달려드는 늑대들을 향해 날아갔다.

퍽!

"컹!"

쇠몽둥이에 격중된 늑대가 그대로 고꾸라져 바닥에 나뒹굴었다.

팟!

그러나 한 마리의 늑대를 쓰러뜨리는 사이 다른 한 마리 늑대가 여지없이 석요송의 등을 할퀴었다. 다행인 것은 석요송의 본능적인 움직임이 자신의 목을 노리는 늑대의 이빨만큼은 피해 냈다는 것이었다.

등에 느껴지는 화끈한 기운을 애써 참으며 석요송이 재빨리 뒤로 물러났다. 늑대들은 그런 석요송에게서 약점을 찾았다는 듯 사나운 이빨을 드러내며 석요송과의 거리를 좁혔다. 석요송의 쇠몽둥이에 맞은 늑대는 머리가 부수어졌는지 발을 버둥거릴 뿐 일어나지 못했는데 다른 늑대들은 죽어가는 동료는 안중에도 없는 듯 보였다.

"크르르!"

늑대 우두머리가 다시 섬뜩한 소리를 흘려냈다. 그러자 다른 세 마리의 늑대 역시 우두머리가 내는 소리에 맞춰 귀기가 섞인 울음을 흘렸다. 석요송이 쇠몽둥이를 들어 가슴 앞을 가렸다. 어려서 배운 몽둥이질은 지금은 전혀 쓸모가 없어 보였다. 이 늑대들은 산속에 사는 짐승들과는 전혀 다른 기운을 지니고 있었다. 그건 사람의 손에 의해 만들어진 살기였다.

"덤벼!"

갑자기 석요송이 소리쳤다. 어쩌면 마음속에 이는 두려움에 대한 반발로 외친 것일 수도 있었다. 그러나 기이하게도 석요송의 눈은 두려움을 담고 있지 않았다. 이상한 일이지만 석요송의 눈에서도 늑대에게서 흘러나오는 살기와 같은 안광이 흘러나오고 있었다.

"크르르!"

석요송이 자신들과 같은 야수의 살기를 흘려내자 늑대들의 살기가 더욱 강해졌다. 특히 가운데 우두머리 늑대의 눈에서는 시뻘건 적광까지 흘러나왔다.

"컹!"

우두머리 늑대가 갑자기 날카롭게 짖어댔다. 그러나 다른 늑대들이 일제히 날아올라 석요송을 향해 달려들었다.

"죽엇!"

아둔하고 순박하던 석요송의 입에서 살기충천한 목소리가 터져 나왔다. 그리고는 두려움을 잊은 듯 늑대들 사이로 뛰어들었다.

피가 흐르고, 야수의 신음 소리가 난무했다. 사냥감을 노리던 야수들은 이제 사냥이 아니라 생사를 건 싸움이 일어나고 있다는 것은 본능적으로 깨닫고 있었다. 석요송 역시 이 싸움의 끝이 자신의 삶과 죽음이라는 것을 알고 있었다. 그래서 사람과 짐승의 싸움은 처절했다.

생존의 본능이 개입된 싸움만큼 치열한 것은 없다. 승자는 살 것이고 패자는 죽을 것이다. 이런 싸움이 되면 그 당사자들은 의도하지 않아도 자신이 가지고 있는 모든 것을 뽑아내게 된다. 석요송 역시 마찬가지였다.

도검을 쓰는 법이라면 몰라도 공력이라면 석요송의 몸에도 제법 많은 공력이 존재했다. 어려서부터 수련해온 구변환공의 호흡법과 토하곡을 떠난 이후 금온이 양피지로 전해준 대정심공의 수련에 의해 석요송은 자신도 모르는 사이에 무시할 수 없는 수준의 공력을 지니고 있었던 것이다.

그 공력이 석요송의 생명을 지켜내고 있었다. 몸 곳곳에 늑대들의 날카로운 발톱과 이빨에 의해 생겨난 상처가 가득했지만 석요송은 지치지 않았다.

자신도 신기하게 생각할 만큼 아랫배에서 끊임없는 기운이 일어나 석요송의 몸을 지치지 않게 해주고 있었다. 덕분에 석요송은 어느새 두 마리의 늑대를 다시 바닥에 눕히고 이제 나머지 두 마리의 늑대를 상대하고 있었다.

그런데 마지막까지 남은 이 두 마리의 늑대는 다른 늑대들과는 달랐다. 다른 늑대들의 본능에 충실한 움직임으로 석요송을 상대했다면 이 두 마리의 늑대는 강렬한 살기를 흘려내면서도 한편으로는 무척 신중하게 석요송을 공격하는 것이었다. 마치 노련한 강호의 싸움꾼처럼.

팟!

한동안 석요송을 살피던 두 마리의 늑대가 동시에 석요송을 향해 날아올랐다. 한 마리는 석요송의 머리를 향해 날아올라 그의 시야를 어지럽혔고. 다른 한 마리는 낮고 빠르게 석요송을 다리를 향해 달려들었다.

웅!

늑대들의 움직임에 맞춰 석요송의 쇠몽둥이도 허공을 갈랐다. 자신의 머리를 향해 달려드는 늑대의 이마를 향해 내리꽂은 쇠몽둥이가 막 야수의 두개골을 박살 내려는 찰나 늑대가 갑자기 허공에서 빙글 신형을 돌리더니 번개처럼 석요송의 왼쪽 어깨를 할퀴고 지나갔다.

"익!"

자신을 할퀴고 지나가는 늑대를 향해 석요송이 쇠몽둥이의 방향을 틀어 횡으로 휘둘렀다.

턱!

쇠몽둥이가 아슬아슬하게 늑대의 꼬리를 때렸다.

"컹!"

그 순간 석요송의 다리를 공격해 들어오던 늑대의 우두머리가 거친 울음소리와 함께 석요송의 종아리를 물었다.

"악!"

석요송이 자신도 모르게 비명을 터뜨렸다. 동시에 중심을 잃은 석요송이 뒤로 넘어졌다.

"크헝!"

석요송이 넘어지자 앞서 석요송의 어깨를 할퀴고 지나간 늑대가 석요송을 덮쳤다. 순간 석요송이 본능적으로 팔을 들어 목을 물어뜯으려고 달려드는 늑대의 입을 막았다.

콱!

늑대가 석요송의 목 대신 그의 팔을 물었다.

"끄으으!"

석요송의 입에서 신음 소리가 저절로 흘러나왔다. 다리와 팔을 늑대에게 물린 석요송이 느끼는 고통은 이루 말할 수 없는 것이었다.

"크르르!"

늑대들은 한 번 문 사냥감을 놓치지 않겠다는 듯 더욱 아귀에 힘을 주며 석요송을 물고 늘어졌다. 순간 석요송의 눈에 강렬한 살기가 번뜩였다.

"죽엇!"

어디서 그런 힘이 나왔는지 석요송이 누운 상태로 쇠몽둥이를 휘둘렀다.

퍽!

석요송의 쇠몽둥이가 팔을 물고 있는 늑대의 두개골을 때리자 뼈 부서지는 소리가 나면서 팔을 물고 있던 늑대의 턱에서 힘이 빠져나갔다.

퍼퍼퍽!

석요송이 연이어 쇠몽둥이를 휘둘러 힘은 빠졌지만, 여전히 자신의 팔을 물고 있는 늑대를 두들겼다. 그러자 늑대의 머리가 순식간에 두부처럼 으깨져 나갔다. 석요송이 늑대에게 물린 팔을 휘둘렀다. 그러자 늑대가 한 움큼 살점을 입에 문 채 석요송에게서 떨어져 나가 석실 바닥에 나뒹굴었다.

늑대 한 마리를 물리친 석요송이 재차 쇠몽둥이를 휘둘렀다.

"컹!"

순간 석요송의 다리를 물고 있던 늑대가 퉁겨지듯 몸을 날려 석요송의 쇠몽둥이를 피했다. 보통의 늑대라면 물고 있던 사냥감을 놓지 않을 것이지만 이 늑대들의 우두머리는 영활하기가 사람과 같았다. 뒤로 물러난 늑대가 석요송과 거리를 두고는 자세를 낮추며 으르렁 거렸다.

"크르르!"

곧이라도 다시 석요송을 향해 달려들 것 같은 모습을 보이고 있는 늑대는 그러나 예상과 달리 석요송을 향해 쉽게 달려들지 않았다. 석요송의 쇠몽둥이를 무서워하는 것인지 아니면 이미 온몸에 상처를 입은 사냥감이 피를 흘려 쓰러지기를 기다리는 것인지는 알 수 없었다.

늑대가 움직이지 않자 석요송이 움직였다. 본능적으로 이대로 있다가는 출혈이 너무 심해 견딜 수 없음을 깨닫고 있는 석요송이었다.

"죽여주마!"

어리숙하고 순박하던 석요송의 심장 어느 곳에 이런 살기가 숨어 있었을까. 석요송이 살광으로 일렁이는 눈빛을 흘려내며 늑대를 향해 다가서기 시작했다. 그러자 늑대가 살짝살짝 걸음을 옮겨 석요송과의 거리를 유지했다. 석요송은 그런 늑대를 향해 미련스럽게 거리를 좁히며 다가섰다.

어떤 술책이나 속임수도 없이 석요송은 뚜벅뚜벅 늑대를 향해 다가섰다. 늑대는 연신 빠르게 움직이며 석요송을 피했으나 이 석실에서 늑대가 도망갈 곳은 많지 않았다.

석요송의 끈질긴 추격에 지쳤을까. 어느 순간 늑대가 다가오는 석요송을 보고도 더 이상 피하지 않았다. 대신 앞다리를 낮게 낮추고 살광을 토해내며 으르렁거리기 시작했다.

석요송도 본능적으로 늑대가 공격을 하려는 것을 알아챘다. 그럼에도 석요송은 걸음을 멈추지 않았다. 석요송이 흔들리지 않는 걸음걸이로 늑대를 향해 다가갔다.

"컹!"

우두머리 늑대가 벼락처럼 석요송을 향해 달려들었다. 두 발은 석요송의 가슴을, 송곳니를 보이는 입은 석요송의 목을 노렸다. 석요송이 왼팔을 들어 올렸다.

턱!

늑대가 여지없이 석요송의 팔을 물었다. 앞발로는 어느새 석요송의 가슴을 후벼 파고 있었다. 석요송은 자신의 팔을 물어뜯

는 늑대의 눈을 무심하게 들여다봤다. 맹렬한 살기와 살고자 하
는 욕망이 늑대의 눈에서 흘러나오고 있었다.

"나도 살아야 해."

석요송이 나직하게 말했다. 순간 석요송의 오른팔이 거칠게
쇠몽둥이를 휘둘렀다.

퍼퍼퍽!

쇠몽둥이가 여지없이 늑대의 전신을 강타했다. 그러자 늑대
가 온몸에 파고드는 고통을 이겨내지 못하고 석요송에게서 떨
어져 나갔다. 그러나 이번만큼은 석요송도 늑대를 놓아주지 않
았다. 피로 물든 석요송의 두 다리가 마치 쇠로 만들어진 것처
럼 강하게 땅을 박찼다.

석요송의 몸이 한순간에 비틀거리는 늑대 위로 날아갔다. 그
리고 다시 석요송의 쇠몽둥이질이 시작됐다.

퍼퍼퍽!

온몸의 뼈를 바스러뜨리려는 듯 석요송이 늑대의 전신을 강
타했다.

"끄으윽!"

늑대가 마치 사람처럼 신음을 흘렸다. 그리고 어느 순간부터
는 더 이상 반항을 하지 못하고 길게 몸을 뉘인 채 석요송의 쇠
몽둥이질을 온몸으로 받아들였다. 이미 살고자 하는 의욕조차
느껴지지 않는 늑대의 눈빛이었다. 석요송이 그런 눈빛을 보더
니 두 손으로 쇠몽둥이를 치켜들었다. 그리고는 거침없이 늑대
의 머리를 내려쳤다.

퍽!

비명도 없이 정수리에 쇠몽둥이를 맞은 늑대가 그대로 절명했다. 그러자 갑자기 깊은 적막이 석실을 찾아들었다.

"빨리 죽여주는 것도 가끔은 좋은 일인 것 같아."

적막 속에서 석요송이 중얼거렸다.

그르릉!

석문이 열렸다. 온몸에 피칠갑을 한 석요송이 열린 문을 통해 다시 세상으로 나왔다. 길게 자란 머리, 이젠 거뭇한 수염이 나기 시작한 얼굴, 그리고 살덩이가 덜렁거리는 팔과 다리, 살아있는 것이 신기한 몸으로 석요송은 다시 태양 앞에 섰다.

멀리 생사도를 향해 밀려드는 바닷물과 바위에 부딪혀 산산이 부딪히는 파도가 보였다. 태양이 높아 공기는 신선했다. 내장 깊이 밀려들어 오는 신선한 공기에 석요송은 문득 자고 싶다는 생각을 했다.

"쉬고 싶어."

석요송이 중얼거렸다. 그리고는 다시 자기 자신에게 말했다.

"요송, 이젠 쉬어도 돼. 밖으로 나왔잖아."

석요송이 두 무릎을 꿇고 그 자리에 주저앉았다. 그리고는 쇠몽둥이를 지팡이 삼아 몸을 기댔다. 잠시 후 정말 거짓말처럼 석요송은 잠이 들었다.

"뭐 이런 놈이 다 있자?"

석실을 벗어나자마자 잠이 든 석요송을 보며 인도가 혀를 찼다.

"탈진한 거야."

지덕이 말했다.

"탈진한 거라고?"

"피를 너무 많이 흘렸고, 심력을 지나치게 소비했어."

"죽지는 않겠지?"

"며칠 쉬면 괜찮아지겠지."

지덕의 말에 인도가 고개를 끄덕이며 석요송을 들춰 엎었다. 그러자 천수가 고개를 갸웃하며 말했다.

"이놈 말이야."

"왜?"

지덕이 천수를 보며 물었다.

"살검을 익히는 것이 어울리지 않을 것 같아."

"그건 또 무슨 소리야. 천랑 다섯 마리를 죽인 놈인데."

석요송을 업고 있던 인도가 천수를 보며 물었다. 그러자 천수가 피투성이가 된 석요송을 보며 말했다.

"살관을 지나면 본시 교활한 늑대처럼 변해야 하는데… 이 녀석이 천랑을 상대한 방법은 너무 우직해."

"응?"

인도가 고개를 갸웃했다.

"살수는 가벼워야 하는데 이놈의 행동은 너무 무거워."

"그런가?"

인도의 말에 듣고 있던 지덕이 고개를 끄덕였다.

"듣고 보니 천수 자네의 말이 맞는 것 같군. 이놈은… 인검으로 키우기에는 적합지 않을지도 모르겠어."

"그럼 어쩌지?"

인도가 물었다.

"그런들 뭐 어쩌겠나? 시작했으니 끝을 봐야지. 인검이 되든 또 다른 뭐가 되든."

지덕이 어깨를 으쓱하고는 걸음을 옮겼다.

*　　　*　　　*

제법 긴 휴식이 석요송에게 주어졌다. 늑대를 상대하며 상한 몸을 추스르는 데만도 족히 한 달이 넘게 걸렸다. 몸에 새살이 돋고, 거동이 자유로워진 석요송은 날마다 생사도의 해변을 걸었다. 나무 한 그루, 풀 한 포기 보기 힘든 죽음의 섬이었지만 생사도는 그래도 가끔 숨겨진 비경을 석요송에게 드러내곤 했다.

철썩 철썩!

대양에서 밀려든 바닷물이 생사도의 가장 내밀한 곳까지 밀려드는 협곡, 협곡에 들어서며 빨라진 유속이 바위에 부딪히는 순간 근 백여 장에 이르는 파도가 하늘로 솟구친다.

그 파도가 작은 연무로 변하는 순간 태양이 아름다운 무지개를 만들었다. 석요송은 그 무지개를 텅 빈 눈으로 지켜보고 있었다. 벌써 한 시진이 넘는 시간동안 석요송은 그렇게 무지개 속에서 무엇인가를 찾으려는 사람처럼 그 자리에 서 있었다.

"뭘 하느냐?"

문득 석요송의 뒤에 지덕이 나타났다. 그러자 석요송이 고개도 돌리지 않고 대답했다.

"무지개를 보고 있어요."

석요송의 나이 이제 열여섯 살이 넘어서고 있었다. 그간의 고초 때문인지 얼굴도 그 나이 또래의 아이들보다는 어른스러웠고, 구변환공의 제약으로 인해 손실된 지력 때문인지 말을 거의 하지 않아 모르는 사람이라면 제법 깊은 심기를 지닌 청년으로 느껴질 수도 있었다.

"무지개? 한가하구나."

"할 일이… 있나요?"

석요송이 지덕을 돌아봤다. 그러자 지덕이 고개를 끄덕였다.

"이제 슬슬 다음 관문을 준비할 시간이다."

"또요? 휴… 이번엔 뭐죠?"

예전 같으면 두려움을 드러냈을 석요송이지만 이젠 고난에 익숙해져서인지 조금 귀찮은 표정이었다.

"이제 정식으로 무공을 수련하게 될 게다. 네 번째 관문은 무관이야."

"도검 쓰는 법을 배우는 건가요?"

"그렇지."

지덕이 고개를 끄덕였다. 그러자 석요송이 다시 무지개로 시선을 돌리며 말했다.

"얼마나 걸릴까요?"

"글쎄다. 그건 오로지 너 하기에 달렸겠지. 영원히 무관을 통과하지 못할 수도 있고…….."

"힘든 일인가 봐요."

석요송이 어수룩하게 말했다.

"힘들지. 지금껏 무관을 통과한 사람은… 아무도 없었다. 도전한 사람은 열다섯 쯤……?"

"어렵겠네요."

"그래. 하지만 반드시 이겨내야 할 게다. 만약 성공하지 못하다면……."

지덕이 말꼬리를 흐렸다.

"어떻게 되는데요?"

"운이 나쁘면 무지개가 될 것이다. 운이 좋으면 평생 어둠 속을 살아가는 살수가 되겠지. 실패한 자의 굴레를 뒤집어쓰고."

지덕이 손으로 파도가 솟구치는 협곡을 가리켰다. 그러나 석요송은 지덕의 말을 알아들을 수 없었다.

"무지개요? 무슨……?"

"실패한 자 중 목숨을 잃은 자들의 시신은 바로 여기에 버려졌다. 그러니 그 영혼이 무지개가 되어 나타나는 것일지도 모르지 않겠느냐?"

지덕이 차갑게 말했다. 그런데 기이한 것은 석요송이었다. 석요송은 지덕이 하는 말의 참혹함을 느끼지 못하는 듯했다. 석요송이 무덤덤한 목소리로 대답했다.

"참 아름다운 얘기네요. 죽은 사람의 영혼이 무지개가 된다니."

석요송의 대답에 지덕이 기이한 눈으로 석요송을 바라봤다. 그가 의도했던 반응과는 전혀 다른 석요송의 대답에 오히려 당황한 듯도 보였다.

"무섭지 않느냐?"

"뭐가요?"

"무관을 거치다 죽을지도 모르지 않느냐? 그래서 네 시신도 이곳에 버려질 수도 있지 않겠느냐?"

지덕의 말에 석요송이 고개를 저었다.

"그런 일은 없을 거예요."

"어떻게 그렇게 자신하느냐? 무관은⋯ 힘든 과정이다."

"죽으려고 무공을 배우는 사람은 없으니까요."

석요송이 대답을 하고는 걸음을 옮겼다. 더 이상 지덕의 말에 관심이 없는 듯 보였다. 석요송이 해안선을 따라 북쪽으로 걸어가자 지덕이 당황스러운 표정으로 석요송을 보며 중얼거렸다.

"정말 이지를 상실한 놈이 맞는 건가? 마치 내심을 숨기고 있는 놈 같지 않은가?"

다시 달이 떴다. 푸른 달빛이 드리워진 바다에 언제나처럼 한 척의 배가 밀려왔다. 배가 다가오는 것을 보면서 또 언제나처럼 석요송과 천수가 모래사장에 서 있었다.

"어르신! 잘 지내셨습니까?"

배 위에서 마풍 모길이 천수를 향해 포권을 해보였다.

"요즘이야 살 만하지. 자네가 이렇게 매달 식량을 전해주니 말이야. 지난번에 가져온 옷들은 제법 몸에 맞더군."

천수가 평소 그가 입던 마의가 아닌 비단 장삼을 걸친 팔을 들어 올리며 말했다.

"마음에 드신다니 다행입니다."

"후후후, 간만에 비단옷을 입으니 어색하기도 하이. 그런데 이 아이 오랜만이지."

천수가 석요송을 가리켰다. 그러자 마풍 모길이 눈빛을 반짝이며 석요송을 살폈다. 그러다가 반가운 목소리로 말을 건넸다.

"요송, 오랜만이구나. 몸이 많이 상했다고 하던데 이젠 괜찮은 거냐?"

마치 마음 좋은 이웃집 아저씨 같은 말투다. 그러나 그런 모길의 다감함을 대하는 석요송의 반응은 무덤덤했다.

"다 나았어요."

짧은 대답에 모길이 다시 한 번 석요송을 살피고는 물었다.

"날 기억은 하느냐? 우리가 만난 것이 일 년이 훨씬 넘었는데……?"

"청도의 우풍사 마풍 모길 대협이시잖아요?"

너무도 또렷한 대답에 모길이 조금 놀란 표정을 지었다. 이 아이가 과연 뇌의 혈도가 막힌 것이 맞나 싶은 생각이 드는 모양이었다.

"내 별호와 이름까지 정확히 기억하고 있다니 고맙구나."

"한 번 외기가 어려워서 그렇지 일단 외우기만 하면 다신 잊지 않아요."

석요송이 누구도 생각지 못한 대답을 했다. 그러자 모길과 천수 모두 놀란 눈을 하다가 천수가 급히 물었다.

"그게 정말이냐?"

"네."

석요송이 대수롭지 않다는 듯이 대답했다. 그러자 천수가 곤혹스러운 표정을 지으며 슬쩍 모길을 바라봤다. 모길 역시 천수와 마찬가지로 당황한 표정이 역력했다.

"음, 요송 네게 그런 재주가 있는지 몰랐구나."

"그게 대단한 일인가요?"

석요송이 오히려 놀라는 두 사람이 이상하다는 듯 물었다. 그러자 천수가 고개를 끄덕였다.

"대단하지. 사람이란 결국 망각의 존재니까."

"그런가요? 뭐… 나도 재주가 긴 있었군요."

이럴 때는 전혀 아둔한 것 같지 않은 석요송이다. 천수가 말없이 그런 석요송을 바라보고 있을 때 문득 배 위에서 모길이 입을 열었다.

"이제 무관(武關)입니까?"

"그렇다네."

천수가 대답했다.

"긴 시간이 되겠군요."

"그렇겠지."

"도주께서 저 아이에게 전하라는 것이 있었습니다."

"그래? 뭔가?"

천수의 물음에 대답을 하는 대신 모길이 석요송을 불렀다.

"요송, 받아라. 도주님의 선물이다."

팟!

한순간 모길의 손을 떠난 물체가 석요송의 발아래 모래사장에 꽂혔다. 둘둘 말린 한 장의 양피지였다. 석요송이 양피지를 잠시 바라보다 아무 말 없이 집어 들더니 달빛 아래 양피지를 펼쳤다.

양피지에는 가는 글씨로 수십 자의 글씨가 쓰여 있었다. 그

글 가장 위쪽에는 붉은 글씨가 새겨져 있었는데 천수가 슬쩍 보니 달빛 아래 붉은 글씨가 선명하게 보였다.

대정심공 제삼결

"도주께서 당부하셨습니다. 저 양피지에 쓰인 글은 오직 요송 저 아이만 보아야 합니다."

모길의 말에 천수가 쓸쓸한 웃음을 흘리며 대답했다.

"흐흐, 걱정 말게. 우리 천기삼사가 남의 무공이나 도둑질할 사람들은 아니야. 그리고 이 나이에 무공은 더 알아서 무엇하겠나."

第六章 무공(武功)

"지화보결일까? 아니면 천환심결?"

바다가 보이는 토굴 끝에 앉아 석요송을 보며 인도가 중얼거렸다.

"그 두 무공은 금문 최고의 신공들이야. 아무리 도주가 저 아이를 령의 인검으로 만들려 한다 해도 천환심결과 지화보결을 내어줄 리 없네."

천수가 대답했다.

"그럼 뭘까?"

"모르지. 도주의 능력은 그 끝을 알 수 없으니 어디서 절대 신공을 구했는지……."

"물어볼까?"

"아서게."

지덕이 인도를 만류했다.

"뭐, 살짝 무공의 이름만 보는 살피는 것도 안 될까?"

"도주가 이 자리에 없다고 저 아이의 무공을 훔쳐보는 일은 창피한 일이야."

"젠장, 이 지경에 창피하고 말고가 어디 있어?"

"인도, 우리가 왜 이 생사도에 갇혀 사는지 잊었나?"

지덕이 정색을 하며 물었다.

"그, 그거야… 제길!"

"우리가 생사도를 벗어날 능력이 없어 이곳에 머무는 것이 아니지 않나? 우리 스스로 한 약속을 지키기 위함이네. 그런데 그런 마당에 저 아이의 무공을 훔쳐보자고?"

"아, 알았네. 내 잘못했어. 그까짓 무공 알아본들 소용도 없지."

인도가 금세 고개를 끄덕였다. 그러자 천수가 나직하게 말했다.

"무공의 이름은 보았네. 대정심공이라고 써 있더군. 혹시 그런 무공에 대해 들어 봤나?"

천수가 지덕에게 물었다. 그러자 지덕이 곰곰이 생각에 잠겼다. 그러다가 고개를 저으며 대답했다.

"모르는 무공이군. 내 천하의 신공절학에 대해서는 제법 많이 알고 있는데 대정심공이란 무공은 처음 들어 봐."

"지덕 자네가 모른다면 세상에 알려진 무공이 아니란 말이지."

천수가 대답했다. 그러자 인도가 손을 툭툭 치며 말했다.

"어쨌든 그럼 우린 저 아이의 내공을 기르는 일에는 관여하지 않아도 된다는 말이지?"

"그렇지. 우린 오로지 인검삼무(人劍三武)만 가르치면 되는 것이지."

지덕이 대답했다.

"인검삼무는 막대한 공력이 소모되는 무공들인데 과연 따로 내력을 키워주지 않아도 요송이 그 무공들을 수련해 낼 수 있을까?"

"그것이야말로 저 아이의 몫 아니겠나? 내력이 부족하면 결국……."

천수가 말꼬리를 흐렸다.

"또 쓸 만한 놈 하나 죽어나가는 게 아닌지 걱정이군. 부족함을 알고 멈춘다면 살수로라도 살아가련만… 아둔하니."

인도가 시선을 석요송에게 돌리며 중얼거렸다.

"지금껏 인검삼무를 모두 수련해낸 사람은 없었다."

석요송을 앞에 두고 천수가 말했다. 석요송은 마치 다른 사람의 이야기인 듯 별 관심을 보이지 않았다.

"그 인검삼무를 네게 가르쳐 줄 것이다."

다시 천수가 말했다. 그러자 석요송이 그제야 고개를 끄덕였다. 석요송이 반응을 보이자 이번에는 지덕이 말했다.

"인검삼무는 뛰어난 무공들이다. 온전히 수련해 낸다면 강호에서 그 적수를 찾기 어려운 무공들이지. 그러나… 이 무공들을 수련해 내려면 큰 위험을 감수해야 한다. 여러 사람이 이 무공을 수련하다 죽었다. 할 수 있겠느냐?"

지덕의 물음에 석요송이 처음으로 입을 열었다.

"어차피 해야 하는 것 아닌가요?"

석요송의 대답에 지덕이 흠칫했다.

"이럴 땐 정말 네가 뇌혈이 막힌 아이인지 의문이 드는구나. 오냐. 맞다. 너에겐 선택의 여지가 없다. 넌 이 무공들을 반드시 수련해야 한다."

"그럼 해야겠지요."

석요송이 대답했다. 그러자 지덕이 잠시 석요송을 바라보다 다시 입을 열었다.

"요송, 넌 두렵지 않느냐?"

지덕이 묻자 석요송이 망설이지 않고 대답했다.

"두려워요."

"그런데 왜 순순히 수련을 받아들이지?"

"피할 수 없다는 걸 알았으니까요. 그리고 두려워도 일단 시작하면 그 두려움은 사라지니까요. 처음 물에 들어가기가 어려운 것처럼요."

석요송의 대답에 천기삼사가 서로 바라보며 놀란 표정을 지었다. 어떤 면에서는 전혀 머리에 이상이 없는 사람처럼, 아니 정상인보다 더 현명한 두뇌를 지닌 사람 같은 석요송의 대답이었다.

"대우(大愚)가 대각(大覺)한다고 했던가?"

천수가 중얼거렸다. 그러자 인도가 말했다.

"설마 이 아이가 깨달음이라도 얻었단 말인가?"

"자신만의 사는 방식을 깨달은 것 같군."

"그럴 리가……."

인도는 천수의 말에 동의하지 않는 모양이었다. 그러자 지덕이 말했다.

"천수의 말이 맞는 것 같으이. 이 아이는 생사도에서 살아내는 방법을 스스로 터득한 것 같아. 결국, 두려움은 거추장스러운 껍데기일 뿐이지. 두려움 속에 들어가면 또 별것 아니잖아? 요송, 좋은 깨우침을 얻었구나."

"깨우침이요?"

석요송이 세 사람이 무슨 얘기를 하는지 모르겠다는 듯 어리둥절한 표정을 지으며 물었다.

"어이구, 역시 본성은 변하지 않았군."

인도가 고개를 저으며 말했다.

"여하튼 이젠 인검삼무를 가르쳐줘야지."

천수의 말에 지덕과 인도가 고개를 끄덕였다. 그러자 천수가 다시 석요송을 보며 말했다.

"요송, 이제부터 하는 말을 잘 듣거라."

천수의 말에 석요송이 대답 대신 고개를 끄덕였다. 그리고는 천수의 말에 귀를 기울이기 시작했다.

서서히 노을이 지기 시작했다. 노을은 그 빛을 길게 늘여 석요송 등이 들어 있는 동굴 속까지 물들였다. 그 노을빛 속에서 천기삼사의 무공전수가 시작됐다.

"우리 세 사람은 각기 인검삼무라 불리는 무공절기를 하나씩 알고 있단다."

천수가 나직하게 입을 열었다.

"난 천광검이라는 검법을, 지덕은 귀령보라는 보법을, 인도는 유뢰지(柳雷指)라는 지법을 각각 가지고 있다. 우린 지금부터 이 세 가지 무공을 네게 전할 것이다. 그러나 우리가 전하는 것은 무공의 구결과 그 원리뿐이다. 네가 이 구결들을 모두 머릿속에 넣게 되면 우린 널 무관에 들게 할 것이다. 다시 말해 수련은 네 몫이란 말이지. 그래서 무관에서의 수련이 얼마나 걸릴지 우린 알 수 없다. 그건 오직 네 자신에게 달린 문제니까. 그러나 확실 한 사실 하나는 있다. 그건 네가 이 세 가지 무공, 인검삼무를 오 성 이상 완성하지 못한다면 절대 무관을 벗어날 수 없다는 것이 다. 무관을 벗어나지 못하면 쓰러지겠지. 그리되면 이미 말했듯 이 구 할은 죽어 무지개가 되고, 운이 좋으면 살수 정도가 되겠 지만 우린 네가 그런 운명이 되는 걸 원치 않는다."

무서운 경고가 천수의 입에서 흘러나왔지만 석요송의 반응은 무덤덤하다. 이미 그런 석요송에게 익숙해져 있는 천수가 다시 입을 열었다.

"지금부터 인검삼무의 구결들을 전하겠다. 잘 듣도록 하거 라."

천수의 말에 석요송이 가볍게 고개를 끄덕였다. 그러자 천수 가 잠시 침묵을 지키다가 하나의 검결을 구술하기 시작했다.

석요송은 천기삼사가 예상했던 것 이상으로 아둔했다. 비록 천기삼사가 전하려는 인검삼무가 난해한 무공구결이기는 해도 석요송이 인검삼무의 구결들을 외우는 데 걸리는 시간은 너무 길었다.

천기삼사는 꼬박 열흘 동안 석요송을 붙들고 씨름을 한 끝에 겨우 인검삼무의 구결을 완전히 석요송의 머릿속에 새겨 넣을 수 있었다. 그나마 다행인 것은 일단 석요송이 외운 구결들은 절대 그의 머리에서 지워지지 않는다는 사실이었다. 한 번 외우기가 힘들지 일단 외운 구결들은 온전히 석요송의 것이 되었다.

그런데 문제는 무공을 전하는 일이 단지 구결을 암기시키는 것이 전부가 아니라는 것이었다. 천기삼사는 구결을 전하는 것뿐 아니라 각 무공을 시전하는 방법과 동작들도 자세하게 석요송에게 전해야 했다. 일단 무관에 들어가면 더 이상 천기삼사가 석요송의 무공수련에 도움을 줄 수 없기 때문이었다.

인검삼무의 동작과 그 구결의 의미를 익히게 하는 데에는 다시 두 달 보름의 시간이 필요했다. 그리하여 석요송이 무관에 들 준비를 마쳤을 때는 어느덧 석 달의 시간이 흐른 뒤였다.

*　　　　*　　　　*

석요송이 작은 동굴 앞에 서 있었다. 그의 뒤에 선 천기삼사가 모호한 눈빛으로 석요송을 보고 있었다. 드디어 석요송이 무관에 들 때가 되었던 것이다.

"일단 무관에 들면 입구가 봉쇄될 것이다. 무관의 출구는 이곳이 아니라 섬의 남쪽, 그 출구에서 매일 너를 기다리겠다. 몇 년이 될지는 알 수 없겠지. 그러나 네가 살아 있다면 우린 언제까지 널 기다릴 것이다. 준비가 되었느냐?"

천수의 말에 석요송이 고개를 끄덕였다. 여전히 말을 아끼는 석요송이다.

"그럼 들어가라."

지덕이 매정하게 말했다. 지덕의 말에 석요송이 망설임없이 동굴을 향해 걸어 들어갔다.

"갔군."

지덕이 말했다.

"이제 시작이군. 하늘이 저 아이의 운명을 결정하겠지."

천수도 입을 열었다.

"입구를 닫겠네."

인도가 훌쩍 신형을 날려 동굴 위쪽으로 올라섰다. 그리고는 한 발을 들어 강하게 발을 굴렀다.

쿠르르!

인도의 발끝으로부터 지진이 일어나는 듯한 소음이 일어났다. 그러자 석요송이 들어간 동굴 입구가 무너져 내리기 시작했다.

쿠쿠쿠쿵!

흙으로 시작해서 바위까지 무너지기 시작하자 순식간에 동굴 입구가 막혔다. 그리고 무덤에 들어간 것처럼 석요송과 세상과의 인연이 끊어졌다.

"성공할까?"

어느새 다시 천수와 지덕 곁에 다가선 인도가 물었다.

"난 성공할 것 같아."

천수가 대답했다.

"이유는?"

"녀석에게선 뭔가 특별한 기운이 느껴져. 또… 뇌의 혈도에 가해진 금제가 녀석을 이 길고 긴 싸움을 견뎌내게 할 것 같아."

"그런가? 하긴 나도 왠지 녀석이 성공할 것 같긴 해. 그런데 얼마나 걸릴까?"

"빨라도 사오 년은 걸리겠지."

지덕이 말했다.

"흐흐 어른이 되어 나오겠군."

인도가 실소를 흘렸다. 그러자 천수가 하늘을 보며 말했다.

"좀 더 길어지면 십 년이 될 수도 있을 거야. 그런데 그때까지 우리가 살아 있을까?"

"젠장 십 년은 더 못살까!"

인도가 투덜거렸다. 그러자 천수가 고개를 저으며 말했다.

"이봐. 인도, 우리 수명이 생각보다 길게 남지 않았다는 건 자네가 더 잘 알잖아?"

"그러게 누가 녀석에게 내공을 내어주자고 했던가?"

"자네도 반대하지 않았잖아?"

"그래도 난 조금은 남겨 뒀어. 그런데 자넨……."

"후후, 어차피 죽을 나이에 그깟 내력 남겨두어 뭐해."

천수가 고개를 저으며 말했다. 그러자 지덕이 말했다.

"오늘부터라도 보양을 좀 하자고. 녀석의 얼굴도 못 보고 죽는다면 그건 너무 억울한 일 아닌가?"

"그러게. 바다에 들어가 전복이라도 좀 따와야겠어."

인도가 고개를 끄덕였다.

* * *

북방의 바다는 겨울이 되면 얼음으로 덮힌다. 뱃길은 막히고 사람들은 썰매를 타고 섬과 섬 사이를 이동해야 한다. 그러나 언 바다를 여행하는 것은 무척 위험한 일이다. 바다의 얼음이란 변덕스러워서 곳곳에 사람의 몸무게를 이겨내지 못할 두께를 가진 곳이 많기 때문이다.

생사도도 얼음에 둘러싸였다. 일 년에 단 한 달, 생사도 주변의 바다가 언다. 그러고 보면 생사도에 머물고 있는 천기삼사가 그들의 말처럼 타의에 의해 생사도에 갇혀 있는 것이 아닌 것은 분명했다. 그들의 무공이라면 얼음이 언 겨울, 생사도를 빠져나가는 것은 그리 어려운 일이 아닐 것이기 때문이었다.

거친 북방의 바람이 생사도를 휘감았다. 그러자 바다 위 얼음에 앉아 있던 눈들이 부스스 일어나 순식간에 눈보라를 일으켰다. 눈보라에 휘감긴 생사도는 멀리서 보면 섬이 있는지조차 모를 만큼 그 존재를 감췄다.

얼음이 어는 겨울에는 단 하루도 이런 눈보라가 쉬어가는 날이 없는 생사도였다. 그런데 그런 눈보라를 뚫고 두 대의 썰매가 늑대만 한 개에 끌려 생사도로 다가왔다. 썰매가 모습을 드러내자 눈보라 속에서 사람의 목소리가 들려왔다.

"역시 도주가 약속은 확실하게 지켜."

"그렇지 않다면 우리가 이 생사도에서 죽을 때를 기다리고 있겠는가?"

천수와 인도가 눈보라를 피할 수 있는 커다란 바위 사이에서 다가오는 썰매를 바라보고 있었다.

"컹컹!"

썰매를 끄는 개들이 힘에 겨운지 연신 거친 울음을 터뜨렸다. 그런 개들의 힘겨움을 알았는지 썰매 위의 사람이 드디어 썰매를 멈췄다.

"어서 오게."

천수가 앞으로 나서며 썰매를 타고 온 사내들을 맞이했다.

"무고하신지요?"

마풍 모길이다.

"보다시피."

천수가 어깨를 으쓱거렸다. 그러자 모길이 뒤를 돌아보며 명을 내렸다.

"짐을 내려라."

모길의 명에 장한 두 명이 뒤쪽에 따라온 썰매에서 짐을 풀어 천수와 인도가 서 있는 곳으로 옮겼다.

"도주는 평안하신가?"

문득 천수가 물었다. 그리고는 날카롭게 모길의 표정을 살폈다. 천수의 질문을 받은 모길의 눈빛이 눈보라 속에서 살짝 흔들렸다. 그러나 그도 잠시 모길이 무척 담담한 목소리로 대답했다.

"근자에 들어서는 강호에 분란이 없어 천하가 평안합니다."

"하하하, 천하가 평안하다라… 폭풍전야의 고요인가? 그런데 내가 묻는 것은 그런 의미가 아닐세. 도주의 건강을 묻는 걸세."

"도주님이 병치레를 하실 분은 아니지요."

"물론 그렇긴 하지만 도주의 나이 올해로 이미 일백하고도 이십을 넘으셨네. 아무리 고절한 무공을 지니고 계신 도주라 해도 세월의 힘을 이겨낼 수는 없지. 그게 자연의 이치 아닌가?"

천수의 말에 모길이 씁쓸한 미소를 지으며 고개를 끄덕였다.

"그렇긴 하지요. 하지만 도주께서는 여전히 강건하십니다."

"그래? 그거 다행이구만. 그런데 소도주는 돌아왔는가?"

천수의 이번 질문에는 모길도 빙긋 미소를 지었다.

"달포 전에 돌아오셨습니다."

"음, 이젠 소녀의 티를 벗으셨겠군."

"그런지는 오래지요. 이미 도주님의 일 중 상당 부분을 소도 주께서 대신하고 계십니다."

"그래? 아무리 그래도 아직 스물이 넘지 않았는데……?"

"소도주님의 총명함이야 삼사 어르신들께서도 잘 알고 계시지 않습니까? 더군다나 이번 수련행에서 그 무공의 깊이가 놀랍도록 깊어져 도주님과의 비무에서도 오백 초를 겨루셨지요."

"오백 초!"

천수가 놀란 표정을 지었다. 그러자 모길이 마치 자신의 일처럼 흥분한 목소리로 말을 이었다.

"그렇습니다. 청도의 모든 사람이 놀랐지요. 지금껏 우리 금문 내에서 도주님을 상대로 오백 초를 겨룬 사람은 전무하니까요. 도주께서 말씀하시길 향후 십 년이 지나면 소도주님의 무공이 도주님을 능가하실 거라 하시더군요."

"아, 과연 소도주군. 하긴… 소도주가 어디 보통 사람인가. 그 탄생부터… 음!"

말을 하던 천수가 한순간 실수를 한 듯한 표정을 지으며 입을 닫았다. 그리고는 모길에게 말했다.

"짐을 다 부렸으면 돌아가게. 오늘의 눈보라는 심상치가 않군. 자칫 바다 위에서 길을 잃겠네."

천수가 손짓으로 떠나기를 재촉하자 모길이 급히 물었다.

"그 아이는 어떻습니까?"

"뭐가?"

"살아는 있습니까?"

"살아 있네."

"하면 언제 출관을 하는지요?"

모길의 물음에 천수가 혀를 차며 물었다.

"자네… 무관을 모르나?"

"예?"

"무관에 든 자가 살지 죽을지, 혹은 언제 출관할지 예측할 수 있는 사람이 누가 있느냔 말일세? 그걸 모르는 사람도 아니면서 왜 그런 걸 묻나?"

"그, 그렇지요."

모길이 얼른 고개를 끄덕였다.

"그만 가시게. 바람이 더 거세지는군."

"알겠습니다. 그럼 좋은 소식 기다리지요."

모길이 천수에게 포권을 해보이고는 썰매를 모는 사내들에게 고갯짓을 했다. 그러자 이내 개 짖는 소리가 울려 퍼지며 썰매가 천수와 인도의 눈에서 멀어졌다.

"어이쿠, 무겁군."

마풍 모길이 부려놓은 짐을 어깨에 걸쳐 메던 인도가 엄살을 떨었다. 그러자 천수도 다른 한 덩이 짐을 들어 올리며 말했다.

"그가 얼마 남지 않은 모양이야."

"무슨 소린가? 누가 얼마 남지 않아?"

"도주 말이야."

순간 인도가 움직임을 멈추고 놀란 표정으로 물었다.

"설마 도주가 죽기라도 한단 말인가?"

"당장은 아닐지라도 그 수명이 오래 남지 않은 것은 분명하네."

"왜 그렇게 생각하는가?"

"첫 번째 이유는 령이 도주와 오백 초를 겨뤘기 때문일세. 도주가 어떤 사람인가? 아무리 령이 천재적인 재능을 가지고 있다고 해도 아직 스무 살도 되지 않았네. 그런 아이가 도주와 오백 초를 겨뤘다? 자네가 알고 있는 도주의 능력을 생각하면 가능한 이야긴가?"

"음… 사실 나도 그 이야기를 듣고 꽤나 놀랐네."

인도가 고개를 끄덕였다.

"두 가지를 생각할 수 있어. 하나는 도주가 일부러 령에게 오백 초를 허락했을 경우네. 이 경우는 도주가 자신의 힘을 령에게 넘겨주려는 포석에서 령의 권위를 세워주려는 이유일 테지."

"다른 이유는?"

"또 다른 이유는 도주가 노쇠해지기 시작했을 수 있네. 이 경우는 문제가 더욱 심각한데, 자네도 알다시피 일단 절대무공을 지닌 자가 그 기운이 쇠하기 시작하면 급격하게 생기를 잃지 않던가? 천명이 다 된 거지."

천수의 말에 인도가 심각한 표정으로 말했다.

"정말 그럴까? 그렇다면… 걱정이군."

"응? 자네 도주를 걱정하나?"

"젠장 그야 죽든 말든 무슨 상관인가? 단지 혼자 남을 령이 걱정이란 거지."

인도의 말에 천수도 고개를 끄덕였다.

"맞아. 도주가 죽으면 금문의 강자들이 도주의 자리를 탐하게 될 걸세. 비록 도주가 령에게 후사를 맡긴다 유언을 해도 어디 강호의 일이 그런가? 힘 있는 자가 권세를 잡게 마련인 게지. 아마 도주도 그걸 걱정하고 있는 것 같아. 그러니 모길 그 사람을 통해 요송의 소식을 좀 더 자세히 알려 한 거지."

"그래서 모길 그 친구가 요송에 대해 다급히 물어본 거군."

"맞아. 도주의 명이 있었겠지."

"후… 정말 요송 그 녀석은 어찌하고 있을까?"

"모르지. 기다려 볼 수밖에……."

"시간이 많지 않은데. 벌써 육 년 째야."

"기다려 보세."

천수가 말을 마치고는 천천히 눈보라 속으로 걸음을 옮겼다.

*　　　*　　　*

똑!

천장에서 얼음처럼 차가운 물이 떨어졌다.

슥!

석요송이 슬쩍 한 발을 내디뎠다. 그러자 그의 몸이 안개처럼 흐릿해지더니 천장에서 떨어진 물방울을 피해 바로 옆으로 이동해 있었다.

투투툭!

이번에는 연이어 세 방울의 물이 떨어졌다. 그러자 석요송이 다시 발의 위치를 변화시켰다.

스슥!

이번에는 석요송의 몸이 연기처럼 사라지더니 오장 앞에 불쑥 신형을 나타냈다. 가히 귀신같은 신법이다.

투투투툭!

그러자 천장에서 떨어지는 물방울들도 지지 않겠다는 듯 이젠 비처럼 석요송을 향해 쏟아져 내리기 시작했다. 순간 석요송의 몸이 한 줄기 검은 빛으로 변하더니 마치 바늘귀를 통과하는 실처럼 천정에서 쏟아져 내리는 물줄기들을 뚫고 이십 여장 앞으로 이동했다.

그렇게 쏟아지는 물줄기들을 단번에 피해내자 거짓말처럼 천장에서 쏟아지던 물줄기들이 멎었다. 그러자 석요송이 자신의 옷자락들을 세심하게 살피기 시작했다. 그 어디에도 물이 묻은 흔적은 없었다.

"이제 독전로(毒箭路)를 통과하는 것은 어렵지 않겠네. 귀령보는 완성된 건가!"

석요송의 목소리가 흘러나왔다. 석요송의 목소리는 무관에 들 때의 그 목소리가 아니었다. 변성기를 지나 사내의 목소리를 갖게 된 석요송의 목소리는 굵고 무거워서 누구에게라도 위엄을 느끼게 만드는 목소리였다.

"다음은 유뢰지를 시험할 차례군."

석요송이 신형을 돌려 동쪽 벽으로 향했다. 그러자 희미한 야광주 아래 수십 개의 작은 구멍이 보였다. 석요송이 신중하게 벽 앞에 섰다. 그리고는 눈을 반개하고 호흡을 고르기 시작했다.

석요송은 그 자세 그대로 일각여를 미동없이 서 있었다. 그러다 문득 두 손을 들어 올려 가슴 앞에 모았다. 그러자 그의 손끝에 희미한 청색 기운들이 모여들기 시작했다. 한순간 석요송이 열 개의 손가락을 쫙 폈다.

<u>스스스!</u>

석요송의 손에서 기이한 소리가 흘러나왔다. 그건 마치 봄바람에 흩날리는 버드나무가지 소리 같았다. 시원하고 부드러운 소리가 듣는 사람으로 하여금 청량감을 느끼게 한다.

소리에 맞춰 석요송의 손끝에 매달려 있던 청색 기운들이 서서히 벽을 향해 움직이기 시작했다. 열 개의 손가락에서 흘러나온 청색 기운은 각기 하나씩의 줄기를 형성하며 바람에 흩날리듯 벽면으로 향했다.

너무 부드러워 아무런 위협도 될 것 같지 않은 청색 기운들이 어머니 손길처럼 부드럽게 벽면에 어른거렸다. 그런데 그때였다. 갑자기 석요송이 두 손을 반 자 정도 앞으로 쑥 내밀었다.

쇠가 부러지는 듯한 파열음이 터져 나왔다. 석요송의 손에서 뻗어 나온 부드럽던 열 개의 청색 지력들이 뇌전처럼 강렬한 소리와 함께 단단한 암벽을 파고들고 있었다.

쩌저정!

한겨울 얼음 깨지는 소리가 터져 나왔다. 열 개의 지력이 파고든 벽면이 그 충격을 이기지 못하고 거북이 등짝처럼 금이 가더니 결국 바닥으로 무너져 내렸다.

쿠쿠쿵!

동굴 벽면에서 떨어져 나온 거대한 돌덩어리들이 석요송 앞에 산처럼 쌓였다. 석요송은 벽면이 더 이상 허물어지지 않고 조용해질 때까지 미동 않고 기다렸다. 그리고 잠시 후 사방이 잠잠해지자 천천히 무너진 벽 앞으로 다가가 손을 들어 벽을 만졌다. 그러자 그의 손에 두 개의 문고리가 잡혔다.

"이 문을 열면 독전로가 시작되는 건가?"

석요송이 무거운 목소리로 중얼거리며 문고리를 잡아당기려다 고개를 저으며 뒤로 물러났다.

"아직 천왕검이 완성되지 않았으니 참아야 해. 마지막 관문인 천문은 오직 천왕검을 시전해야만 열린다고 했으니까. 독전로와 팔괘진은 귀령보와 유뢰지로 통과할 수 있다지만 천문에서 길이 막히면 결국 죽게 될 거야. 먼저 천왕검을… 얻어야 해."

석요송이 천천히 뒤로 물러났다. 그리고는 동굴의 어둠 속으로 사라졌다.

다시 세월이 흘렀다. 그러나 빛이 들지 않은 동굴 속에서 세월의 흐름은 아무런 의미가 없었다. 석요송은 무던하게 천왕검의 수련에 매진했다. 천왕검은 생각보다 단순한 검법이었다. 오직 세 개의 초식만이 존재했는데, 그러나 그 세 초식을 완성하는 것은 결코 쉬운 일이 아니었다.

"천왕검은 모든 내력을 검에 실어 펼치는 극강의 검공이다. 그 위력이 천하에서 가장 강한 검법이라 할 수 있다. 문제는 이 초식들이 시전자의 내력을 너무 많이 소모케 한다는 것이다. 강력한 공력을 모두 토해내니 시전자가 초식에 실리는 내력을 중간에 조절하는 것도 어렵다. 초식 자체가 시전자의 내력을 끌어낸다고 해야 할까? 그래서… 이 초식을 수련하다 내상을 입고 죽은 자가 여럿이다. 그러니 이 초식을 펼치기 위해서는 반드시 단단한 내력을 쌓아야 할 것이다. 그 이후에야 이 초식들을 펼쳐야 한다."

무관에 들기 전 천왕검의 검결을 전수하면 당부한 천수의 말이었다. 기실 인검삼무는 모두 강력한 내공이 필요한 절기들이었다. 그런데 그중에서도 천왕검은 특히나 내력의 소모가 많은 무공이었다.

무관에 든 지 이 년여가 지났을 때 석요송은 처음 천왕검을 시전했었다. 그때 그는 단번에 내상을 입어 근 한 달여 동안 사경을 헤맸었다. 온몸의 정혈이 모두 검으로 빨려 들어가는 듯한 기이한 경험을 했고, 온몸의 혈맥과 기맥들이 제멋대로 엉켜버

렸었다. 만약 석요송에게 청도주 금온이 전한 대정심공이 없었다면 그는 이미 이 세상 사람이 아니었을 것이다.

대정심공은 다른 절대의 신공처럼 빠르게 내공을 모아주지는 않지만, 그 정순함이 특별한 신공이었다. 대정심공의 순후하고 정순한 기운은 혈맥이 상한 석요송의 몸을 치유했고, 오히려 몸이 상하기 전보다 더욱 단단한 몸을 석요송에게 선물했던 것이다.

그러나 석요송은 이후 함부로 천왕검을 시전하지 않았다. 석요송은 마치 어린아이가 다리에 힘을 얻은 후에게 걸음을 걸을 수 있듯, 그렇게 끈기있게 내력을 길러가며 천왕검을 펼칠 수 있는 때를 기다렸다. 그 사이 귀령보와 유뢰지의 성취는 거의 십 성에 이르러 있었다. 그리고 이제 석요송은 칠 년의 세월을 뒤로 하고 천왕검에 도전하고 있었다.

스으으!

석요송의 몸 주위로 투명한 기운들이 일렁였다. 어찌 보면 청색을 띤 듯한 기운들이었지만 워낙 맑고 투명해 그 진기의 색이 완벽하게 드러나 보이지 않았다.

가부좌를 틀고 앉은 석요송의 앞에는 한 자루 투박한 검이 놓여져 있었다. 검의 모양으로 보자면 저자에 나가 동전 한 닢에도 팔 수 없을 듯 보였다. 날도 서지 않았고 손잡이와 검신의 구분도 없는 검, 그러나 그 색깔만은 현묘한 깊은 검은색을 지니고 있어 왠지 모를 신비감을 주는 검이었다.

검은 석요송이 토하곡에서부터 가지고 온 바로 그 쇠몽둥이었다. 토하곡주 석승이 석요송에게 숫돌에 갈아 검을 만들라고 했던 그 단단한 강철의 쇠몽둥이가 이제 얼추 검의 모양을 갖추고 있었다. 고요 속에 가부좌를 틀고 운기를 하던 석요송이 한순간 가만히 눈을 떴다. 그의 깊은 눈이 자신 앞에 놓인 투박한 검으로 향했다.

"후욱!"

석요송이 가볍게 숨을 내쉬고는 천천히 검을 집어 들었다. 그리고 자리에서 일어났다.

검을 든 석요송의 손이 느리게 위로 올라갔다. 그러자 검을 따라 청색 기운이 하늘거리며 따라붙었다. 석요송의 검이 그의 이마 위에서 멈췄다. 다시 약간의 침묵의 시간이 흘렀다.

"환(環)!"

팟!

한순간 강렬한 외침과 함께 눈에 보이지 않는 속도로 석요송의 검이 그어졌다. 그러자 그의 검에서 청색 검기가 흘러나오더니 채찍처럼 구불거리며 전방을 향해 뻗어 나갔다. 검기는 허공에서 한 번 둥근 원을 그린 후 벼락처럼 석벽을 때렸다.

콰아앙!

강력한 장력에 맞은 것처럼 석벽이 무거운 소리를 내려 무너져 내렸다. 순간 석요송의 얼굴이 파랗게 변했다. 내기가 흔들렸음이 분명했다. 그러나 석요송은 다시 검을 들어 올렸다.

이번에는 검이 그의 가슴 앞에 수평으로 세워졌다. 그러자 검 끝에 다시 푸르스름한 기운이 감돌기 시작했다. 잠시 후 석요송의 입에서 기합성이 터져 나왔다.

"섬(閃)!"

순간 석요송이 내뱉은 말 그대로 한 줄기 빛이 번쩍였다. 그리고 거의 동시에 십여 장 밖 벽면에 둔탁한 파열음과 함께 주먹만 한 구멍이 깊게 뚫렸다.

퍽!

그리 크지 않은 타격음이었지만 벽에 난 구멍의 깊이는 짐작할 수 없을 만큼 깊었다. 그리고 그 순간 갑자기 석요송이 두어 걸음 뒤로 밀려났다. 벽에 구멍을 뚫은 검기의 반탄력을 몸으로 느끼는 듯했다.

"음!"

석요송의 입에서 나직한 신음성이 흘러나왔다. 그러나 석요송은 다시 입술을 깨물며 검을 부여잡았다. 그리고 이번에는 머리 위로 투박한 검을 들어 올렸다. 그의 얼굴은 무덤에서 나온 사람처럼 창백했다.

"단(斷)!"

석요송의 입에서 다시 짧은 외침이 터져 나왔다. 그의 검이 머리 위에서 아래로 일직선을 그리며 떨어졌다. 그러자 초승달 모양의 검기가 만들어지더니 반대편 벽면을 향해 벼락처럼 밀려갔다.

삭!

잘 갈린 칼로 두부를 베는 듯한 부드러운 소리가 일어났다. 그런데 그 부드러운 소리가 가져온 변화는 놀라웠다.

쩡!

한순간 정으로 바위를 깨는 소리가 터져 나오더니 석요송의 검기가 파고든 석벽에 마치 벼락을 맞은 것 같은 상처가 이장

길이로 생겨났다. 상처의 깊이 역시 무척 깊어서 한 자 이상은
되어 보였다. 그런데 그때 갑자기 석요송의 입에서 고통스러운
소리가 흘러나오기 시작했다.

"끄으으!"

세상의 모든 고통을 짊어진 사람처럼 석요송이 처절한 신음
을 내기 시작했다. 그러더니 그의 몸이 급살을 맞은 사람처럼
떨리기 시작했다.

"으으으!"

석요송의 입에서 참기 힘든 고통의 신음성이 흘러나왔다.

쩡그렁!

그의 손에 들렸던 뭉툭한 검이 바닥에 떨어졌다. 그리고 그
검과 함께 석요송도 바닥에 무너져 내렸다. 쓰러진 석요송이 오
한이 든 것처럼 몸을 떨었다. 그러나 그 누구도 석요송을 돌봐
줄 사람은 없었다. 석요송의 눈이 흰자위를 드러냈다.

"끄으끄윽!"

숨 넘어 가는 소리가 계속해서 석요송의 입에서 흘러나왔다. 차
가운 동굴의 한기가 석요송의 몸을 덮었다. 그러자 석요송의 얼굴
이 더욱 하얗게 변했다. 급기야 석요송이 완전히 정신을 잃었다.

시간은 또 흘러갔다. 희미한 야광주가 비치는 석실에 사람의
형체를 한 흙더미가 있었다. 가끔 석실의 깊은 곳에서 불어오는
한풍이 흙더미를 헤집곤 했지만 그래도 그 형체를 흩트리지는
못했다.

그런데 어느 순간부터 흙더미가 조금씩 움직이기 시작했다.

외부로부터 시작된 움직임은 아니었다. 흙더미의 안쪽에서부터 무엇인가가 불쑥불쑥 올라오기 시작하더니 급기야 흙더미가 흘러내리기 시작했다.

그리고 잠시 후 흙더미 안에서 사람의 몸이 나타났다. 천왕검을 시전하고 쓰러졌던 석요송이었다.

석요송이 쓰러진 후 얼마의 시간이 흘렀는지는 알 수 없었다. 흙이 그의 몸을 덮은 것을 보면 아주 오랜 시간이 흘렀을 수도 있지만, 그의 머리 위 천장이 천왕검의 충격을 이기지 못하고 부서져 내린 것을 생각하면 그리 오랜 시간이 지나지 않았을 수도 있었다.

그러나 석요송은 그런 것에 신경을 쓸 수 없는 처지였다. 그는 여전히 정신을 잃은 상태였기 때문이었다. 그럼에도 그를 덮고 있던 흙더미가 움직인 것은 그의 정신보다 그의 몸이 먼저 깨어났기 때문이었다.

흙더미가 흘러내리며 드러난 석요송의 몸이 기이한 움직임을 보였다. 팔과 등, 그리고 어깨와 다리의 근육들이 제멋대로 불쑥불쑥 일어났다가는 다시 가라앉았다. 마치 근육 속에서 이물이 자라고 있는 것처럼 그렇게 석요송의 근육들이 주인의 의사와는 상관없이 꿈틀거리고 있었다.

그러다 어느 순간에는 석요송의 온몸이 부르르 떨리기도 했다. 그러면 그의 몸속에서 뼈가 이탈되었다가 다시 맞추지는 듯한 소리가 흘러나왔다.

그런 일이 지나가면 그의 근육들이 또다시 제각기 움직임을 일으켰고, 이내 또 학질에 걸린 사람처럼 떨다가 뼈가 움직이는 소리가 들렸다. 그러기를 몇 번, 석요송의 몸이 어느새 반듯하게 누운 자세를 취했다. 그리고 언제부터인가 그의 호흡이 무척 고르게 이어지기 시작했다. 호흡이 고르게 변하자 더 이상 근육들도 움직이지 않았고, 뼈들도 안정을 찾은 듯 괴이한 소리를 흘려내지 않았다.

그렇게 다시 얼마간의 시간이 흘렀다. 그러던 한순간, 깊은 잠에서 깨어나듯 석요송의 눈이 슬며시 떠졌다. 가늘게 떠진 그의 눈에서 한 줄기 정광이 번쩍였다 사라졌다.

눈을 뜬 석요송이 가만히 고개를 좌우로 돌려 주변을 살폈다. 익숙한 석실이 모습과 내음이 그의 오감을 타고 들어왔다.

"죽지 않았나?"

석요송이 누운 채로 중얼거렸다. 그리고는 팔과 다리를 움직여 보았다. 어느 곳 하나 상한 곳 없이 멀쩡했다.

"살았군."

석요송이 천천히 신형을 일으켰다. 그러다 갑자기 신음성을 흘려내며 머리를 감싸 쥐었다.

"윽!"

깨질듯한 두통이 그의 머리를 관통했다.

"으으으!"

석요송이 두 손으로 머리를 부여잡고 나뒹굴었다. 이전에는 경험하지 못한 격렬한 통증이 그의 영혼을 파괴할 듯이 머릿속 여기저기를 헤집고 다녔다.

"사, 살려줘……."

석요송이 자신도 모르게 소리쳤다. 그러나 석실에는 오직 그

하나뿐이다. 누구도 그를 도와줄 사람이 없었다.

"우욱!"

급기야 석요송이 고통을 이기지 못하고 구역질을 하기 시작
했다. 그러나 오랫동안 먹은 게 없는 그의 내장이 토해낼 것은
아무것도 없었다.

"우우욱!"

다시 한 번 석요송이 구역질을 했다. 그러자 아무 것도 없어
야 정상일 내장이 갑자기 한 움큼 검은 액체를 입 밖으로 밀어
냈다. 그리고, 그것을 시작으로 석요송은 마치 몸에 있는 모든
액체를 뱉어내듯 검은 액체를 쏟아내기 시작했다.

피는 아니었다. 입안에서 피 맛이 느껴지지는 않았다. 쑵쓸하
면서도 역한 내음이 나는 액체가 계속해서 쏟아져 나왔다. 그러
기를 일각여…… 입을 통해 흘러나오는 액체의 양이 서서히 줄
어들기 시작했다. 그러자 거짓말처럼 석요송을 괴롭히던 두통
도 사라지기 시작했다.

"카악, 퉤엣!"

석요송이 입에 있는 마지막 액체를 깨끗하게 뱉어냈다. 그러
자 그의 몸과 머리가 날아갈 듯 상쾌해졌다. 순간 석요송이 재
빨리 그 자리에 주저앉았다. 그리고는 순식간에 깊은 운기의 세
계로 들어갔다.

第七章　탈각(脫却)

　"만약 어느 날 네가 극심한 두통과 함께 피 같은 오물을 토해내게 된다면 그 즉시 구변환공의 심결에 따라 운기를 하거라. 그때가 되면 넌 온전한 네 자신으로 돌아올 수 있을 것이다.

　마치 꿈속에서 들었던 것과 같은 목소리가 토악질을 하는 순간에 석요송의 머릿속에 떠올랐었다. 잊었던 목소리, 토하곡주 석숭의 목소리였다. 과거 그런 말을 자신이 들었었는지는 석요송 자신도 확실하지 않았다. 그러나 검은 오물을 쏟아내는 토악질 중에 맑아지는 머리가 문득 그 목소리를 떠올렸다.

　그리고 무엇인가에 홀린 사람처럼 석요송은 가부좌를 틀고 앉아 깊고 긴 운기에 들어갔다.

　구변환공의 수련은 지난 수년 동안 금온이 전해준 대정심공과 함께 석요송의 일상을 채워왔다.. 그러므로 구변환공의 구절을 떠올리며 운기를 하는 것은 석요송에게 아주 익숙한 일이었다.

그런데 오늘은 달랐다. 마치 새로운 신공을 수련하는 것처럼 구변환공의 비결들이 전혀 다른 의미로 다가오고 있었다. 구변환공을 운기해 일으킨 진기들의 움직임도 달랐다. 단전에서 일어난 진기들이 다른 때와 달리 계속해서 몸의 위쪽으로 움직였다. 목덜미를 타고 오른 진기들은 거침없이 머리를 향해 질주했고, 다른 때라면 진기를 받아들이지 못해 극심한 고통을 일으켰을 석요송의 머리도 아주 조금씩 아래에서 치받아 올라오는 진기를 받아들이고 있었다.

일단 가는 물줄기가 생기자 그것이 개울을 만들고 급기야 계곡을 이루어 다시 대하가 되는 것은 그리 오래 걸리지 않았다. 단전에 일어난 구변환공의 진기들이 어느 한순간부터 머리를 중심으로 온몸을 따라 빠르게 움직이기 시작했다.

석요송은 몸과 마음이 한없이 청량해짐을 느꼈다. 사방을 가득 메웠던 안개가 걷히듯이 석요송의 흐릿했던 머리가 깨끗하게 씻겨지는 느낌이었다.

'아!'

석요송이 운기 중임을 잊고 나직하게 탄성을 흘렸다. 유리알처럼 깨끗해진 머리가 오랜 시간 잊고 지냈던 일들을 떠올리기 시작했던 것이다.

토하곡은 북방의 산중 마을치고는 무척 온화한 곳이었다. 산수유가 만발한 것도 아마 토하곡의 그 기후 때문일 터였다. 봄날, 산수유 꽃이 만발한 언덕을 석요송이 걷고 있었다. 그의 손을 노인의 손이 부드럽게 잡고 있었는데 손을 통해 느껴지는 온기가 무척 따뜻했다.

"요송!"

문득 노인이 입을 열었다.

"예, 할아버지."

석요송이 고개를 들어 자신의 손을 잡고 있는 노인을 바라봤다. 인자한 시선이 석요송의 얼굴을 바라보고 있었다.

"요송, 오늘은 이 할아버지가 아주 중요한 이야기를 해야 할 것 같구나."

"뭔데요? 할아버지?"

석요송이 소년의 호기심을 담은 눈으로 노인에게 물었다.

"요송, 넌 오늘부터 아주 깊은 잠을 자게 될 거야."

"밤도 아닌데요?"

"그래. 이 잠은 신기한 잠이라서 밤이나 낮이나 상관없이 자게 된단다."

"몇 밤이나 자야 하는데요?"

"아주 오래."

노인이 조금 우울한 표정으로 말했다.

"난 이렇게 할아버지랑 노는 게 좋은데……."

석요송이 입을 삐죽였다.

"그래. 이 할애비도 너와 함께 있는 것이 즐겁다."

"그런데 왜 자야 해요?"

"그건… 잠을 많이 자야 튼튼한 몸을 가질 수 있기 때문이란
다."

"전 지금도 튼튼해요."

석요송이 고사리 같은 손으로 주먹을 쥐어 보였다.

"후후, 그래 우리 요송이는 지금도 튼튼하지. 하지만 어른이
되려면 지금보다 훨씬 튼튼해져야 한단다. 그래서 네겐 긴 잠이
필요하다."

"그럼… 할아버지를 보지 못하나요?"

"그건 아니다. 넌 계속 나를 볼 수 있을 게다."

"그럼 자는 게 아니잖아요?"

"이 잠은 아주 특별해서 넌 자면서도 날 볼 수 있단다. 나뿐만
이 아니라 토하곡의 모든 사람을 볼 수 있어."

"와! 정말 신기한 일이네요."

"그래 무척 신기한 잠이지? 그런데 요송아!"

노인 석숭이 부드럽게 석요송을 불렀다.

"네, 할아버지."

"네 아비의 이름이 뭐라고?"

"아유, 할아버지도! 아버지 이름을 모를까봐요? 묘자 문자를
쓰셨다고 했잖아요."

"하하하, 맞다. 맞아. 세상에 아버지의 이름을 모르는 아들은
없지. 그럼 어머니는?"

"아이구 정말… 할아버지! 제가 바본 줄 아세요?"

"알았다, 알아. 그만하마. 그런데 요송아."

"또 왜 그러세요. 뭘 물어보시려고요."

"구변환공은 아침저녁으로 빼놓지 않고 수련하고 있지?"

"그럼요. 당연하죠."

"오냐. 그럼 되었다. 인제 그만 잠을 자러 가자."

"벌써요? 해가 지려면 멀었는데……?"

"이 잠은 낮에도 잔다고 했지 않느냐?"

석숭이 부드럽게 석요송의 머리를 쓰다듬었다. 그러자 석요송이 고개를 끄덕이며 대답했다.

"아차 그렇지. 정말 궁금해요, 도대체 어떻게 자는 건지."

"가자꾸나. 재미있을 것이다."

석숭이 석요송을 이끌고 산수유나무 사이로 걸음을 옮겼다.

'할아버지. 조금도 재미있는 잠이 아니었어요.'

석요송이 마음속으로 말했다. 어느새 석요송은 구변환공과 더불어 대정심공도 함께 운기하고 있었다. 본래 성질이 다른 두 개의 심공을 함께 운기하는 것은 극히 위험한 일이지만 대정심공과 구변환공은 기이하게도 서로 충돌을 일으키지 않았다. 아마도 그건 구변환공의 부드러움과 대정심공의 정명함이 잘 어우러지기 때문일 터였다.

운기가 깊어질수록 석요송의 머리는 맑아졌다. 맑아진 머리는 석요송의 아주 어린 시절, 그가 토하곡주 석숭에게 뇌혈을 제압당하기 이전의 기억들을 떠올리게 했다. 그리고 급기야는 뇌혈이 제압된 채 청도주 금온에 이끌려 이 생사도까지 오게 된 일과 생사도에서 겪은 일들 모두를 전혀 다른 방식으로 기억하기 시작했다. 그리고 그의 뇌 깊은 곳에서 하나의 울림이 전해지기 시작했다.

"너의 주인은 패존 금령이다. 넌 오직 그분을 위해서 존재한다."

"욱!"

그의 뇌 깊은 곳에 심어진 그 한 구절의 말이 떠오르는 순간 석요송의 머리가 깨어질 듯한 고통을 느꼈다.

"후우!"

석요송이 애써 호흡을 가다듬으며 운기에 집중했다. 그러자 다시금 그의 머리와 가슴이 평정심을 회복하기 시작했다.

'그가 날 원한 것은 금령이란 여인의 분신이 필요했기 때문이다.'

석요송은 이제 지난 수년간 자신에게 일어났던 일들의 모든 이유를 깨닫고 있었다. 그런데 금령이라는 여인 때문에 자신이 토하곡을 떠나고 또 이 생사도에서 죽을 고비를 넘기며 무공을 수련하고 있지만 기이하게도 금령이라는 여인에 대한 원망이나 적대감이 생기지는 않았다. 그건 매우 특별한 일이었지만 석요송은 미처 자신의 마음속에 금령이라는 여인에 대해 원망이 생기지 않는 것을 이상하게 생각하지 못했다.

그에게 금령이라는 이름은 그의 뇌리에 각인된 것처럼 자신이 반드시 지켜야 할 사람, 자신이 목숨으로 보호해줘야 할 사람처럼 생각되는 것이었다.

이 기이한 현상이 천기삼사가 석요송에게 펼친 심인술 때문인지 아니면 다른 어떤 이유 때문인지는 알 수 없었다.

어쨌든 석요송은 심인술에 의해 나타난 마음 깊은 곳의 울림에서도 어느 정도 자유로워지자 천천히 눈을 떴다. 그러자 깊고 투명한 정광이 그의 눈에서 번쩍였다.

"후욱!"

석요송이 크게 심호흡을 하고는 자리에서 일어났다. 그러자 마치 하늘을 날 듯 가벼워진 몸이 느껴졌다.

"이젠 천왕검을 완전히 시전할 수 있겠는걸."

석요송이 나직하게 중얼거렸다. 몸의 상태만으로도 더 이상 천왕검을 펼침으로써 자신이 위험에 빠질 염려가 없다는 것을 알아챈 것이다.

휙!

한순간 석요송이 들고 있던 검을 가볍게 휘둘렀다. 그러자 그의 검에서 뻗어 나간 푸른 검기가 채찍처럼 휘어지더니 앞쪽 벽면을 강타했다.

쩌저적!

검기에 맞은 벽에 길게 금이 가더니 이내 한 무더기의 바위더미가 무너져 내렸다.

"좋군."

천왕검을 시전했음에도 몸에 전혀 이상이 없다는 것을 확인한 석요송이 고개를 끄덕였다. 그리고는 천천히 석실을 둘러보기 시작했다. 한쪽에 먼지에 쌓인 벽곡단이 눈에 들어왔다. 얼마나 누워 있었는지 모르지만, 몸에 먼지가 쌓일 정도로 오랜 시간이 흘렀으니 배가 고플 만도 한데 이상하게도 허기가 느껴지지 않았다.

"먹지 않아도 된다는 건가?"

석요송이 고개를 갸웃했다. 그러나 세상에 먹지 않고 사는 사람은 없다. 일단 벽곡단에 시선을 주자 느껴지지 않았던 허기가 조금씩 일어나기 시작했다.

"역시 사람은 먹어야 사는군."

석요송이 걸음을 옮겨 벽곡단이 있는 곳으로 이동했다.

툭툭!

석요송이 벽곡단을 담은 자루에서 먼지를 털어내고는 벽곡단을 꺼내 들었다. 냄새를 맡아보니 상한 흔적은 없었다.

"기이한 동굴이야. 아무리 오래 지나도 벽곡단이 상하지 않다니……."

석요송이 고개를 갸웃하고는 손에 든 벽곡단을 입에 털어 넣었다. 그리고는 걸음을 옮겨 다른 쪽으로 이동했다. 천기삼사가 만든 벽곡단은 무척 훌륭해서 이렇게 한 움큼만 입에 털어 넣으면 적어도 하루는 허기를 면할 수 있었다.

걸음을 옮긴 석요송이 이번에는 여러 개의 고리가 매달려 있는 벽 앞으로 다가갔다.

"이젠… 나가야 할 시간이군. 생사의 운명은 하늘에 맡긴다."

석요송이 스스로에게 다짐하듯 말하고는 힘주어 문고리를 당겼다. 그러자 긴 어둠의 통로가 석요송 앞에 펼쳐졌다. 희미한 야광주가 천장에 매달려 있기는 하지만 그 간격이 너무 넓어 밝은 곳보다는 어두운 곳이 더 많았다.

지옥으로 가는 길처럼 그렇게 자신 앞에 펼쳐진 동굴을 보며 석요송이 깊게 숨을 마셨다. 그리고 망설이지 않고 걸음을 옮기기 시작했다. 그의 등 뒤에서 한 줄기 바람이 불어와 그가 수년을 보냈던 지하광장의 작별인사를 전했다.

*　　　*　　　*

귀령보를 칠성 이상 수련하지 않은 자는 걸음을 돌려라.

먼지가 덮인 석문 위에 한 줄기 글귀가 새겨져 있다. 석요송이 그 글귀를 보며 중얼거렸다.

"독전로를 통과하려면 반드시 귀령보가 필요하지. 들어간다."

석요송이 한 손을 들어 글귀가 새겨져 있는 석문을 밀었다. 그러자 석문이 거친 소음을 일으키며 안으로 밀려들어 갔다.

그르릉!

석문이 완전히 밀려들어 가자 석요송이 훌쩍 문 안으로 뛰어들었다. 그러자 지금까지와는 전혀 다른 광경이 석요송 앞에 펼쳐졌다.

"바로 오늘 아침까지 사람이 있었던 듯싶구나."

석문을 통해 들어온 곳은 길이가 이십여 장에 이르는 석실이었다. 석실의 이쪽 끝에서 저쪽 끝까지 길게 이어져 있었고, 폭은 삼 장 정도에 지나지 않았다. 석요송이 시선을 석실의 천장으로 돌렸다. 그러자 야광주가 군데군데 박힌 천장에 일정한 간격을 두고 뚫린 구멍들이 보였다.

"독전로. 독화살이 비처럼 쏟아진다고 했던가?"

석요송이 나직하게 중얼거렸다. 그러나 긴장도 잠시 석요송이 훌쩍 신형을 날려 석실을 관통하기 시작했다.

쐐애액!

석요송이 내달리는 순간부터 날카로운 파공음이 일어나며 천장에 뚫린 구멍으로부터 검은 화살이 쏟아져 내리기 시작했다.

퍼퍼퍽!

천장에서 쏟아져 내린 화살들이 석실 바닥에 둔탁한 소음과 함께 꽂혔다. 그러자 화살이 꽂힌 자리에서 희미한 연기 같은 것이 피어올랐다. 화살 끝에 묻은 독들이 석실 바닥을 태우기 시작한 것이다. 돌로 만든 바닥을 태울 정도라면 극독 중의 극독이다. 누구도 이 독에 중독되어서는 무사할 수 없는 독, 그런 독이 묻은 화살들이 비처럼 쏟아지고 있었다.

그런데 어느 순간부터 독화살 사이로 뛰어든 석요송의 신형이 보이지 않았다. 그저 아지랑이 같은 검은 기운이 독화살들 사이를 일렁이며 반대쪽으로 이동할 뿐이었다.

그렇게 반 각여의 시간이 흘렀다. 한순간 석요송의 몸이 석실의 반대쪽에 불쑥 나타났다. 그러자 거짓말처럼 천장에서 쏟아져 내리던 독화살이 멈췄다.

푸스스!

석실 바닥에서는 매캐한 냄새를 품은 독연들이 연신 피어올랐다. 석요송의 옷자락에서도 몇 군데 타는 듯한 냄새가 흘러나왔다. 석요송이 연기가 피어오르는 옷자락 몇 군데를 툭툭 털어냈다. 그리고는 독 기운으로 가득 찬 석실을 돌아보며 중얼거렸다.

"귀령보가 아니었다면 꼼짝없이 죽을 뻔했군. 이곳에서 많은 사람이 죽었다는 말이 거짓이 아니었어. 독하군. 아무리 목숨을 건 수련이라고 해도 이런 관문을 만들다니… 청도는 대체 어떤 곳일까?"

석요송이 잠시 석실을 응시하다가 이내 신형을 돌려 다른 석문의 앞에 섰다.

팔괘진을 벗어나려면 유뢰지를 칠성 이상 수련해야 한다. 부족한 자는 물러나라.

석문에 새겨진 또 하나의 글이 석요송을 맞이했다. 석요송이 슬쩍 글씨를 훑어보고는 망설임없이 석문을 밀었다. 그러자 무거운 석문이 열리며 안쪽의 공간을 석요송에게 모습을 드러냈다.

정확하게 열여섯 개의 석상이 석요송을 바라보고 있었다. 석상들의 손에는 제각기 돌을 깎아 만든 병장기가 들려 있었는데 애초에 석상을 만들 때 석상의 몸과 병기를 같이 깎아 만든 듯 보였다.

"팔괘진이라면 후한 시대 공명이 만들었다는 진법인데… 난 진법에 문외한이니 결국 믿을 것은 유뢰지뿐인가?"

석요송이 열여섯 개의 석상을 살피며 중얼거렸다. 이 석실에 팔괘진이 펼쳐져 있다면 그것은 반드시 이 석상들과 관련이 있을 터였다. 그러나 아무리 살펴도 석상이 어떤 변화를 일으킬 지는 알 수 없었다. 어려서 토하곡을 떠난 석요송으로서는 생사도에서 무공만 수련했기에 진법에 관해서는 아는 것이 없었다.

"몸으로 부딪칠 수밖에!"

석요송이 천천히 석상들 사이로 걸어 들어갔다.

휘이잉!

한순간 어디서 불어왔는지 한 줄기 바람이 석실을 헤집고 지나갔다. 그런데 그 바람이 스치는 순간 갑자기 석상들이 움직이기 시작했다.

그그긍!

돌로 만든 석상들이라 자연히 그 움직이는 소리가 묵직했다. 그런데 석상이 움직이는 것과 때를 같이하여 갑자기 석상 아래쪽에서 뿌연 연무들이 흘러나오기 시작하더니 순식간에 앞을 볼 수 없을 만큼 자욱한 연무가 석실을 가득 메웠다.

그리던 한순간 갑자기 오른쪽에서 날카로운 기운이 석요송을 향해 닥쳐들었다.

"헛!"

석요송이 헛바람을 흘려내며 본능적으로 신형을 날렸다.

팟!

순간 하나의 장창이 연무 속에서 튀어나와 무서운 속도로 공기를 가른 후 다시 연무 속으로 사라졌다. 석상 중 하나가 들고 있던 석창이었다.

휘이잉!

또 한 번 바람이 불어 석실을 가득 메운 연무들을 흩뜨렸다. 그러자 이번엔 사방에서 눈보라가 몰아치기 시작했다. 팔괘진에 의해 일어나는 환영임을 알고 있음에도 피부에 닿는 눈송이들이 얼음처럼 차게 느껴질 정도로 생생했다.

연이어 그 눈보라에 섞여 도검이 날아들었다. 순간 석요송이 귀령보를 펼쳐 도검을 피해낸 후 재빨리 허공으로 솟구쳤다. 그러자 사방에서 번뜩이는 초록색 불들이 석요송의 눈에 들어왔다.

'석상 하나가 하나의 귀광을 흘려내는군. 이제야 알겠어. 왜 이 팔괘진을 뚫으려면 유뢰지가 필요한지!'

석요송이 한순간에 팔괘진을 파훼하는 방법을 알아챘다. 팔괘진을 파훼화려면 열여섯 개의 석상을 파괴해야 한다. 그리고 이런 환영 속에서 석상을 파괴하려면 필히 유뢰지가 필요했다.

허공에 떠 있던 석요송의 몸이 다시 바닥으로 내려섰다. 그러자 기다렸다는 듯이 사방에 도검곤창이 몰려 들었다.

탁!

석요송이 기묘한 몸짓으로 병기들을 피해내며 바닥을 찼다. 그러자 그의 신형이 다시 허공으로 떠올랐다. 허공에 떠오른 석요송이 두 손을 가슴 앞에 모았다. 그러자 그의 손끝에 푸르스름한 진기가 맺히기 시작했다.

촤악!

한순간 석요송이 파공음을 일으키며 열 개의 손가락을 떨쳐냈다. 그러자 그의 손끝에 맺혔던 푸른 기운이 지력으로 화해 사방으로 뻗어 나갔다.

유뢰지의 특징은 그 이름처럼 목표에 닿을 때까지는 바람에 흩날리는 버드나무가지처럼 부드럽고, 일단 목표에 격중되면 벼락처럼 강력한 파괴력을 일으키는 것이다.

석요송의 손을 떠난 지력이 마치 숲을 헤집고 다니는 독사처럼 연무 사이를 뚫고 들어갔다. 그리고는 벼락처럼 석상들이 만들어 내는 귀광에 격중했다.

콰콰쾅!

격렬한 파열음이 사방에서 터져 나왔다. 석요송의 지력에 파괴된 석상들의 잔해가 허공으로 치솟았다. 그 광경을 보며 석요송의 몸이 다시 바닥에 내려섰다.

웅!

열 개의 손가락은 열 개의 지력만을 발출할 수 있다. 또한, 열 개의 지력을 쏘아냈다고 해서 그 모두가 석상을 파괴한 것은 아니다. 그래서 석요송이 석실의 바닥에 내려서는 순간 다시 사방에서 병장기가 몰려들었다.

그러나 석요송은 더 이상 석상들의 공격을 피해 허공으로 날아오르지 않았다. 일단 몇 개의 석상이 파괴되자 팔괘진은 급격하게 그 위력을 잃어갔다.

연무는 엷어졌고, 눈보라도 약해졌다. 희미하게 도검을 든 석상들의 모습이 석요송의 눈에 들어왔다. 보이지 않을 때는 모르지만 일단 눈에 보이는 적을 두려워할 석요송이 아니다. 그것도 사람이 아닌 돌을 깎아 만든 석상이 아니던가.

스스스!

석요송의 두 발이 유뢰지를 펼쳤다. 그와 동시에 그의 양손이 허공을 휘저었다. 그러자 그의 손에서 발출된 지력들이 전광석화처럼 사방으로 뻗어 나갔다.

쿠쿠쿵!

투박한 파열음과 함께 석요송의 유뢰지에 격중된 석상들이 하나둘 무너져 갔다. 석상이 무너질수록 장내의 연무는 더욱 옅어졌고, 더불어 팔괘진의 위력이 거의 사라져 갔다. 그렇게 유뢰지를 이용해 석상들을 파괴해 가던 석요송이 한순간 움직임을 멈췄다.

웅웅웅!

파괴되지 않은 석상 세 개가 여전히 도검을 휘두르고 있었지만 더 이상 그것들은 석요송에게 위협이 되지 않았다. 석상들이 휘두르는 병장기는 허공을 가를 뿐, 그들 사이에 서 있는 석요송의 옷자락도 건드리지 못했다. 이미 팔괘진의 오묘한 힘은 사라진 지 오래였다.

석요송이 천천히 걸음을 옮겨 석실의 끝에 이르렀다. 그러자 그나마 허무한 움직임을 보이던 석상들조차도 움직임을 멈췄다. 석요송이 정지한 석상들을 슬쩍 바라보고는 고개를 돌려 또 하나의 석문을 바라봤다.

하늘의 검을 얻지 못했다면 물러나라. 인간의 몸으로 하늘의 문을 열 수 없음이니……

한 줄기 글귀가 어김없이 석문에 새겨져 있다. 석요송이 무심하게 글귀를 읽고는 서슴없이 손을 들어 석문을 밀었다. 다시

진중한 마찰음과 함께 문이 안쪽으로 열렸다.

열린 문을 통해 기이한 기운이 밀려 나왔다. 석요송은 마치 그 기운에 이끌리듯 문 안으로 들어갔다. 그러자 천장이 온통 야광주로 가득한 석실이 나타났다. 밤하늘의 은하를 옮겨다 놓은 듯 석실은 크고 작은 야광주들이 만들어 내는 황홀한 빛의 세계를 펼쳐 보이고 있었다.

"대단하군. 이 야광주들만 해도 천하를 살 수 있겠어. 그 양반… 도대체 얼마나 재물이 많은 사람이지?"

석요송이 새삼스레 자신을 생사도로 데려온 금온에 대한 의구심을 일으키며 별빛 속으로 걸음을 옮겼다.

한 걸음 한 걸음 내디딜 때마다 석실의 신비한 기운이 어루만지듯 석요송의 어깨에 내려앉았다. 마치 꿈결처럼, 혹은 먼 기억 속에 아스라이 남아 있는 어머니의 손길처럼 그렇게 석요송의 몸은 석실의 신비한 기운으로 위로받고 있었다. 마음이 한없이 부드러워졌다. 이 아름답고 안락한 공간에 영원히 머물고 싶다는 생각이 들 정도였다.

그런데 한순간 그 안락한 기운이 급변했다. 갑자기 야광주가 사라지고 지옥 같은 어둠이 석요송 앞에 펼쳐졌다. 그러자 석요송의 마음조차도 싸늘하게 얼어붙었다.

석요송이 재빨리 뒤를 돌아보았다. 그러자 여전히 신비한 기운을 가득 머금은 석실이 눈에 들어왔다. 극락과 지옥, 그 경계에 석요송이 서 있었다.

"심기를 흔들기 위해 만든 것이군. 이 상태로 앞으로 나가기는 어렵지. 누구라도 아름다운 곳에 마음을 두게 되어 있으니까. 나아간들 자신의 전력을 뽑아내기란 어려운 일일 거야. 그러나… 금온 그 양반이 날 돕는군."

석요송이 갑자기 금온을 입에 담은 이유는 그의 몸속에 돌고 있는 대정심공의 기운 때문이었다. 극락과 지옥의 경계에 선 사람은 마음이 혼란스러워 본래의 힘을 모두 발휘하기 힘들다. 그런 상태로 천왕검을 펼쳤다가는 내상을 입기 십상이다. 그런데 대정심공의 곧은 기운이 석요송의 마음이 흔들리는 것을 막아주고 있었던 것이다.

"모든 준비는 끝났다. 이젠 나가야 할 때야!'

석요송이 스스로에게 다짐하듯 말했다. 그가 시선을 들었다. 그러자 어둠 속에서 황금빛으로 빛나는 글씨가 눈에 들어왔다.

천문(天門)

하늘의 문이 자신을 열어주기를 기다리고 있었다. 석요송이 투박한 검을 든 손에 힘을 주었다. 그리고는 천문을 향해 걸어가기 시작했다.

"대단하다!'

천문 앞에 이른 석요송이 자신도 모르게 탄성을 자아냈다. 천문 앞에는 범인이 견디기 힘은 기운이 흐르고 있었다. 절정의 공력을 갖지 못한 사람이라면 천문이 흘려내는 이 막대한 압력에 그 자리에서 혈맥이 터져버렸을 터였다. 그러니 검을 들기도 힘들었다. 온 힘을 다해 천문이 만들어 내는 압력을 버텨내기도 벅찬 곳이었다.

"후욱!"

석요송이 크게 심호흡을 했다. 그러자 대정심공과 구변환공의 기운이 동시에 단전에서 일어났다. 대정심공의 곧은 기운과 구변환공의 부드러운 기운이 섞여들면서 딱딱하게 굳었던 석요송의 근육들을 풀어주고 그의 몸에 새로운 생기를 불러 일으켰다.

새로운 힘을 얻은 석요송이 검을 들어 올렸다. 그리고는 금빛으로 반짝이는 천문이라는 글씨를 노려봤다. 잠시 후 석요송의 눈에 푸른 정광이 어른거렸다. 그리고 검이 허공을 갈랐다.

쿵!

섬 전체를 진동시키는 강력한 충돌음에 천기삼사는 누가 먼저랄 것도 없이 잠에서 깨어났다. 그리고 그들은 마치 약속이나한 듯 거처를 뛰쳐나와 섬의 동남쪽을 향해 달렸다. 어스름한 새벽빛이 생사도에 내려앉고 있었다.

세 사람은 마치 새처럼 바위를 날아 넘어 순식간에 섬의 동남쪽 거대한 석벽 앞에 도달했다.

"나오는가!"

석벽 앞에 다다른 인도가 감격스러운 음성으로 소리쳤다. 그러자 지덕이 신중한 어조로 말했다.

"아직은 기다려 봐야 해. 성공은 장담할 수 없어."

"물론 그렇기는 하네만 일단 시도를 한다는 것 자체가 대단한 일 아닌가? 더불어 천문에 도전하고 있다는 것은 그 아이가 이미 독전로와 팔괘진을 파훼했다는 의미고."

인도의 말에 이번에는 천수가 입을 열었다.

"자네의 말이 맞기는 해. 두 개의 관문을 통과했다는 건 귀령보와 유뢰지를 칠성 이상 완성했다는 의미지."

그러자 지덕이 다시 신중하게 말했다.

"지금껏 두 무공을 칠성 이상 수련한 사람이 없었던 건 아니지 않나? 결국 문제는 천문이지. 천문을 연 사람은 아무도 없었으니. 그러니… 기다려 봐야 해."

"난 왠지 녀석이 저 천문을 부수고 나올 것 같아."

인도가 기대 가득한 눈으로 석벽을 바라보며 말했다.

쾅!

순간 다시 한 번 석벽에서 거대한 파열음이 일어났다. 그러자 석벽이 지진이라도 난 듯 드세게 흔들렸다.

"대단하군."

천수가 흔들리는 석벽을 보며 감탄했다.

"두 번째지?"

인도가 긴장하며 물었다. 그러자 지덕이 대답했다.

"맞아. 두 번째야. 이제 마지막 한 초식이 남았어."

"흐흐흐, 천왕검의 세 초식 단(斷)! 섬(閃)! 환(環)…은 천수 자네도 완성하지 못했지?"

"음… 그 이치야 예전에 깨달았지. 단지 공력이 부족할 뿐."

천수가 겸연쩍은 표정으로 대답했다.

"그런데 그 아이는 이미 두 개의 초식을 펼쳤단 말이야. 이제 남은 한 초식마저 시전한다면 그 아이의 검공이 자네보다 낫다는 말 아닌가?"

"내겐 녀석이 갖지 못한 경험이 있지."

"그래도 젊은 놈의 힘을 당해내긴 어렵지 않을까?"

"그런 자넨 자신 있나?"

"내 귀령보야 공력이 아주 많이 필요한 것은 아니니까."

"그래도 녀석과 일대일로 겨룬다면 우리 세 사람 중 내가 가장 유리할 거야."

천수가 지지 않고 말했다. 그러자 지덕이 고개를 끄덕였다.

"그런 천수의 말이 맞아. 천왕검은 오성의 힘으로도 귀령보와 유뢰지를 감당할 수 있으니까. 아무튼… 그 아이가 마지막 단(斷)의 초식도 펼칠 수 있는지 보자고!"

지덕이 석벽으로 시선을 돌리며 말했다. 그러자 다른 두 사람이 입을 닫고 석벽을 바라보기 시작했다.

침묵의 시간이 흘렀다. 그러나 두 번째 충돌음이 일어난 이후 석벽에서는 한동안 어떤 변화도 일어나지 않았다. 그러자 석요송의 출관을 기다리던 세 노인의 얼굴에 초조감이 깃들었다.

"젠장 잘못된 것 아닐까?"

인도가 불안한 기색을 보이며 말했다.

"기다려 보세. 천왕검의 세 초식을 연달아 전개하는 것은 누구라도 힘든 일이야."

지덕이 대답했다.

"그래도… 너무 오래 걸리는군."

인도는 여전히 불안한 모습이었다.

"한 시진 안에 나오지 않으면 들어가 보세."

천수가 말했다.

"그래야겠지. 시체라도 거둬주어야 할 테니까. 엇!"

천수의 말에 대꾸를 하던 인도가 깜짝 놀란 눈으로 석벽을 바라봤다. 천수와 지덕 역시 놀라움을 감추지 못하고 석벽을 응시했다.

한 줄기 빛이 석벽으로부터 흘러나왔다. 그 빛이 드러난 시간은 무척 짧았다. 빛은 석벽을 위에서부터 아래로 순식간에 가로지르더니 이내 석벽 안으로 사라졌다. 그리고 잠시 후 석벽에 길게 금이 가더니 벽이 서서히 좌우로 벌어지기 시작했다.

쩌저적!

마른 장작이 갈라지듯 석벽이 파열음을 내며 단번에 갈라졌다. 그러자 그 안에서 어두운 공간이 모습을 드러냈다. 천기삼사는 석벽 안의 묵빛 공간에 시선을 고정한 채 사람의 모습이 보이기를 기다렸다.

그렇게 또 시간이 흘러 누군가에는 억겁의 시간으로, 누군가에는 찰나의 시간으로 느껴졌을 시간이 지난 후, 한 명의 괴인이 갈라진 석벽 사이에서 모습을 드러냈다.

봉두난발에 다 헤어진 마의, 괴인은 그야말로 상거지 꼴을 하고 있었다. 그러나 얼굴을 가린 머리카락 사이로 비치는 눈빛은 별빛처럼 맑았고, 땅을 딛고 선 두 다리는 태산처럼 굳건했다.

"나왔군."

"성공했어!"

천수와 인도가 동시에 외쳤다.

"가보세."

가장 먼저 움직인 사람은 지덕이었다. 본시 천기삼사 중 가장 진중한 사람이 지덕이었지만 오늘만큼은 누구보다도 **빠르게** 움직이는 지덕이었다.

석요송은 코를 파고드는 바다 냄새를 폐 깊숙한 곳까지 받아들였다. 그리고 다시 폐 속에서 그동안 동굴에서 지내느라 탁해진 공기를 뱉어냈다.

후욱!

정신이 한결 맑아지는 느낌이 들었다. 석요송이 한 손을 들어 얼굴을 가린 머리를 쓸어 올렸다. 그러자 굴강한 그의 얼굴이 세상에 드러났다. 소년에서 사내로 변한 석요송의 눈에 수년간 보지 못했던 생사도의 풍경이 들어왔다. 달라진 것은 없었다. 여전히 바위뿐인 섬이었고, 사방은 망망대해였다.

그때 그나마 귀에 익숙한 목소리가 들려왔다.

"나왔구나!"

천기삼사 중 지덕의 목소리다. 석요송이 고개를 돌려 자신을 향해 달려오는 세 사람을 바라봤다. 그러자 천기삼사 삼인이 흠칫 그 자리에 멈춰 섰다. 자신들을 바라보는 석요송의 시선이 무관에 들 때의 그 어린 소년의 눈빛이 아니었던 것이다.

석요송과 천기삼사 사이에 묘한 긴장이 흘렀다. 짧은 시간이지만 침묵이 태산처럼 무겁게 자리 잡았다. 그 침묵을 깬 것은 인도였다.

"요송… 인검삼무는 완성했느냐?"

인도의 목소리가 가늘게 떨린다. 천기삼사의 평소 모습이 아니었다. 인도의 질문에 석요송이 손을 들어 그가 뚫고 나온 석벽을 가리켰다.

"보시는 대로입니다."

"하긴 무관의 문을 열었으니 인검삼무를 모두 칠성 이상 완성한 것이겠지."

인도가 고개를 끄덕였다. 그러자 이번에는 지덕이 입을 열었다.

"요송, 몸에는 무리가 없느냐?"

지덕의 질문에 석요송이 묵묵히 고개를 끄덕였다. 그러다가 문득 시선을 천수에게 주며 뜻밖의 질문을 던졌다.

"인검이 무엇입니까?"

"응?"

천수가 갑작스러운 석요송의 질문에 어리둥절한 표정을 지으며 되물었다.

"절 인검으로 만든다 하셨는데 정작 인검(人劍)이 무엇인지 알려주시지 않았더군요."

석요송이 다시 입을 열었다. 그러자 천수가 깊은 눈으로 석요송을 응시했다. 무관을 벗어나 처음 한 질문치고는 무척 의미심장한 것이었다.

"혹시… 네 몸에 무슨 변화가 있었느냐?"

석요송의 질문에 대답을 하는 대신 천수가 오히려 질문을 던졌다. 그러자 석요송이 나직하게 대답했다.

"인검삼무를 수련했는데 어찌 몸에 변화가 없겠습니까?"

"음, 그, 그건 그렇지. 그런데 혹 네 머리에 그⋯⋯."

천수가 말꼬리를 흐렸다.

"제 머리가 왜요?"

석요송이 무덤덤하게 물었다. 그러자 천수가 뭔가를 살피는 듯 하다가 고개를 저었다.

"아니다. 몸이 성하다니 되었다. 일단 숙소로 돌아가자."

천수의 말에 석요송이 고집스럽게 물었다.

"인검에 대해 알고 싶습니다만⋯⋯."

그러자 천수가 앞서 석요송이 했던 질문을 떠올리고는 나직하게 입을 열었다.

"인검에 대해 설명하자면 길다. 일단 무관을 통과했으니 너도 인검에 대해 알아야겠지. 그러나 이 자리에서 설명하기에는 쉬운 일이 아니구나. 일단 숙소로 가서 편히 말하자꾸나."

천수의 대답에 석요송이 순순히 대답했다.

"그러지요."

"길은 잊지 않았지?"

"그럼요. 길을 잊기엔 너무 작은 섬이죠."

석요송이 대답을 하고는 먼저 걸음을 옮겨 천기삼사와 석요송 자신의 거처가 있는 곳으로 걸어가기 시작했다.

"이상하지?"

석요송이 십여 장 앞서 가자 인도가 재빨리 지덕에게 물었다.

"칠 년이야. 변하지 않으면 이상하지."

"그래도 사람의 본성이란 것이 있는데 너무 달라."

"뭐가 말인가?"

"예전에 녀석은 뇌혈의 금제로 인해 아둔한 느낌이 들었는데 오늘은 전혀 달라. 마치 금제에서 풀려난 것처럼……."

"가능성이 없는 얘길세. 이미 저 아이의 머리에 가해진 금제를 우리 손으로 확인하지 않았나. 우리가 풀 수 없는 금제이니 더더욱 저 아이 스스로 절대 풀 수 없는 금제네. 혈맥이 완전히 뭉개져 있었어."

"그렇긴 하지만… 갑자기 똑똑해진 것 같아서."

"아무리 뇌혈에 금제가 가해졌다 해도 세월을 속일 수 없는 법이야. 저 아이도 어른이 된 거지. 더군다나 애초에 성정이 과묵한 편에다 이젠 그 몸집조차 장대해졌으니 금제로 인한 아둔함이 녀석의 기도에 가려져 보이지 않는 것일 거야."

"그런가?"

인도가 고개를 갸웃했다. 그러자 앞서 가던 천수가 두 사람을 돌아보며 말했다.

"어서들 와. 무슨 말들이 그리 많아?"

기이한 일이었다. 아무리 시간이 많이 흘렀다지만 생사도 네 사람의 관계는 석요송이 무관을 들어가기 전과 무관을 출관한 이후 완전히 변했다.

그렇다고 석요송이 이제부터 서로의 관계를 다시 정하자는 요구를 한 것도 아니었다. 그들은 그저 마치 정해진 수순처럼 그렇게 이젠 석요송이 이 생사도의 주인이라도 된 듯한 분위기 속에서 상대를 대하고 있었던 것이다.

"먹어라. 오랜만에 보는 밥이지?"

지덕에 석요송 앞에 투박한 밥상을 내놓았다. 투박하기는 해도 김이 모락모락 오르는 밥은 제법 입안에 침을 돌게 했다. 그런데 지금 상황 또한 기이한 일이었다. 과거 석요송이 무관에 들기 전에는 언제나 밥을 하는 것은 석요송 차지였기 때문이었다.

그런데 지금은 밥을 해주는 지덕이나 그 밥상을 받은 석요송이나 마치 아주 오래전부터 두 사람의 관계가 그렇게 이어져 온 것처럼 자연스러웠다.

석요송이 망설이지 않고 밥을 먹기 시작했다. 칠 년 만에 맛보는 밥은 꿀처럼 달았다.

"맛있네요."

"다행이다."

석요송이나 지덕이나 말이 짧았다. 석요송은 더 이상 말을 하지 않고 밥을 먹기 시작했다. 장성한 사내의 식사는 짧다. 석요송은 채 일각이 지나지 않아 상 위의 음식을 모두 비워냈다.

"잘 먹었습니다."

석요송이 지덕을 보며 말했다. 그러자 지덕이 빙그레 미소를 지었다.

"맛있었다니 다행이구나. 자 오늘은 그만 쉬거라. 무관을 깨느라 피곤할 터이니."

그러자 석요송이 고개를 저었다.

"그보다… 이젠 인검에 대해 이야기를 좀 해주시지요."

"음… 왜 그리 서두르지?"

"그냥… 무관을 벗어난 오늘 모든 것에 대해 알고 싶다는 생각이 듭니다."

　석요송의 말에 지덕이 한동안 석요송을 바라보다 고개를 끄덕였다.

　"알겠다. 잠시 기다리거라. 일단 상을 치우고……."

第八章 인검(人劍)

　"금문은 거대한 야망을 가진 문파다. 수백 년 동안 흥망성쇠를 거듭했지만, 지금껏 그 야망의 명맥이 끊어진 경우가 없었다. 특히 현재의 청도주가 금문의 태상장로가 된 이후 금문의 성세는 그 어느 때보다 강렬하다."

　천수가 청도주 금온이 태상장로로 있는 금문에 대한 이야기로 먼저 말을 꺼냈다. 석요송은 조용히 천수의 말을 듣고 있었다.

　"금문의 뿌리는 계림이다. 신라 천년 왕국이 멸망한 후 계림의 황족들은 사방으로 흩어졌다. 누구는 계림의 부활을 꿈꿨고, 누구는 현실에 안주했지. 금문은 그중 계림의 부활을 꿈꾼 자들이 압록과 두만을 건너 북방의 오지로 숨어들어 만든 문파다."

여전히 석요송은 말이 없다. 이런 식의 남들 과거 따위는 관심이 없다는 듯, 혹은 그의 우둔한 머리가 천수가 하는 이야기를 모두 받아들이지 못할 수도 있다고 천기삼사는 생각했다. 그런 석요송을 흘깃 보고는 천수가 다시 말을 이었다.

"금문은 당금 태상장로인 청도주가 맡기 전 크게 원기가 상했다. 다시는 재기하지 못할 정도로 말이다. 그런데 청도주는 그런 금문을 다시 일으켰다. 그리고 지금은 가히 금문 사상 최절정의 번영을 구가하고 있다. 천하를 욕심낼 만큼 말이다."

천수가 하던 말을 멈추고 다시 석요송을 바라봤다. 석요송이 자신을 말을 듣고 있는지 아닌지 의심이 들었기 때문이었다. 석요송은 마치 천수가 하는 말에 관심이 없는 듯 무심히 어둠이 내린 생사도의 풍경을 바라보고 있었다.

"듣고 있느냐?"

천수가 물었다.

"네. 말씀하세요."

석요송이 덤덤히 대답했다. 그러자 천수가 고개를 끄덕이고는 다시 말을 이었다.

"음, 금문의 역사를 굳이 말하는 것은 네가 이제 금문에서 살아가야 하기 때문이다."

"청도가 곧 금문이라니 당연한 일이겠지요."

석요송이 처음으로 천수의 말에 먼저 반응을 보였다.

"인검은 바로 네가 금문에서 살아갈 신분이다."

"그것도 알고 있습니다. 단지 궁금한 것은 도대체 인검이란 것이 어떤 신분인가 하는 것이지요."

석요송의 질문에 천기삼사가 다시 퍼뜩 놀랐다. 석요송이 말하는 투가 완전히 정상인의 모습이기 때문이었다. 석요송의 뇌혈에 가해진 금제에 대한 의구심이 다시 천기삼사에게 일어났다. 그러나 천수는 마음속에 이는 석요송에 대한 의문을 애써 가라앉히며 다시 입을 열었다.

"인검은 지금의 청도주가 만들어낸 신분이다. 금문의 역사가 수백 년이다. 그 세월의 흐름 속에서 금문은 여러 갈래의 종파로 갈려졌다. 대표적으로는 북종과 남종, 그리고 소위 말해 정종이라 부르는 청도의 세력이 그것이지. 이 세 종파 말고도 여러 종파의 금문도들이 강호에서 활동하고 있다. 이런 종파의 분리는 금문의 세력이 그만큼 크고 깊다는 의미기도 하다. 어쨌든 그렇게 여러 분파로 갈렸음에도 불구하고 금문의 우두머리는 언제나 정종에서 배출되었다."

"어쨌든 분란이 생겼나요?"

다시금 천수가 깜짝 놀란 눈으로 석요송을 바라봤다. 이 아이가 뇌혈이 금제되어 조금 모자란 아이라는 것을 이젠 더 이상 믿을 수 없었다.

"그… 그래. 북종과 남종은 금문의 수장이 더 이상 정종에서만 나와야 한다고 생각하지 않고 있다. 지금의 청도주 이전, 전대 금문의 태상장로가 천하를 도모하여 금문의 세력 육 할이 멸절한 사건 이후 정종에 대한 신뢰를 잃었던 것이지."

천수의 말에 석요송이 고개를 끄덕였다.

"그러나 당장은 북종과 남종 역시 정종의 정통성을 부인할 수 없었다. 이유는 단 하나 지금의 청도주가 너무나 뛰어났기 때문이다. 아마도 금문 역사상 가장 뛰어난 인물일 게다."

"그런데요?"

"그러나 지금의 청도주는 몰라도 그 다음 대까지 북종과 남종이 정종의 후인에게 금문의 수장 자리를 양보할 거라고는 누구도 확신할 수 없었다. 특히나 당금 청도주의 유일한 혈육이었던 금기룡은 무척 병약했다. 그러니 만약 금기룡이 청도주의 자리를 이어받는다면 북종과 남종의 강자들이 순순히 복종할 리가 없었던 것이다. 그래서… 그 위험을 방비하고자 청도주는 인검을 키우기로 결심했다."

천수가 긴 이야기에 지친 듯 잠시 말을 멈췄다. 그러자 이번에는 지덕이 입을 열었다.

"인검은 정종 후계자의 분신이 될 사람을 의미한다. 특히 무공에 있어서는 무림천하 그 누구에게도 모자라지 않을 인재, 그러면서도 어떤 경우라도 정종의 후계자를 배신하지 않을 사람. 청도주는 그런 존재를 얻길 원했고, 그를 가리켜 정종 후계자의 천하를 상대로 휘두를 수 있는 검(劍), 즉 사람의 검이라는 의미로 인검이라는 말을 만들어낸 것이다."

"그런 사람이 정말 있을까요?"

갑자기 석요송이 엉뚱한 질문을 던졌다.

"무슨 소리냐?"

지덕의 갑작스러운 석요송의 질문에 어리둥절한 표정을 지으며 되물었다.

"천하제일의 능력을 가지고 있으면서도 자신을 내세우지 않고 다른 사람의 검으로 살아갈 사람이 과연 세상에 있을까요?"

석요송의 말에 천기삼사의 얼굴이 창백하게 변했다. 이제 그들은 그들이 부인할 수 없는 한 가지 사실에 직면해 있다는 것을 깨달았다. 석요송은 그의 본래 영혼을 찾은 것이 분명했다. 어떻게 그런 일이 일어났는지는 알 수 없었다. 그러나 지금까지 무관을 나온 이후 석요송이 내뱉은 말들을 생각해보면 절대 칠년 전 무관에 들 때의 그 어리숙한 소년, 뇌혈을 제압당해 일정 부분 이지를 상실한 그 소년은 더 이상 존재하지 않았다.

"우린 네가 그런 사람이 되기를 원한다."

지덕이 깊은 눈으로 석요송을 보며 말했다. 지덕의 말에 석요송은 아무런 대답이 없었다. 그러자 이번에는 지덕이 다시 질문을 던졌다.

"요송, 넌 어떻게 이 생사도에 온 것이냐?"

지덕이 묻자 석요송이 지덕을 바라봤다.

"모르고 계셨나요?"

"무슨 소리냐?"

"제가 이 생사도에 오게 된 연유를 모르셨습니까?"

다시 석요송이 묻자 지덕이 고개를 저었다.

"모른다. 우린 그저 널 인검으로 만들어달라는 말을 들었을 뿐. 요송, 솔직히 말하자면 우린 청도주와 그리 좋은 관계가 아니다. 서로에게 불편한 존재들이지. 단지… 과거의 약속과 우리 스스로를 벌하기 위해 한 결심에 의해 이 생사도에 머물러 있는 것이다."

그러자 석요송이 한줄기 미소를 지었다. 그가 얼굴이 웃음을 보인 것은 출관 후 처음이었다.

"세 분과 전 비슷한 처지군요. 저 역시 청도주와 거래를 통해 이곳에 왔지요."

석요송의 대답에 천기삼사가 놀란 표정을 지었다.

"도대체 어린 네가 그와 어떤 거래를 했단 말이냐?"

"혹 석문을 아시나요? 토하곡이라고……."

석요송의 질문에 지덕이 고개를 끄덕였다.

"물론 알고 있다. 지금은 거리가 있지만, 예전에는 금문과 한 몸이나 마찬가지인 문파였지."

"그랬나요?"

"몰랐더냐?"

"곡주께서 그런 말씀을 하진 않으셨지요."

"그렇구나. 아무튼 그렇다. 과거 석문과 금문은 한 나무의 서로 다른 가지였다."

"그렇군요. 그렇다면 참으로 이상한 일이군요."

"뭐가 말이냐?"

"그토록 밀접한 관계였던 석문을 왜 도주는 그렇게 심하게 핍박을 한 것일까요?"

석요송의 말에 지덕이 놀란 표정을 지었다.

"설마… 도주가 석문을……?"

"제가 이곳에 온 것은 토하곡의 곡주님과 그곳에 있는 형제들을 살리기 위해서였지요. 도주는 곡주님의 한 팔을 잘랐어요. 그리고 저를 요구했지요. 전 도주의 그 제안을 거절할 수 없었지요. 눈앞에서 곡주님이 그리고 형제들이 죽어가는 것을 볼 수는 없었으니까요. 그래서 거래를 한 거지요."

"으음……."

석요송의 말에 지덕이 나직한 신음성을 흘렸다. 그로서도 석요송이 금온과 석요송 사이에 그런 끔찍한 일이 있었을 줄은 생각도 하지 못했던 것이다.

"그 양반이 왜 그랬을까?"

문득 인도가 고개를 갸웃하며 중얼거렸다.

"예상했던 일이네. 석문은 이미 석 대협의 죽음 이전부터 금문에서 멀어지고 있었어. 우리가 생사도에 들어앉아 있어 세상 소식을 듣지 못하는 사이 석문이 완전히 금문과 절연을 하려 했던 모양일세. 도주의 입장에서는 석문을 포기할 수 없었겠지. 아마 어떤 방법을 동원해서라도 석문을 다시 예전으로 되돌리려 했을 거네."

"음, 그건 그렇다고 해도 그렇다면 토하곡주를 데리고 나와야지 왜 요송이지?"

인도의 말에 이번에는 지덕이 말했다.

"도주의 생각을 짐작할 수 있네."

"어떤 생각인가?"

인도가 급히 물었다.

"도주의 생각으로는 천하를 도모할 금문의 힘은 충분하다고 판단한 것 같네. 문제는 금문의 천하쟁패가 아니라 정종의 권위라고 생각했겠지. 정종의 권위를 위해서라면 토하곡주나 석문의 힘보다 인검이 더 필요했을 거야. 도주는 토하곡에 들렀다가 요송을 보고 알아챈 거야. 요송이 인검이 될 재목이란 것을!"

"결국 령을 위해 석문의 힘을 포기했다?"

"그렇지."

"아! 도주가 그토록 령을 생각하는 줄은 몰랐군."

인도가 나직하게 탄식했다. 그러자 세 사람의 이야기를 듣고 있던 석요송이 물었다.

"령이 누구죠?"

순간 천기삼사가 당혹한 표정을 지었다. 심인술에 의해 이미 석요송의 머릿속에 금령의 이름이 각인되어 있을 것이라 생각하고 있던 그들이었다.

"금령… 이라는 이름을 모르겠느냐?"

그러자 석요송이 고개를 갸웃하다 조금 아련한 눈빛을 흘려내며 말했다.

"금령… 글쎄요. 그런데 무척 익숙한 이름이네요. 왠지 모르게… 아주 오래전부터 잘 알고 있던 사람인 것처럼……."

"정말 금령이라는 이름이 생각나지 않는 거냐?"

인도가 조급한 기색을 보이며 물었다. 그러자 석요송이 고개를 끄덕였다.

"언제가 듣기는 한 것 같은데 누군지 정확히는 모르겠군요. 누구죠?"

석요송이 묻자 인도가 나직하게 탄식을 흘리며 천수와 지덕에게 말했다.

"정말 기억하지 못하는 모양이네."

인도의 말에 두 사람도 그늘진 표정으로 고개를 끄덕였다. 그러면서도 그들은 유심히 석요송을 살폈는데 그들의 눈길 속에는 혹시 석요송이 심인술에 의해 각인된 금령의 이름을 알고 있으면서도 모른 척하고 있는지도 모른다는 의심이 들어 있었다. 그리고 사실 석요송은 자신의 영혼이 심인술에 제압되었던 일을 모두 기억하고 있었다. 단지 석요송이 금령이란 이름을 기억하지 못하는 척한 이유는 이들 삼인에게서 자신에게 일어난 일을, 그리고 금령이라는 존재에 대해서 좀 더 많은 것을 알아내기 위한 방편이었던 것이다.

"제가 그 이름을 알고 있어야 하나요?"

세 사람의 반응을 살피며 석요송이 물었다. 그러자 세 사람이 이내 고개를 저으며 지덕이 입을 열었다.

"아니다. 기억하지 못한다고 해서 큰일은 아니지. 하지만 그 이름을 알아두긴 해야 한다."

"누구죠?"

"금령은… 청도주의 손녀이며 다음 대 청도의 도주로 내정된 사람이다. 또한, 정종의 후계자이니 결국 순리대로라면 금문의 주인이 될 사람이지."

"대단한 신분이군요."

"그래. 대단한 신분이지."

"그럼 전 결국 그녀의 인검이 되어야 하는 건가요?"

석요송의 물음에 세 사람이 다시 당혹스러운 표정을 지었다. 심인술로 석요송에게 심어 놓은 금령에 대한 복종의 마음이 완전히 사라졌다고 밖에는 생각할 수 없는 상황이었다.

"그, 그래."

천수가 고개를 끄덕였다.

"그렇군요."

"인검이 되기를 거부할 것이냐?"

지덕이 걱정스러운 표정으로 물었다.

"제가 거부할 수 있나요?"

"글쎄다. 그건 나도 모르겠구나. 네가 인검이 되기를 거부하면 도주가 어찌 나올지……."

"인검… 약속은 약속이니 되어야겠죠."

"정말이냐?"

천수가 반색을 하며 물었다. 그러자 석요송이 이상하다는 듯 천수를 보며 물었다.

"제가 금령이라는 여인의 인검이 되는 게 세 분께 그렇게 기쁜 일인가요?"

"그, 그것은……."

천수가 즉시 대답을 하지 못하고 말꼬리를 흐렸다. 그러자 지덕이 침착한 표정으로 입을 열었다.

"요송. 우리가 도주와 사이가 썩 좋은 것은 아니지만, 금령하고의 사이는 또 도주와 다르구나. 금령 그 아이는… 우리에게도 손녀와 같은 아이다. 그뿐 아니라 우린 그 아이에게 큰 빚을 지고 있지. 그 아이에 대한 죄책감이 우리 세 사람이 평생 이 생사도에 갇혀 지내는 이유 중 하나이기도 하다."

"도대체 무슨 일이 있었던 거죠?"

"그건… 말해줄 수 없구나. 영원히 모르는 것이 좋을 수도 있다. 다만… 음, 어쨌든 네가 인검이 되어준다면 우린 무척 기쁠 것이다. 너라면 령을 잘 보필할 것 같구나."

석요송이 이 세 사람이 진정으로 금령이라는 여인을 위하고

있다는 느낌을 받았다. 그건 평생을 생사도에 갇혀 산 사람들이
갖기 힘든 애정이었다.

"도주와 약속을 했으니 인검의 삶을 거부할 수는 없지요. 제
가 인검이 되는 것을 포기하면 도주는 다시 토하곡을 찾을 테니
까요."

"요송, 비록 네가 도주의 강압에 의해 이곳에 왔다고 해도 우
린 네가 진심으로 령의 인검이 되어주기를 바란다."

그러자 석요송이 고개를 저었다.

"그건 쉽지 않은 일이지요. 진심이란 마음의 문제인데 마음
은 생각보다 다루기 어려운 놈이지 않나요?"

"그, 그렇긴 하지."

"하지만 걱정 마세요. 이미 전 도주와 석문 문도들의 생명을
두고 맹약을 하였으니 약속은 지킬 겁니다."

"그건, 그런 식이라면… 어쩌면 네게도 령이에게도 잔인한
일이 될 것이다."

"만약 둘 중 하나가 견디지 못하겠다면 둘 모두 결국 인검을
포기하게 되겠지요."

"요송, 무서운 말을 하는구나."

"인검을 포기한다고 설마 절 죽이기야 하겠어요? 또 제가 누
구에게 죽을 사람도 아니고… 아, 오늘은 이쯤 하지요. 조금 피
곤하군요. 다음 이야기는 내일 듣지요."

"그, 그러려무나."

"그럼 전 그만 자야겠어요. 편히들 주무세요."

석요송이 훌쩍 자리에서 일어났다. 그리고는 천기삼사가 머

물고 있는 석실을 나서 다른 쪽에 있는 동굴을 향해 걸어갔다. 그 동굴은 석요송이 무관에 들기 전에 머물던 자신만의 보금자리였다.

"좋지 않아."

문득 지덕이 말했다.

"뭐가 말인가? 요송은 스스로 인검이 되겠다고 하지 않았나?"

인도가 물었다.

"심인술이 해제된 인검은 인검이 아니네."

지덕이 단호하게 말했다.

"심인술이 과연 풀린 것일까?"

천수가 고개를 갸웃하며 물었다.

"령의 이름을 기억하지 못하고 있지 않은가?"

"그렇긴 해도 그 이름에 대한 반응에 적의가 없었어. 아니 적의보다는 오히려 호감을 보였네. 그건 결국 완전하지는 않지만, 여전히 요송 그 아이가 심인술의 영향을 받는다는 의미일 걸세."

"그런 걸까? 난 자꾸 의심이 들어. 녀석이… 우리에게조차 뭔가를 숨기고 있을 것 같은… 천수 자네 생각은 어떤가?"

지덕이 천수에게 되물었다.

"너무 안 좋은 쪽으로 생각지 마세. 일단 심인술이야 어찌 되었든 무관을 통과했고, 스스로 인검이 되겠다고 했으니 성공이야."

"그럼 마지막 관문을······."

인도가 두 사람을 보며 말했다.

"그래. 이제 마지막 관문이 남았군."

천수가 어두운 바다를 보며 대답했다.

무관을 나온 석요송은 근 보름간을 하는 일 없이 자신의 거처에 머물렀다. 가끔 천기삼사가 찾아와 이런저런 이야기를 하기도 했으나 대부분의 시간은 그 혼자 자신이 거처로 삼은 석굴에 머물렀다.

천기삼사는 그런 석요송을 걱정스러운 시선으로 살폈다. 무관을 나온 석요송은 더 이상 과거의 소년이 아니어서 그들은 왠지 모를 불안감을 느끼곤 했다. 그러나 그렇다고 언제까지 석요송을 그대로 놓아둘 수는 없었다.

"섬을 떠나야 한다."

석요송이 무관을 벗어난 지 보름째 되던 날 그를 찾아온 천수가 어렵게 말을 꺼냈다.

"청도로 가나요?"

석요송이 기다리고 있던 일이라는 듯 담담하게 물었다.

"그건 모르겠다."

"생사도 밖의 일은 세 분이 관여치 않는 건가요?"

"그렇다."

"아쉽군요."

석요송의 말에 천수가 고개를 끄덕였다.

"우리도 아쉽다. 네가 온전한 인검이 되는 것을 우리 눈으로 보고 싶은데…….”

“아직 인검이 아니라는 건가요?”

석요송이 의아한 표정으로 물었다. 이미 무공은 인검이 되기에 충분하다. 무관에서 그를 증명하지 않았던가.

“마지막 관문이 남았다. 본시 인검의 관문은 모두 다섯이다. 그래서 인검오관이라 부르지.”

“그렇군요. 그러고 보니 말씀하셨던 것 같군요. 그럼 마지막 관문은 무엇이죠?”

“글쎄다. 그 관문은 우리가 준비한 것이 아니니 정확히 알 수 없구나. 하지만 짐작컨대 아마도…….”

천수가 말꼬리를 흐렸다.

“어려운 관문이겠군요.”

“어렵다기보다는, 아마도 실전을 치러야 할게다.”

천수의 말에 석요송의 표정이 무거워졌다. 잠시 후 침묵을 지키던 석요송이 앞에 놓인 투박한 검을 들어 올렸다.

“결국, 이 검을 써야 한단 말이군요, 사람을 상대로.”

“무공이란 결국 적을 베기 위해 수련하는 것이니까.”

“누굴 베죠?”

“그것 역시 우린 모른다. 하지만 아마도 무척 어려운 임무를 맡길 거야.”

“기분이 묘하군요. 인검이 되는 것을 강요한 사람들이 오히려 시험을 한다니…….”

“조심하거라.”

“도주를요? 아니면 인검오관을요?”

석요송이 물었다. 그러자 천수가 망설이지 않고 대답했다.

"둘 다."

배가 온 것은 그날 밤이었다. 석요송은 간단하게 떠날 준비를 마친 후 어두운 해변으로 나왔다. 천기삼사가 모두 석요송의 뒤를 따랐다.

휘이잉!

오늘따라 해풍이 강하게 불었다. 그 바람을 타고 한 척의 배가 미끄러지듯 해안으로 밀려왔다.

"어르신들!"

배 위에는 언제나처럼 마풍 모길이 서 있었다. 그가 천기삼사를 발견하고는 정중하게 포권을 취했다. 그리고는 재빨리 시선을 석요송에게로 돌렸다.

"이 아인가요?"

모길이 물었다. 그로서는 칠 년 만에 보는 석요송이 낯선 모양이었다.

"그 아이가 아니면 누가 우리와 함께 있겠나?"

"무관을 뚫다니… 과연 도주님의 혜안은 대단하시군요."

"후후, 이 아이의 능력이 아니라 도주의 혜안에 감탄하는 건가?"

천수가 비웃듯 물었다. 그러자 모길이 겸연쩍은 표정을 지으며 대답했다.

"물론 무관을 통과한 아이의 능력도 대단하긴 하지요. 요송, 날 기억하겠느냐?"

모길이 석요송을 보며 물었다. 그러자 석요송이 내심을 알 수 없는 눈으로 모길을 바라보다 가볍게 고개를 끄덕였다. 순간 모길의 표정이 변했다. 그의 얼굴에 묘한 감정이 드러났다. 석요송에게 말을 걸 때 기대했던 반응과는 너무 다른 석요송의 반응이었다.

무관에 들기 전 석요송은 어릴 뿐 아니라 뇌혈의 금제 때문에 어리숙한 면이 있었다. 당시의 석요송이라면 아무리 세월이 흘렀다 해도 자신의 질문을 묵언으로 답하지는 않았을 터였다.

"변했구나."

모길이 한참 후에 말했다. 그러자 석요송이 그제야 입을 열었다.

"대협께서도 변하셨군요."

석요송의 대답에 모길의 눈이 다시 한 번 흔들렸다. 이번 말투는 과거의 석요송과 비슷하다. 변하긴 변했으나 어떻게 변한 것인지 종잡을 수가 없는 석요송이다. 어쩌면 단지 세월이 가져온 몸의 변화 정도일지도 몰랐다. 모길은 석요송에 대한 탐색을 뒤로 미뤘다. 어차피 이제 한동안 함께 지내야 할 사이기 때문이었다.

"오늘 이곳을 떠나야 한다는 걸 알고 있느냐?"

모길이 묻자 석요송이 어깨에 걸치고 있던 가벼운 짐을 들어 보였다. 이미 준비를 해서 나왔다는 의미였다.

"말이 많이 줄었구나. 타거라."

모길의 석요송에게 배에 오르기를 명했다. 그러자 석요송이 다시 대답없이 고개를 끄덕이고는 생사도의 세 주인, 천기삼사 앞으로 다가섰다.

"가겠습니다."

"그…그래. 가야지."

인도가 말을 더듬었다. 어떤 식으로든 십여 년 가까이 함께 지낸 사이였으니 정이 들지 않았을 리 없다. 석요송이 무관에 들어 칠 년을 보낼 때조차 천기삼사는 석요송을 마음에서 놓아 본 적이 없었다. 평생 생사도에서 벗어나지 못한 이 외로운 늙은이들에게 석요송은 자신들도 모르는 사이에 특별한 존재가 되어 있었던 것이다.

"정말 밖으로 나오지 않으실 생각이십니까?"

석요송이 물었다.

"우린……."

인도가 말을 흐리는데 갑자기 천수가 입을 열었다.

"아니, 조만간 나가마. 네가 인검오관을 무사히 마치고 돌아온다면 그때 우리를 볼 수 있을 것이다."

"천수?"

인도가 놀라 천수를 바라봤다. 그러자 천수가 담담하게 대답했다.

"인검이 완성됐어. 우린 자유야."

"하지만……."

"우리 스스로에게 한 약속은 깨버리면 그만이지 뭐. 그래봐야 뭐라 할 사람도 없지 않은가?"

"그렇긴 하지만……."

"그리고 이젠 령을 볼 시간이지. 소도주의 얼굴도 보지 않고 죽을 수는 없지 않나? 우린 늙었어."

"그것도 그렇지."

인도도 고개를 끄덕였다.

"조심하거라. 인검오관은 결코 무공으로만 이겨낼 수 있는 관문이 아닐 터이니."

"조심하지요."

"그럼 돌아와서 보자."

천수의 말에 석요송이 가볍게 고개를 숙여 보인 후 걸음을 옮겨 파도가 밀려드는 바다로 걸어갔다.

해안가로 다가선 석요송이 발이 바닷물에 젖으려는 순간 몸을 날렸다.

팟!

가볍게 모래를 박찬 석요송의 몸이 새처럼 물 위를 날았다. 그러더니 다시 한순간 제비가 물을 채듯 가볍게 수면 위를 발끝으로 찼다.

탓!

조금 강한 마찰음이 일어나더니 석요송의 몸이 수직으로 꺾이며 허공으로 솟구쳤다. 허공을 밟고 올라선 석요송이 가볍게 몸을 비틀어 마풍 모길이 서 있는 갑판에 내려섰다. 순간 모길의 눈빛이 크게 놀라 번뜩였다. 석요송이 보여준 움직임은 그의 나이를 생각하자면 경악스러운 경지의 것이었다.

"과연 인검의 수련이군."

모길이 혼잣말로 중얼거렸다. 그 말을 들었는지 못 들었는지 석요송은 배에 오르자 신형을 돌려 해안가 천기삼사를 향해 다시 한 번 고개를 숙여 보였다. 그러자 지덕이 손을 저으며 말했다.

"조심하거라. 강호는 생사도와 또 다르니… 무공을 과신 말고 진중하게 움직여라. 사내의 행보는 태산과 같아야 하느니……."

마치 세상에 나가는 손주에게 말하듯 지덕이 각별한 당부를 했다.

"명심하지요."

지덕이 석요송에게 드러낸 정을 생각하자면 냉막하달 수도 있는 말투로 석요송이 대답했다. 그러나 으레 그러리라 받아들인 지덕이 모길을 보고 말했다.

"잘 부탁하네."

"정이 드셨군요."

모길의 목소리가 조금 차갑다. 그러자 지덕 역시 서늘한 시선으로 모길을 보며 말했다.

"그러게 말이네. 정이 들고 말았군. 그런데 인검에게 정을 느끼면 안 된다는 법도 있었나? 그러니… 더 잘 부탁하네. 곧 청도로 갈 것이네."

순간 모길이 놀란 표정을 지었다.

"청도로 말입니까?"

"그렇네."

"도주님의 허락이 있어야 하는 일이 아닌지요?"

"우리 삼사의 행보가 도주의 명에 의해 이루어진 일이라고 알고 있었나?"

"아니셨습니까?"

"도주는 우리의 행보를 강제하지 못해. 생사도에 머문 것은 우리 스스로 결정한 일일세. 우리 자신에게 벌을 주기 위함이었지. 그러나 이젠… 나가 봐야겠어. 령의 얼굴도 보고 또……."

지덕이 말을 흐리며 석요송을 바라봤다. 그러나 석요송의 표정은 여전히 무심하다.

"가시게."

석요송이 더 이상 반응이 없자 지덕이 손을 내저었다.

"알겠습니다. 그럼 청도에서 뵙지요."

모길이 고개를 숙이자 이번에는 천수가 급히 물었다.

"오관은 어디인가?"

"대막으로 갈 것입니다."

"대막!"

"삼십육진(三十六陣)이 고립되었습니다."

"무슨 소린가?"

"이유는 잘 모르겠습니다. 이레 전부터 소식이 없더군요."

"그래서 거길……?"

"도주님의 명이십니다."

"음… 위험한 곳인데……."

"인검오관으로는 적당한 곳이지요."

모길이 냉정하게 말했다. 그러지 지덕이 그런 모길을 쏘아보며 말했다.

"그런가? 하긴 일인지하 만인지상의 위치에 서려면 그 정도

고난은 이겨내야겠지."

순간 이번에는 모길의 표정이 흔들렸다.

"일인지하 만인지상이라 하셨습니까?"

"내 말이 틀렸나?"

"인검은 단지 소도주의 칼일 뿐입니다."

"아니, 표현이 잘못되었네. 소도주의 칼이 아니라 소도주의
분신이지. 그러니 어찌 일인지하 만인지상이 아니겠는가? 자네
도 인검이 어떤 존재인지 망각하지 말게. 그러니 이제 그 아
이… 자네가 함부로 대할 수 없는 신분임을 잊지 말게. 그 아이
를 대하는 말투부터 변해야 할 거야. 그럼 그만 가게!"

싸늘한 지덕의 말에 모길이 흠칫한 표정을 짓더니 천천히 고
개를 숙여 보였다. 그리고는 신형을 돌리며 소리쳤다.

"출항하라!"

*   *   *

마치 처음 보는 세상 같았다. 토하곡을 떠나 생사도로 올 때
여러 날 배를 타고 여행한 바다지만 십여 년이 지난 후 보는 바
다는 새로웠다. 석요송은 태어나 처음 바다를 보는 사람처럼 줄
곧 갑판에서 바다를 응시하고 있었다.

가끔 마풍 모길이 석요송에게 말을 걸려고 하다가 그만두곤
했다. 그러기를 사흘이 지났을 때 드디어 모길이 석요송에게 다
가갔다.

"어디로 가는지 궁금하지 않은가?"

말투가 변했다. 예전의 소년을 대하는 말투가 아니다. 석요송이 어른이 되었다 생각한 것인지 혹은 지덕의 경고가 영향을 미친 것인지는 알 수 없었다.

"대막으로 간다 하지 않으셨나요?"

석요송이 대답했다.

"음, 그렇지. 하지만 대막은 넓네."

"어디로 갑니까?"

석요송이 별로 궁금하지 않다는 퉁명하게 물었다. 그러자 모길이 씁쓸한 표정을 지으며 대답했다.

"혹, 금문에 대해 들었나?"

"대충 들었습니다."

"그럼 금문삼십육진에 대해 알고 있는가?"

"삼십육진이라. 그건 처음 들어보는 말이군요."

"음, 자세히 말씀해 주시지 않았군. 그럼 내가 설명을 해주겠네. 금문은 천하 각지의 요지에 서른여섯 개의 거점을 구축하고 있네. 본문에선 그 거점들을 삼십육진(三十六陣)이라 부르지. 우리가 가는 곳은 그 삼십육진 중 서북쪽의 가장 마지막 거점이네."

모길의 말에 석요송이 고개를 끄덕이며 물었다.

"그곳이 인검오관의 마지막 관문입니까?"

"맞네. 요송 자넨 그곳에서 인검이 되기 위한 마지막 관문을 거치게 될 걸세."

"뭘 해야 합니까?"

"살아남아야 하네. 그리고 살려 와야 할 것이야."

모길의 대답에 석요송이 무슨 뜻이냐고 눈으로 물었다. 그러자 모길이 다시 입을 열었다.

"지금 삼십육진은 큰 위기에 처해 있네. 본래 삼십육진이 위치한 곳은 우리 금문의 영역이 아니네. 홍안령 넘어 대막의 정세를 살피기 위해 만들어진 진이지. 그래서 항상 위험에 노출되어 있었다네. 그리고 걱정대로 대막의 강자가 사방의 길을 끊어 삼십육진을 고립시켰네. 직접적인 공격은 하고 있지 않지만 길을 끊었으니 이대로라면 얼마 지나지 않아 고사하고 말걸세. 자네가 할 일은 삼십육진으로 가는 길을 뚫고 그곳에 머물고 있는 금문의 형제들을 구하는 것이네."

"삼십육진은 포기하는 겁니까?"

"글쎄. 그건 상황을 봐서… 그곳을 지켜야 할 수도 있고."

모길의 말에 석요송이 다시 물었다.

"혼자 가나요?"

"그래야겠지. 뭐 길잡이 하나쯤은 생각해 보겠네. 대막은 초행일 테니……."

"그렇군요. 함께 갈 사람이 누군지 불운하군요."

"후후, 운명이지. 그런데 할 수 있겠나?"

"해봐야지요. 그런데 대협께선 어디까지 동행하십니까?"

"음, 인검은 탄생은 본 문에서도 무척 중요한 존재네. 그러니 삼십오진까지는 함께 갈 걸세."

"삼십오진은 어디 있습니까?"

"홍안령 안에 있네. 그곳까지는 어려운 길이 아니네."

모길의 말에 석요송이 고개를 끄덕였다. 그리고는 다시 입을 닫았다. 그러자 모길이 잠시 망설이다 조심스럽게 물었다.

"묻고 싶은 게 있네."

"말씀하시지요."

"요송, 자네 생사도에 오기 전의 모든 일을 기억하나?"

"잊기 힘들 일이지요."

"음, 그렇다면… 음……."

모길은 본래 과단한 성정이지만 이번만큼은 무척 조심스러웠다. 그러다가 결국은 입을 열었다.

"생사도에 들기 전 자넨 머리에 만만치 않은 충격을 입고 있었네. 그래서 약간의 문제가 있는 상태였지. 그런데 지금은 그 문제가 느껴지지 않는군."

그러자 석요송이 의아한 표정으로 모길을 보며 물었다.

"무슨 말씀이신지……?"

"수련 중 머리에 어떤 변화를 느끼지 못했는가?"

"글쎄요. 특별한 것은… 그런데 제 머리에 무슨 문제가 있었단 말입니까?"

오히려 석요송이 되묻자 이번에는 모길이 혼란스러운 표정으로 석요송을 보다가 고개를 저었다.

"아닐세. 그리 큰 문제는 아니었네. 수련 중에 자연히 치유된 모양일세. 그나저나 이제 곧 하선을 하겠군."

두 사람의 눈에 아스라이 포구의 정경이 들어왔다.

"저기서 내리나요?"

"그렇다네."

모길이 고개를 끄덕였다.

석요송 일행은 엄주에서 하선했다. 엄주는 제법 큰 성읍으로 대해를 거쳐 북방으로 이동하는 장사치들이 몰려드는 포구였다. 그러나 석요송은 엄주를 돌아볼 시간을 갖지 못했다. 왜냐하면, 일행이 타고 온 배가 엄주에 도착했을 때는 이미 포구에 그들이 타고 갈 마필들이 준비되어 있었기 때문이었다.

석요송은 모길과 다른 두 명의 청도무사와 함께 엄주에서 말을 갈아타고 북쪽으로 향했다. 모길은 바삐 길을 서둘렀는데 아마도 삼십육진의 사정이 썩 좋지 못한 모양이었다. 가끔 어디선가 날아오는 전서구를 통해 소식을 접하는 모길의 표정은 여행하는 내내 밝지 않았다.

반면 석요송은 모길의 심각함과는 다르게 제법 즐겁게 여행을 즐기고 있었다. 모든 것이 처음 보는 세상, 처음 보는 사람, 처음 보는 풍경이었다.

태어난 이후 토하곡과 생사도에서만 살아온 석요송에 이 여행은 흥미로운 여흥과 같았다. 자신이 인검오관 중 마지막 관문을 시험하러 간다는 사실도, 그곳이 생지가 아니라 사지라는 사실도 크게 괘념치 않는 모습이었다.

그렇게 서로 다른 마음으로 동행을 한 일행은 엄주를 떠난 지 십여 일 후 드디어 흥안령에 도달했다. 남북으로 수천 리에 걸쳐 펼쳐진 흥안령의 한 지점에 도착한 일행은 산 아래 작은 마을에서 하룻밤을 보낸 후 그 다음 날 즉시 흥안령의 깊은 산 속으로 들어갔다.

준봉들이 이어진 산속으로 하나의 선이 이어져 있다. 사람이 다니는 길이다.

또각또각!

인적 없는 산길을 네 필의 말이 말발굽 소리를 내며 이동하고 있었다. 길옆으로 펼쳐진 봉우리들이 잘 그려진 병풍과 같았다. 그러던 중 갑자기 하늘에 한 마리 비둘기가 날아들더니 이내 산봉우리를 타고 하강해 말 위에 올라있는 한 사내의 팔에 내려앉았다.

"무슨 소식이냐?"

모길이 전서구를 손에 든 사내에게 물었다. 그러자 급히 전서를 풀어본 사내가 입을 열었다.

"삼십오진에서 마중하는 사람이 출발했다는 소식입니다."

"쓸데없는 짓을 하는군. 이 다급한 와중에 마중이라니……."

"그래서 우풍사 어르신께서 오시는데 앉아서 기다리고 있을 수만은 없었을 겁니다."

"그럴 여유가 있으면 대막의 사정이나 더 살필 것이지. 아무튼, 서두르세. 삼십육진이 고립된 것이 이미 한 달 여가 다 되어 가는군. 앞으로 보름 이상 버티기 어려울 거야."

"삼십육진에 나가 있는 형제들은 모두 고난에 익숙한 사람들입니다. 본래 위험한 곳이라 특별히 경험 많은 사람들을 뽑아 보내지 않았습니까?"

"그렇다고 배고픔을 이기지는 못하네."

"그렇긴 하지요."

"어찌 주린 배는 견딘다 해도 문제는 물이야. 만약 수원마저 왕래할 수 없는 상태라면 극히 위험하달 수 있지."

"그렇습니다. 진 안에 저장한 물은 아껴 마셔도 이미 바닥을 보이고 있을 겁니다."

"제길 비라도 좀 오지."

"사막에 비는 연중 몇 차례 없지요."

"휴… 좋지 않아. 서두르세."

모길의 말에 일행이 말에 박차를 가하기 시작했다.

第九章 불사자(不死者) 왕춘

　길이 점점 가파르게 기울었다. 사람을 태운 말들이 힘에 겨우 단내를 뿜어냈다. 급기야는 사람들이 말에서 내려 말을 끌기 시작했다. 그렇게 새도 날아 넘기 힘들다는 석산 고개를 넘어서자 세 사람이 일행을 맞이했다.

　"어서 오십시오. 우풍사님! 기다리고 있었습니다."

　나이는 대략 오십대 초반, 얼굴 세 군데 자상이 있고 목덜미에도 오래된 상처가 있다. 강호에서 뼈가 굵은 사람이란 걸 단박에 알아볼 수 있었다.

　"부대주가 나올 줄은 몰랐군."

　"우풍사 어른께서 오시는데 어찌 진채에 들어앉아 있겠습니까? 대주께서 오시지 못한 것이 오히려 송구스럽습니다."

　"진채의 일이 급박하니 대주가 진채를 비우는 것은 옳은 일이 아니지. 일이 바쁘니 서둘러 가지."

마풍 모길의 말에 부대주라 불린 사내가 얼른 머리를 숙여 보였다.

"알겠습니다. 길을 열겠습니다."

일행은 삼십오진의 부대주란 사내를 따라 다시 산길을 걷기 시작했다. 사내는 사람이 다니는 길과 짐승이 다니는 길을 섞어가며 일행을 인도했다. 석요송에게는 강호의 행사가 아무리 은밀하기로서니 이렇게 험한 곳에 거점을 만들고 있는 금문이 이상하게 느껴지기도 했다.

길을 가는 동안 석요송은 자연스럽게 사내의 이름을 알았다. 사내의 이름은 궐륭, 그 출신이 모호하긴 했지만, 야인출신이란 느낌이 드는 사람이었다.

그러고 보면 금문의 사람들은 기이한 면이 있었다. 태상장로라는 금온을 비롯해 몇몇은 해동사람들이 분명한데 또한 그들 속에는 다양한 출신의 사람들이 뒤섞여 있었다.

그런 면에서 보면 금문이 천하를 염두에 두고 있는 문파임이 더욱 확연해졌다. 그 수뇌가 계림에 뿌리를 두고 있다고는 해도 지금은 그 색이 무척 옅어져 있음이 분명했다.

궐륭을 따라 산길을 걷기를 다시 하루, 일행의 눈에 드디어 높이 솟은 봉우리 근처에 위치한 산채가 들어왔다. 누가 보면 마치 산적의 소굴처럼 생긴 산채 앞에 십여 명의 사람이 나와서 일행을 기다리고 있었다.

그들은 일행이 보이기 시작하자 산짐승처럼 몸을 날려 순식간에 일행 앞에 다가왔다.

"우풍사님!"

마중을 나온 사람 중 눈빛이 날카로워 보이는 오십대 중반의 사내가 얼른 모길에게 고개를 숙여 보였다.

"대주 잘 계셨소?"

궐륭에게는 하대를 하던 모길도 사내에게는 함부로 말을 하지 않았다.

"저야 괜찮습니다만 삽십육진 형제들의 상황이……."

"음, 그쪽의 일이 다급한 것은 태상장로께서도 알고 계시오. 그래서 내가 온 것이고. 일단 들어가십니다."

"알겠습니다. 안으로 드시지요."

사내가 정중하게 일행을 산채 안으로 맞아들였다.

산채는 밖에서 보던 것과는 확연히 달랐다. 산적 소굴 같던 외양과 달리 산채 안에는 단단하게 지어진 세 채의 건물이 있었고, 잘 정돈된 정원까지 존재했다.

'이 깊은 산중에 어떻게 이런 집을 지었을까? 이건 마치 부호의 장원과 같구나.'

석요송이 산채 내부를 둘러보며 감탄을 하는 사이 문득 모길이 석요송을 보며 말했다.

"자네는 잠시 쉬고 있으시게. 내 잠시 대주와 이야기를 나눠야겠네."

"그러지요."

석요송이 담담히 고개를 끄덕였다. 그러자 대주란 자가 석요송을 유심히 보며 궐륭에게 말했다.

"부대주가 손님에게 쉴 곳을 안내해 드리게."

"알겠습니다. 대주! 이쪽으로 갑시다."

궐륭이 석요송을 이끌어 세 채의 건물 중 동쪽 건물로 향했다. 그렇게 두 사람이 멀어지자 대주란 자가 은근한 어조로 모길에게 물었다.

"저 청년이 바로 그입니까?"

"그렇다네."

"어리군요."

"어리지 이제 갓 스물이 넘었을까? 나도 정확한 나이는 모르네. 하지만 어린 것은 분명하지."

"과연 인검(人劍)을 수행할 능력이 있을까요?"

"글쎄… 나도 의구심이 아주 없지는 않지만 그래도 지금껏 인검오관을 모두 통과했으니 일신의 능력은 충분하다고 봐야지 않겠나? 물론 그것이 실전에서 어찌 발휘될지 모르지만. 그래 삼십육진의 사정은?"

"안으로 들어가서서 말씀드리지요."

"알았네. 들어가세."

모길이 대주라는 사내를 따라 석요송과는 다른 건물로 들어갔다.

궐륭은 석요송을 한적한 오두막으로 데리고 갔다. 그리고 두 사람은 그곳에서 한 시진 정도를 함께 머물렀다. 그러나 함께 있으면서도 두 사람은 어떤 대화도 나누지 않았다.

가끔 퀄륭이 모호한 시선으로 석요송을 살피기는 했으나 입을 열어 석요송에게 말을 걸지는 않았다. 아마도 인검으로 키워지고 있는 사람이라는 것 때문에 석요송을 편하게 대하기가 쉽지 않은 모양이었다.

그렇게 긴 침묵 끝에 문이 열리면서 모길을 들어왔다. 그의 뒤에는 삼십오진의 대주가 함께 서 있었다. 안으로 들어온 두 사람이 석요송과 퀄륭의 맞은편에 자리를 잡고 앉았다.

"일이 급박하다고 하는군."

모길이 석요송을 보며 입을 열었다. 그러자 석요송이 시선을 들어 모길을 바라봤다.

"내일 즉시 떠나야 할 것 같네."

"그러죠."

석요송이 스스럼없이 대답했다.

"아주 위험한 길일 될 것 같네. 내가 예상했던 것보다 더 심하군."

"상관없습니다."

"죽을 수도 있네."

"그렇다고 아니 갈 수도 없는 길 아닌가요?"

석요송의 반문에 모길이 무겁게 고개를 끄덕였다. 석요송의 말대로 아니 갈 수 없는 길이기 때문이었다.

"삼십육진의 정세는 유대주가 설명할 것이네. 잘 들어두게. 유대주!"

모길의 말에 삼십오진의 대주가 고개를 끄덕이고는 석요송을 보며 입을 열었다.

"난 삼십오진의 대주 유천극이라 하오."

유천극이 자신을 소개하자 석요송이 가볍게 고개를 숙여 보이는 것으로 인사를 대신했다. 그러자 유천극이 다시 입을 열었다.

"삼십육진의 상황은 무척 복잡하오. 시간이 없으니 최대한 간단하게 설명하겠소. 확실한 것부터 말하리다. 가장 확실한 것은 삼십육진이 고립되었다는 것이오. 이곳 삼십오진에서 삼십육진으로 가는 길은 세 갈래의 길이 있소. 그런데 그 세 갈래의 길이 모두 정체불명의 인물들에 의해 점거되었소. 평소 삼십육진에 구비된 식량은 한 달 치, 벌써 삼십육진이 고립된 지 한 달이 넘었으니 무척 위급한 상황일 거요."

유천극의 설명에 석요송이 또다시 고개를 끄덕이는 것으로 대답을 대신했다. 그러자 유천극이 다시 입을 열었다.

"길을 차단한 자들의 정체는 아직 밝히지 못했소. 아직 본문의 충원이 오지 않은 상태라 함부로 움직일 수 없었기 때문이오. 그런데 기이한 것은 그들이 삼십육진으로 가는 길을 점거한 이유가 명확지 않다는 것이오. 목적이 무엇인지, 아니 삼십육진이 우리 금문의 거점이란 사실을 알고 봉쇄한 것인지조차도 불명확한 상태요. 상대의 목적과 정체를 정확히 알 수 없으니 당연히 그들을 상대하는 일 또한 어려운 상태요."

"그들을 상대해 보셨습니까?"

처음으로 석요송이 입을 열었다.

"세 번 있었소. 물론 우리가 모두 패퇴했소. 밤길을 도와 삼십육진에 식량을 전하기 위해 움직인 통에 사람을 많이 움직일 수 없었던 탓이오. 한 번에 다섯 이상이 나가지 않았었소. 그러니 싸움의 승패야……"

"인명의 손실은……?"

"세 명이 죽었소."

유천극의 대답에 석요송이 잠시 생각에 잠겼다. 그러자 이번에는 모길이 입을 열었다.

"자네가 할 일을 알겠는가?"

"삼십육진의 사람들을 데려와야 합니까?"

석요송이 묻자 모길이 고개를 저었다.

"그건 불가능하네. 길을 막고 있는 자들의 숫자가 수백에 이른다는 말도 있으니."

"그럼 뭘 해야 합니까?"

"지금 가까운 진들에서 원군이 오고 있네. 그러나 길을 막고 있는 자들을 상대할 만큼 충분한 인원이 되려면 적어도 꽤나 많은 시간이 필요하네. 그런데 그때까지 기다리다가는 삼십육진의 사람들이 굶어죽고 말걸세. 그러니……"

"양식을 전하라는 거군요."

"마차 한 대를 내어줄 걸세. 그 마차를 삼십육진까지 가지고 가시게."

모길이 간단하게 석요송이 해야 할 일을 설명했다. 말을 간단했지만 홀로 정체 모를 자들에게 막힌 길을 뚫고 양식을 전하는 일이 쉬운 일일 수는 없었다. 길을 막은 자들의 성향에 따라서는 목숨을 잃을 수도 있었다.

"이게… 마지막 시험입니까?"

석요송이 마치 일을 확실히 해두자는 듯이 물었다. 그러자 모길이 고개를 끄덕였다.

"맞아. 이게 마지막 오관이네. 부디 성공하기 바라네."

"길을 알려주시죠."

석요송은 망설임이 없었다. 일단 해야 할 일이라는 것이 정해지면 뒤로 물러섬이 없는 석요송이다. 그의 과단한 성정을 누군가는 장점으로 보겠지만, 또 누군가는 젊은이의 치기로 볼 수도 있다. 삼십오대의 대주 유천극은 후자인 모양이었다.

"삼십육진까지의 길은 방해꾼이 없어도 험한 길이오. 또한, 황야의 길은 지도를 가지고 찾을 수 없소."

"그럼 어찌 가야 합니까?"

"사람을 하나 붙여주겠소."

길잡이에 대한 것은 이미 모길이 말해 준 바가 있었다. 그러나 석요송으로서는 자신이 일에 다른 사람을 끌어들이고 싶지 않았다. 더군다나 낯선 동행은 오히려 불편했다.

"길을 알려주면 다른 사람은 필요없습니다만……."

석요송이 모길을 보며 물었다. 그러자 모길이 고개를 저었다.

"이 길은 자네 혼자 뚫어야 하는 것이 맞긴 하네. 하지만 삼십육진을 찾는 것은 자네 혼자로선 불가능하네."

"결국, 안내자를 붙이시겠다는 거군요?"

어쩌면 자신의 행보에 대한 의심일 수도 있을 거라 생각하며 석요송이 말했다. 그런 석요송의 생각을 아는지 모르는지 모길이 다시 입을 열었다.

"함께 가는 사람이 적어도 무공으로는 자네에게 도움이 되지 못할 걸세. 단지 길 안내자에 지나지 않아. 그를 보호해야 하니 어쩌면 짐이 될 수도 있겠지. 하지만 또한 길잡이없이 홀로 삼십육진을 찾아가는 것도 불가능하네. 그러니… 혹 덩이라도 붙이고 가야지."

모길의 말에 석요송이 잠시 생각에 잠겼다가 다시 물었다.

"무공을 모르는 사람입니까?"

"무공을 모르지는 않소. 그러나… 그 실력이란 것이 내세울 것이 못되오. 그는 우리 삼십오진에서 가장 약한 무공을 지니고 있소. 사실 그가 삼십오진에 머물고 있는 것도 무공 때문이 아니라 대막의 지형에 익숙하고, 오지의 경험이 많아 노련하기 때문이오."

"만나보지요."

석요송이 고개를 끄덕였다. 그러자 유천극이 즉시 대답했다.

"이미 밖에 와 있소. 왕 노인 들어오시오."

유천극이 문 쪽을 향해 말하자 문가에 사람 그림자가 어리더니 한쪽 눈을 안대로 가린 추레한 노인이 모습을 드러냈다.

"이리로 오시구려."

노인이 나타나자 유천극이 손짓을 하여 노인을 안으로 불러들였다. 그러자 노인이 조심스러운 걸음으로 석요송 등이 있는 곳으로 다가왔다. 그 노인의 행동은 조심스러웠지만, 그의 하나밖에 없는 눈은 촛불처럼 빠르게 움직였다.

"이 사람이 그대를 삼십육진까지 안내해 줄 거요."

순간 길잡이로 소개된 노인이 화들짝 놀란 표정으로 입을 열었다.

"정말 가야 한다는 말입니까?"

"그럼 내가 농담을 하는 줄 알았소?"

유천극이 못마땅한 시선으로 노인을 보며 말했다. 그러자 노인이 천천히 고개를 저었다.

"설마 대주께서 농을 하셨겠습니까마는 그 길을 저 젊은이랑 단둘이 간다는 것은… 설마 저보고 저 친구와 함께 죽으라는 말입니까?"

"후후, 왕노인이 어디 그렇게 쉽게 죽을 사람이오. 본 진의 모든 사람이 죽어도 왕노인은 살아남을 거요. 왕노인의 별호가 뭐요? 불사자(不死者) 아니오?"

"그거야. 말 붙이기 좋아하는 자들이 농으로 붙인 것이고… 그 길을 단둘이 가라는 것은……."

불사자란 별호를 가지고 있는 노인이 여전히 망설이는 듯한 모습을 보였다. 그러자 갑자기 모길이 두 사람 사이에 끼어들었다.

"이번에 다녀오면 문에 이야기해 정식으로 금부에 이름을 올리게 해주겠소."

순간 노인의 눈빛이 변했다.

"그게… 정말이십니까?"

"내가 누군지 아시오?"

"듣기로 우풍사님이라고……."

"그럼 내가 허언을 할 사람 같소?"

"그럴 리가요. 어찌 금문의 우풍사께서 허언을 하시겠습니까?"

"그럼 다녀오겠소?"

"흐흐흐, 금부에 이름을 올릴 수 있다면 지옥인들 마다하겠습니까?"

노인이 괴이한 웃음을 흘리며 말했다. 그러자 유천극이 못마땅한 기색으로 입을 열었다.

"함께 갈 사람이니 통성명이나 하시오."

유천극의 말에 노인이 유들거리는 미소를 띠며 석요송에게 말을 건넸다.

"반갑네. 난 왕춘이라 하네. 사람들은 날 불사자라 불리지. 에… 이유는 방금 들었겠지만 별 재주도 없으면서 이 나이까지 강호에서 살아남았기 때문일세. 잘 부탁하네."

"석요송입니다. 수고를 끼치게 되었습니다."

석요송이 정중하게 말했다. 그런 석요송의 행동에 장내의 사람들이 기이한 표정을 지었다. 지금까지 석요송은 마풍 모길이나 혹은 삼십오진의 대주 유천극에게도 왕춘에게 보인 것 같은 공손함을 드러낸 일이 없었다. 단순히 그가 자신에게 길을 안내할 사람이기에 하는 행동치고는 기이한 면이 있었다.

"음… 아주 공손한 청년이로구만. 마음에 들어."

"말조심하게. 비록 나이는 어리지만 본 문에서 중요한 직위에 있는 사람일세."

모길이 차갑게 왕춘에게 경고했다.

"아, 그, 그렇습니까? 제가 그만 귀인을 몰라 뵙고… 죄송합니다."

왕춘이 금세 태도를 바꾸어 비굴한 모습을 보였다. 그러자 석요송이 고개를 저으며 말했다.

"괜찮습니다. 노사께서는 이곳에서 가장 연로하신 분인데 당연히 공경을 받으셔야지요."

석요송이 내뱉은 뜻밖의 말에 모길도 유천극도 왕춘 자신도 어리둥절한 표정을 지었다.

"그러니까 지금 내가 나이가 많아서 대접을 해주신다는 말이우?"

왕춘이 물었다.

"그게 놀랄 일인가요?"

석요송이 오히려 놀라는 삼 인이 이상하다는 듯 되물었다.

"어허… 허허허! 내 오늘 이 산골에서 정인군자를 만나게 되었구만. 고맙소이다. 날 그리 공경해 주니 나 또한 소협을 반드시 삼십육진까지 모시겠소. 대주, 전 이만 물러가겠습니다. 내일 떠나려면 준비할 것이 있어서……."

왕춘이 의욕에 찬 모습으로 유천극에게 말했다. 그러자 유천극이 황망한 표정으로 고개를 끄덕였다.

"그, 그러시게."

"그럼!"

왕춘이 훌쩍 자리에서 일어나더니 노인답지 않은 움직임으로 빠르게 장내를 벗어났다.

"저자… 정말 삼류인가?"

왕춘이 물러가자 모길이 의심스러운 눈으로 왕춘의 뒤를 살피며 물었다. 그러자 유천극이 고개를 끄덕였다.

"그를 데리고 전장에 나서기를 수십 회, 한 번도 눈에 들어 올

만한 무위를 보인 적이 없습니다. 그런데 왜……?"

"심상치가 않아."

"네?"

"눈빛과 발놀림, 무엇보다 내 앞에서도 주눅이 들지 않는 배포하며……."

"음, 그러고 보니… 하지만 그는 이곳에서 이미 오 년을 보내는 자인데……."

"함께 갈 수 있겠는가?"

모길이 석요송에게 물었다. 그러자 석요송이 망설이지 않고 고개를 끄덕였다.

"좋은 안내자 같더군요."

"자네가 그렇다면야……."

모길이 말꼬리를 흐렸다. 그러나 불사자 왕춘에 대한 의구심이 여전히 그의 얼굴에서 떠나지 않는 듯 보였다.

"이게… 다 뭔가?"

마차가 한 대가 아니라 두 대였다. 한 대는 유천극이 준비한 식량을 실은 마차였지만 다른 한 대의 존재는 유천극도 몰랐던 모양이었다. 유천극의 물음에 왕춘이 겸연쩍은 표정으로 대답했다.

"긴 여행이 될 거고, 또 황야와 사막을 관통해야 하는지라… 저도 준비를 좀 했지요."

"이 사람이! 가벼워야 할 행보네. 유람을 가는 것이 아니야!"

"아, 예예. 물론 이 늙은이도 잘 알고 있습니다. 하지만 어차피 마차가 한 대가 가나 두 대가 가나 큰 차이는 없을 겁니다. 덩치 큰 마차를 숨길 수도 없는 문제고……."

하긴 마차를 끌고 가는 마당에 한 대든 두 대든 적들의 눈에 노출될 가능성은 틀리지 않았다. 그러나 유천극이 다시 고개를 저으며 말했다.

"하지만 마차를 누가 몬단 말인가? 서로 한 대씩 마차를 몰고 가잔 말인가?"

유천극의 말에 왕춘이 고개를 갸웃하다 석요송에게 물었다.

"마차를 몰 줄 모르시오?"

"한 번도 몰아본 적은 없군요."

"이거 낭팬걸… 사막을 여행하자면 이 정도 준비는 해야 하는데……."

"지난번엔 맨몸으로도 잘 다녀오지 않았던가?"

유천극이 따지듯 물었다.

"그때야 길을 막는 자들이 없었기 때문이지요. 하지만 이번에는 그렇지가 않지요. 짐을 가져가야 하니 길이 아닌 황야로 돌아가는 것도 쉽지 않을 테니……."

"몰아보지요."

석요송이 입을 열었다.

"할 수 있겠수?"

왕춘이 반색을 하며 물었다.

"말은 몰 줄 아니 곧 익숙해지겠지요."

"하하하, 정말 호방하신 성격이구려. 말을 몰 수 있다면 마차야 뭐, 오십보백보지. 그럼 이제 아무 문제가 없는 거군요."

왕춘이 유천극을 보며 물었다. 그러자 유천극이 못마땅한 표정을 지으면서도 어쩔 수 없이 고개를 끄덕였다.

"그만 가지요."

석요송이 길을 재촉했다. 그러자 왕춘이 훌쩍 몸을 날려 자신이 준비한 마차에 올랐다. 석요송 역시 삼십육진에 가지고 갈 식량을 실은 마차에 올라 고삐를 잡았다.

"조심하게."

석요송이 마차에 오르자 모길이 곁으로 다가와 말했다.

"다녀오지요."

"혹… 위험하면 몸을 피하게."

"후후, 그럼 인겁이 될 수 없지 않습니까?"

"그래도 목숨이 중하네."

"제가 인겁이 되지 못하면 토하곡이, 석문이 곤란해지겠지요."

석요송의 말에 모길이 더 이상 입을 열지 않았다. 그러자 석요송이 앞을 보며 소리쳤다.

"가시죠."

"알았수. 대주! 그럼 다녀오겠습니다. 이럇!"

왕춘이 시원하게 인사를 하고는 힘차게 마차를 몰기 시작했다.

*   *   *

산이 힘을 잃자 거친 평야가 펼쳐졌다. 끝없이 이어진 땅은 먼 곳에서 하늘과 맞닿았다. 석요송은 마차를 잠시 세우고 바람이 쓸려가고 있는 평원의 풀들을 바라봤다.

그의 곁에서 다른 마차를 몰고 있는 왕춘이 분주하게 뭔가를 찾고 있었다. 그렇게 한참 짐을 뒤지던 왕춘이 쾌재를 불렀다.

"옳거니 여기 있군."

왕춘이 짐 속에서 대나무 통을 꺼내 들었다. 그리고는 위쪽에 달린 마개를 열더니 대나무 통을 입으로 가져갔다.

"어, 시원하다."

왕춘이 어깨를 으쓱이며 소리쳤다.

"술입니까?"

"에구. 냄새가 맡아지우?"

"주향이 십 리도 가겠습니다."

"흐흐흐, 사실 무척 귀한 술이라오. 진채에서는 남의 눈이 있어 마시지 못하지만 이렇게 밖에 나왔으니 어찌 마시지 않을 수 있겠소. 한 모금 하려우?"

왕춘이 대나무 통을 석요송에게 내밀었다.

"되었습니다."

"그렇게 보지 않았는데 사람이 영……."

석요송이 바라보자 왕춘이 얼른 입을 닫았다.

"계속하시지요."

"기분 나빴소?"

"아닙니다. 남이 날 어떻게 보는가는 그리 중요한 일이 아니지요. 나 자신이 어떤 사람인가가 중요하지. 그러나… 제가 어떻게 보이십니까?"

"흐, 그래도 남의 시선을 무시하고 살기는 쉽지 않은 세상이라는 걸 아시는군. 흠… 난 처음엔 소협이 좀 거칠고 호방할 줄 알았는데 어째 샌님 같기도 하구려."

"샌님이라……."

"뭐하러 무인이 된 거요? 글 읽는 선비나 하면 딱 어울릴 것 같은데. 아니아니, 외모를 보고 말하는 것이 아니라 성정을 보고 말하는 거요. 체구로 보면 전장을 호령할 장수의 체구이고……."

왕춘의 말처럼 석요송의 체격은 무척 단단했다. 인검오관을 거치면서 만들어진 그의 몸은 평야를 달리는 종마처럼 강건했다. 그런데 그런 강한 몸속에 숨겨진 순후함을 보았으니 왕춘의 눈이 평범치 않음은 분명했다.

"불사자라 불리시는 이유가 있었군요."

"무슨 소리요?"

"사람의 내면을 보는 것은 쉬운 일이 아니지요."

"오호라. 그러니까 원해서 무인이 된 것은 아니라는 말이구려."

"역시… 대단한 혜안이시군요."

"흐흐흐, 날 아는 사람들은 모두 그렇게 말하긴 하오. 그래 무슨 사정으로 금문의 무사가 된 거요?"

"불사자께서는 어떠십니까?"

석요송이 되물었다.

"나? 나야 뭐… 이리저리 떠돌다 살다 보니 늘그막에 정착할 곳이 필요했소. 그래서……."

"그래도 어르신의 숨은 능력을 보자면 결코 삼십오진의 말단 무사로 지내실 이유가 없어 보이는데……."

"허허허, 그렇게 보이시나?"

왕춘은 시간이 지날수록 석요송을 편하게 대하기 시작했다. 말투도 조금씩 더 편해지기 시작했다. 석요송 역시 그런 왕춘의 행동을 자연스럽게 받아들였다.

"사연으로 보자면 저보다 어르신이 더 많으실 것 같군요."

"흐흐흐, 그렇긴 하지. 살아온 세월이 얼마인데. 하지만… 에, 과거의 일은 차차 알 날이 있겠지."

왕춘이 애써 자신의 과거를 입에 올리는 것을 회피했다. 그러자 석요송도 더 이상 왕춘의 과거에 대해 묻지 않았다. 그러자 왕춘이 잠시 침묵을 지키다가 손을 들어 멀리 보이는 검은 점을 가리켰다.

"일단 저곳까지 가야 하네."

"산인가요?"

"뭐 산이라고 하기엔 부끄럽지. 작은 언덕인데 그나마 숲이 있고 물이 있어 쉬어 갈 만하네. 저곳에서 하루 쉬고 다음 길을 잡아보세."

"그러지요. 이랴!"

석요송이 먼저 마차를 몰아 황야로 들어섰다. 그러자 왕춘이 묘한 눈빛으로 석요송을 보며 중얼거렸다.

"재밌어. 아주 재미있는 녀석이야. 도대체 청도주는 저 녀석에게 무슨 짓을 한 거지?"

두 대의 마차가 황야로 들어선 이후 숲은 고요했다. 그러나 그도 잠시, 한순간 새들이 하늘로 날아오르더니 일단의 인물들이 숲 속에서 모습을 드러냈다. 그들 중 가장 앞에는 금문의 우풍사 마풍 모길과 삼십오진의 대주 유천극이 서 있었다.

"드디어 황야로 들어섰군요."

유천극이 멀어지는 두 대의 마차를 보며 말했다.

"음, 이제부터 시작이라고 봐야지."

모길이 대답했다.

"그는 과연 삼십육진에 도착할까요?"

"모르지. 그야말로 그의 운명이지."

"그런데 저들이 북로(北路)가 아닌 남로(南路)를 택할 거라고 어찌 확신하시는지요?"

"북로는 좁고 남로는 넓네. 그러니 당연히 남로를 택하지 않겠는가? 왕춘이라는 자가 생사에 능하다고 하니 당연히 남로를 택할 걸세. 적이 강하고 숫자가 많으니 북로의 좁은 길을 택했다가 길이 막히면 그야말로 독안에 든 쥐가 되지 않겠나. 그러나 남로는 평원에 난 한 줄기 선과 같은 길이니 언제든 도주할 곳이 존재하지."

"그러나 평원이라 숨을 곳이 없지 않습니까?"

"말이 빠르며 숨을 곳이 필요없지."

"무슨 말씀이신지?"

유천극의 의아한 표정으로 물었다.

"자넨 그를 데리고 있으면서도 그에 대해 잘 모르는군."

"왕춘 말입니까?"

"그래. 그자… 보통 인물이 아니야."

"그렇… 습니까?"

"그자가 마차를 한 대 더 끌고 간 이유를 아나?"

"평원을 여행할 물건들을 준비한 것 외에 특별한 이유가 있는 것입니까?"

"사실 그 마차에 실은 짐들보다 말이 더 중요하다네."

"말이라면?"

"그자의 마차를 끄는 말들은 하나같이 뛰어난 말들이었네. 아마… 삼십오진에 있는 말들 중 가장 좋은 말을 골라왔을 걸세. 그건 곧 그자가 노정 중에 적을 만나 상황이 위급해지면 마차를 버리고 도주할 준비를 해서 왔다는 것이지. 마차를 버리면 중요한 것은 말이지. 그러니… 어디로 가겠나?"

"그럼 역시 남로로 가겠군요. 말을 준비했으면 평원이 유리하지요."

유천극의 고개를 끄덕였다. 그러면서 얼굴 한 편에 근심을 드러내며 다시 말했다.

"그자… 제가 잘 몰랐던 것 같군요."

"보통 인물이 아니야."

"괜찮을까요?"

"뭐가 말인가?"

"그자가 제대로 길잡이 노릇을 할지… 혹 중도에라도 몸을 빼는 것이 아닐지……?"

"뭐 그럴 수도 있겠지만, 그 역시 요송 그 친구의 팔자지. 그런 정도의 난관을 극복하지 못하면 인검이 될 자격이 없네. 그리고… 왕춘 그자가 혼자 살겠다고 쉽게 도주하지는 못할 거야."

"어째서 말입니까?"

"그가 괜히 인검의 재목이던가. 그의 능력은 대주나 다른 사람이 생각하는 것보다 훨씬 뛰어나네. 그래서 이런 계획도 가능한 걸세. 왕춘을 쉽게 놓아주지는 않을 거야."

"나중에 원망을 하지 않을까요? 자신을 미끼로 썼다고."

"어차피 인검오관은 그가 감당해 내야 할 것이고, 일부러 그를 속여 미끼로 쓴 것은 아니지 않은가. 단지 우린 그가 만들어 놓을 혼란을 조금 이용할 뿐이니 우릴 원망할 이유가 뭐가 있겠는가?"

"하지만……."

"걱정 말게. 그간 보아온 바에 의하면 이런 일에 괘념치 않을 사람이네. 무거운 친구야. 기분에 따라 일희일비하는 사람이 아니지."

"그를 신뢰하시는군요."

"신뢰하는 것이 아니라 본래 성정이 그런 사람이라는 거지. 가세."

모길의 말에 숲에 모습을 드러낸 이십여 명의 사람이 황야로 나섰다. 그리고는 석요송과 왕춘이 간 방향보다 더 북쪽으로 길을 잡아 이동하기 시작했다.

황야의 밤은 하늘을 좀 더 가깝게 드리운다. 석요송은 두툼한 모포를 뒤집어쓰고 잠을 청했다. 왕춘의 말처럼 그가 마차에 싣고 온 짐들은 요긴했다. 이런 황야에서 밤은 여름이라도 매서운 한기를 몰아온다. 그 한기를 견디려면 불을 피우거나 제대로 된 모포가 필요하다.

그러나 불을 피우는 것은 사람들에게 자신들의 존재를 알리는 것이므로 불가능한 일이다. 그러니 한기를 피할 방법은 오직 하나 두툼한 모포를 덮는 것뿐이다. 그 준비를 왕춘이 해온 것이다.

"그런데 금문에 무슨 잘못을 했나? 아니면… 대단한 고수인가?"

문득 잠들어 있는 줄 알았던 왕춘이 석요송에게 물었다.

"무슨 말씀입니까?"

석요송이 되물었다.

"삼십육진에 물품을 전하는 일은 무척 위험한 일일세. 그런 일을 자네와 같은 젊은이 한 명에게 맡긴다는 것이 이상해서 말이야. 사실 삼십육진의 형편이 무척 좋지 않은 것은 사실이거든. 내 알아보니 문에서 자네를 시험하는 것 같다고들 하던데……."

왕춘은 인검에 대해선 모르는 모양이었다.

"시험입니다."

"그렇군. 그럼 대단한 고수라는 말이군."

"제가 고수인지는 저도 잘 모르겠습니다."

"그건 또 무슨 말인가?"

왕춘이 아예 몸을 일으켰다. 물론 그럼에도 그의 몸은 누에처럼 모포에 휘감겨 있었다.

"강호초출이니 제가 고수인지 아닌지는 저도 모르지요. 앞으로 알게 되겠지요."

"아이구야. 강호 초출? 이거 완전히 줄을 잘못 섰군."

"그래도 허무하게 죽을 정도로 약하지는 않으니 너무 걱정 마십시오."

"흐흐, 나야 죽어도 아쉬울 게 없는 나이지만 자네가 걱정이지. 아직 새파란 나이 아닌가?"

왕춘의 말에 석요송이 모포 안에서 빙그레 미소를 지었다. 기이한 일이었다. 분명 어제 처음 만난 사람이지만 왕춘이 낯설게 느껴지지 않았다. 더불어 왠지 모르게 그에게 의지가 되는 석요송이었다.

"금문에 들어오시기 전에는 무얼 하셨습니까?"

석요송이 물었다.

"뭐, 여기저기……."

"가족은 없으신지요?"

"가족이 있었으면 금문에 들어오지도 않았지. 휴, 젊은 시절 혈기만 믿고 천방지축으로 살다 보니 늙어서 이렇게 길잡이 노릇이나 하고 있는 것 아니겠는가? 이제 이 금문에서 제대로 공을 세워 편히 노후를 보내는 것이 내 마지막 바람일세."

"이번 일이 잘되면 그 소원이 성취되겠군요."

"하하하, 그래서 자네에게 거는 기대가 크다네."

"누구일까요?"

"무슨 생뚱맞은 소린가?"

왕춘이 고개를 돌려 석요송을 보며 물었다.

"길을 막고 있는 자들 말입니다."

"음, 그 정체를 짐작하기가 쉽지 않다고 하더군. 본래 대막은 고래로 묵철가의 땅이지. 어쩌면 묵철가에서 삼십육진의 설치가 금문의 도발이라고 생각하고 벌인 일일 수도 있네. 하지만 또 한 편으로는 묵철가의 행보가 그리 가볍지는 않단 말씀이야. 삼십육진이 세워진 곳은 온전히 묵철가의 영역이라고 하기도 어렵고. 묵철가는 그보다 훨씬 북쪽에 있지."

"하면……?"

"또 하나 생각할 수 있는 곳은 흑사풍이네. 그들은 대막의 사냥꾼들이지. 있는 자와 없는 자를 구분치 않고 공격을 하곤 하지."

"겨우 사냥꾼들이 금문의 진채를 공격한다는 겁니까?"

"사냥꾼은 사냥꾼인데 보통 사냥꾼이 아니니까. 흑사풍은 그 정체가 철저하게 가려진 집단이네. 고비의 동쪽에서부터 가끔 천산 인근에까지 출몰하는 기이한 자들이지. 그 활동 폭이 천하에서 가장 넓은 자들이라 할 수 있을 거네. 또한, 개인의 무공도 황야의 여타 마적떼들과는 차원이 다른 자들이라네. 그래서 혹자는 흑사풍이 대단한 배경을 가진 자들일 수도 있다고 하지. 해서 그들이 북천십이문으로 거론되곤 하지. 그런데 이번에 삼십육진에 일어난 일은 꼭 평소 흑사풍이 하는 짓과 비슷하단 말이야."

"어떤 면에서 그렇습니까?"

"흑사풍이 싸움에 나서는 경우는 두 가지네. 하나는 이 대막에서 자신들의 권위가 침범당했다고 생각할 때, 그리고 다른 마적떼들과 마찬가지로 먹고살 거리를 마련하려 할 때이네. 뭐 그렇게 보면 무공은 몰라도 하는 짓은 일반 마적떼와 비슷하지. 그러나 이 대막은 본래 마적이나 양민이나 다른 부족을 공격해 그 물자를 빼앗는 것이 관습인 곳이니 그들을 마적이라 비난할 수만도 없네. 어쨌든 그들이 어떤 집단을 공격할 때는 항상 이런 식이네. 일단 외곽을 철저히 포위하지. 연후 목표한 자들이 지칠 때까지 끈질기게 기다리네. 그리고 목표물이 완전히 지쳤다고 판단되면 그때 바람처럼 몰아쳐 일거에 승부를 결정짓지."

"필승의 전술이군요."

"본래 유목족의 전쟁에서 주로 쓰이는 전형적인 방법이지."

"그래서 이번 일도 그 흑사풍의 주도로 일어난 일이라고 보시는 거군요."

"확인은 해봐야겠지만 하는 짓이 비슷해. 그리고 정말 흑사풍이라면… 우린 무척 조심해야 할 걸세. 이보시게."

왕춘이 새삼스레 석요송을 불렀다. 그러자 석요송이 모포를 뒤집어쓴 자세로 왕춘을 바라봤다.

"말씀하시지요."

"혹, 삼십육진까지 가는 데 시간이 정해져 있나?"

"꼭 그런 것은 아닙니다만 그들이 고립된 지 오래 되었으니 가능한 한 빨리 가야겠지요."

"음… 하루 이틀 일정을 늦추는 것은 어떤가?"

갑작스러운 왕춘의 말에 석요송이 의아한 표정으로 물었다.

"갑자기 왜……?"

"이번 일을 확실히 성공하게 만들 방법이 있기 때문일세."

"어떤 방법입니까?"

"자네… 우풍사가 삼십오진에 그대로 머물러 있을 거라고 생각하나?"

왕춘이 뜻밖의 질문을 던졌다.

"다른 곳으로 가셨단 말입니까?"

"쉽게 말하지. 우린 미끼야."

"예?"

"저들을 혼란에 빠뜨리는 미끼란 말일세. 자넨 놈들과 싸울 테지?"

"아마도 그렇겠지요."

"또한, 자네 무공은 무척 고강하고."

"그야 모르지요."

"흐흐, 어쨌든 우리가 저들과 싸운다면, 또한 자네의 무공이 이 남로의 적들을 위협할 수준이 된다면 북로의 적들이 움직일 거네. 그때를 노려 우풍사와 삼십오진의 고수들이 북로의 길을 뚫고 삼십육진으로 갈 걸세. 아마 지금쯤 그들도 이 황야의 어딘가에서 노숙을 하고 있을 거네."

"그 계획을 알고 계셨습니까?"

"눈치 하나로 연명해온 날세. 지난밤 나 말고 다른 자들도 은밀히 출정 준비를 하더군."

왕춘의 말에 석요송이 묘한 표정을 지었다. 배신이라고 까지는 할 수 없지만, 일종의 허탈감 같은 것이 밀려들었다. 그러나 그도 잠시 석요송이 이내 얼굴색을 회복하며 말했다.

"뭐, 그럴 수도 있겠지요. 삼십육진의 생사를 오직 저에게만 맡기는 것은 이상하니까요. 그런데 하루 이틀 일정을 늦추자는 이유는 무엇입니까?"

"역할을 바꾸자는 말이네."

"무슨 말씀이신지요?"

"우풍사와 삼십오진의 고수들이 미끼가 되게 하자는 말일세. 우리가 일정을 늦추면 결국 저들이 먼저 길을 막은 자들과 싸우게 될 걸세. 우풍사가 포함됐으니 당연히 삼십오진의 전력은 막강할 테고… 그리되면 이쪽 길을 막고 있는 자들 중 일부가 북쪽으로 이동할 걸세."

"그런 방법이 있었군요."

"지금으로선 중과부적이야. 이 방법이 제일 좋아."

"그러나……."

"망설일 이유가 없네."

"술책을 쓰는 것 같아 마음이 좋지 않군요."

"아이쿠야. 정말 정인군자 나셨네. 이보게. 이건 목숨을 건 싸움이야. 살아남는 자가 이기는 거라고. 또 이건 뭐 비열한 방법도 아니지 않나? 우리 두 사람이 적을 먼저 상대하는 것보다 삼십오진의 주력이 적을 먼저 상대하는 것이 오히려 당연한 이치지. 술책은 저들이 쓴 거네."

"그런가요?"

"일정을 늦추세."

왕춘이 그답지 않게 단호하게 말했다.

"글쎄요."

"이게 내가 자네에게 내놓은 제일책이자 상책일세. 사실 심십육진까지 가는 방법을 곰곰이 생각해 봤는데 이 방법이 가장 좋아."

"다른 방법도 생각해 보셨습니까?"

"중책은 아예 길을 벗어나 멀리 우회해 황야를 가로지는 것, 그러나 이 중책은 험로에 마차를 몰고 가기 어렵다는 것이지. 그리고 하책은 이대로 우풍사의 계획처럼 정면으로 적과 격돌하는 걸세. 하책은 필패할 걸세."

"음……."

석요송이 잠시 생각에 잠겼다. 그러자 왕춘이 다시 말했다.

"선택은 자네 자유네만 난 살고 싶어. 죽을 생각이 없단 말이네."

마치 그가 제시한 방법을 따르지 않으면 당장 석요송을 떠나겠다는 말처럼 들렸다. 그러자 석요송이 고개를 끄덕였다.

"알겠습니다. 본래 노인의 말을 들으면 실패가 없다고 했지요."

"하하하, 이런 현명한 친구를 보았나. 암, 늙은이 말을 들어 손해날 것은 없지."

왕춘이 너털웃음을 터뜨렸다.

第十章 야천릉(野泉陵)

길은 대지 위에 가는 선을 그리며 지평선의 저쪽 끝에서 이쪽 끝으로 이어졌다. 어디에도 바람이 기댈 곳이 보이지 않았다. 그래서 바람은 시작과 끝을 정하지 않고 불었다.

여행은 지루했다. 비록 사지(死地)라 불리는 곳으로 가고 있음에도 이 광활한 땅 위에 오로지 두 사람만 여행을 한다는 것은 지루하고, 고독한 일이었다. 가끔 왕춘이 이런저런 말을 늘어놓기도 했지만, 대화는 길어야 일각을 넘기지 못했다. 막막한 땅이 사람의 말조차 집어삼키는 곳이었다.

"저기가 좋겠군."

긴 침묵 끝에 다시 왕춘의 목소리가 들려왔다. 석요송이 마차를 세우고 왕춘을 바라봤다. 그러자 왕춘이 손을 들어 아주 조금, 평탄한 대지에 반항해 일어난 둔덕을 가리켰다.

"저곳에서 그들이 보이나요?"

"보이지 않네. 우리가 그들을 볼 수 있으면 그들도 우리를 볼 수 있을 텐데 그러면 안 되지."

"하면 그들이 움직였는지는 어찌 압니까?"

"그들이 움직이면 알게 될 걸세. 두고 보게."

왕춘이 자신 있게 말했다. 그리고는 자신이 가리킨 둔덕을 향해 마차를 몰기 시작했다.

왕춘은 눈 깜짝할 사이에 두 대의 마차를 이용해 햇빛을 가릴 천막을 쳤다. 밤에는 찬 이슬을 막아줄 것이기도 했다.

"먹게."

왕춘이 건포를 건넸다. 석요송이 말없이 건포를 받아들고 천천히 씹기 시작했다.

"참 가혹한 땅이지?"

"그렇군요."

"농사도 짓지 못한다네. 그나마 말이나 양을 키울 풀들이 나는 것이 다행이지만 그나마도 이쪽은 영……."

왕춘이 황량한 대지를 돌아보며 말했다. 석요송은 대답 없이 꼼꼼하게 건포를 씹어댔다. 그런 석요송을 힐끗 보고는 왕춘이 나직하게 물었다.

"듣자하니 자네는 태상장로가 데려왔다고 하던데, 정말인가?"

왕춘의 물음에 석요송이 고개를 끄덕였다. 그러자 왕춘이 다시 물었다.

"그는 어떤 사람인가?"

"저도 잘 모릅니다, 함께한 시간이 거의 없으니."

"그렇군. 그런데 이곳에서의 일이 끝나면 자넨 청도로 돌아가나?"

"아마도 그렇게 되겠지요."

"자넨 청도에서 무슨 일을 하게 되나?"

"글쎄요. 듣기로는 누군가의 호위무사가 될 거라던데……."

"엥? 호위무사? 아니 무슨 호위무사를 이렇게 힘들고 강하게 키운단 말인가? 설마 자네가 지켜야 할 사람이 황제라도 된다는 건가?"

"글쎄요."

석요송은 굳이 금령의 이름을 입에 올리지 않았다. 그런 석요송의 심사를 눈치를 챘는지 왕춘이 조금 실망한 표정으로 석요송을 바라보다 다시 입을 열었다.

"청도에서 자넨 높은 지위인가?"

"그것도 잘 모르겠습니다. 하지만 그들이 하는 말을 들으니 가벼운 위치는 아닌 것 같더군요."

"흐음… 그렇군. 음……."

왕춘이 뭔가 하고 싶은 말이 있는데 차마 말을 꺼내지 못하겠다는 표정으로 말꼬리를 흐렸다.

"말씀하시지요."

"응?"

"하시고 싶은 말씀이 있으신 것 같은데……."

"음, 사실 한 가지 부탁이 있긴 하네. 그러나 이거 만난 지 얼마 되지도 않은 처지에……."

"말씀해보세요. 제가 들어 드릴 수 있는 것이면 해 드리지요."

"정말인가?"

"어른께 허언을 하지 않도록 배웠습니다."

"제대로 가르쳤나 보군."

왕춘으로서야 석요송이 이런 예법을 배운 것이 토하곡의 곡주에게서 란 것을 알 리 없었다.

"무슨 부탁이십니까?"

석요송이 다시 물었다. 그러자 왕춘이 잠시 망설이다 굳은 표정으로 입을 열었다.

"에… 난 말이야. 솔직히 말하면 말년을 삼십오진, 그 산속에서 지내고 싶지가 않네. 나도 청도나 혹은 금문삼혈로 들어가고 싶어."

"금문삼혈? 그게 뭐죠?"

"아니 그것도 모른단 말인가?"

왕춘이 놀란 표정으로 물었다.

"사실 전 금문에 대해 아는 것은 별로 없지요. 어려서부터 수련만 해 와서……."

"이상한 일이야. 금문의 절대무사를 키우는 데 금문에 대해 가르쳐주지 않았다니. 그야 어쨌든 금문삼혈이란 천하에 존재하는 금문의 세 본거지라고 할 수 있네."

"한 곳이 아니라 세 곳이나요?"

"그렇다네. 가만있자. 자네 그럼 뭐 북종이나 남종이니 하는 말은 들어봤는가?"

"그건 알고 있습니다. 금문이 세월이 흘러 여러 지파로 나뉘었고, 그중 북종과 남종 그리고 정종이 당대의 금문을 대표한다고······."

"그렇지. 금문삼혈은 바로 그 세 지파가 똬리를 틀고 앉아 있는 곳이네. 그곳이야말로 금문의 본체라 할 수 있지. 난 삼혈로 들어가고 싶네. 그곳이라면 편히 노후를 보낼 수 있을 거야. 물론 정종의 본처인 청도가 가장 좋지. 그래서 하는 말이네만 자네에게 힘이 있다면 날 좀 청도로 불러줄 수 있겠는가?"

부탁을 한다고는 했지만 왕춘이 내놓은 부탁은 뜻밖의 것이었다.

"혹시··· 특별한 이유라도 있습니까?"

아무리 편안한 노후를 보내고 싶어서라지만 그러기 위해서 금문삼혈로 가고 싶다는 것은 쉽게 납득할 수 없는 이유다.

"흐흠, 그건 묻지 말고 어떻게 안 되겠나?"

"제겐 그럴 힘은 없습니다."

"아니, 당장은 아니더라도 나중에 힘이 생기면······."

"이유를 말씀하시면 생각해보지요."

"날 의심하나?"

"그렇다고 완전히 신뢰할 사이도 아니지요."

석요송의 말이 단호하다. 유할 것 같던 석요송에게 이런 단호함이 있었나 하는 표정으로 왕춘이 석요송을 바라봤다.

"기분이 상하셨다면 용서하십시오."

"아니, 아니네. 나라도 당장 이런 황당한 부탁을 하는 사람을 믿을 수 없겠지. 음… 좋아 이유를 말하지."

왕춘의 말에 석요송이 말없이 왕춘을 바라봤다. 그러자 왕춘이 한참을 망설이다 입을 열었다.

"솔직히 말하자면 내가 금문에 들어온 것은 한 사람을 찾기 위해서네."

"누굴 찾으십니까?"

"음… 한 여인일세."

"……?"

"이것 참… 창피하지만, 내 내자가 될 뻔했던 사람을 찾고 있네. 아주 오래전 강호가 좁다하고 천하를 돌아치던 난 한 여인을 만나 연정에 빠졌지. 음… 그때 그 여인이 무척 심한 부상을 입어서 내가 한 달 정도 돌봐주었었는데 젊은 남녀가 함께 있다 보니 그만 정이 들고 말지 않았겠나."

"그분이 떠나셨나요?"

"그래. 자신에겐 모시는 분이 있다면서 가야 한다고 하더군. 그리고 나에게 함께 가자고 했네. 하지만 난 가지 않았어. 그때만 해도 난… 자유로운 삶을 원했지. 난 그녀에게 나와 함께 강호를 주유하며 자유롭게 살자고 했네. 그러나 그녀는 그럴 수 없다고 하더군. 그러니 서로 삶의 모습이 다르니 어쩌겠나? 마음속의 연정은 묻어두는 수밖에. 그렇게 우린 헤어졌는데… 그런데 말이야. 참 이상하지? 그 이후론 다른 여인이 눈에 들어오지가 않더란 말이야. 천하에서 가장 아름다운 기녀들이 있다는 항주에 가서도, 하늘에서 내려온 천사 같은 기녀들을 만나도 영

흥이 나지 않아. 본래 내가 젊을 때는 호색한이었든. 참… 기가 막힐 노릇이지. 그녀는 그리 빼어난 미모를 지닌 것도 아니었는데…….”

“그분이 금문삼혈에 있다는 건가요?”

“아마도…….”

“왜 그렇게 생각하시죠?”

“그녀가 스스로 자신을 금문의 사람이라 말했고, 또 자신이 모시는 사람이 무척 존귀한 분이라고 했거든. 금문의 사람이고 존귀한 신분이라면 과연 어디 머물겠나?”

“그렇군요. 금문삼혈이겠군요.”

“맞아. 그래서 난 금문삼혈에 가고자 금문에 투신했네. 그런데 일이 생각처럼 쉽지가 않더군. 아무리 금문의 문도라도 금문삼혈에 들기는 하늘의 별 따기더라고. 그래서… 이곳에 왔지.”

“삼십오진에 오신 것도 그 때문이라고요?”

“그렇다네. 자네 삼십오진의 대주를 보았지?”

“유천극이란 분 말이군요.”

“그래. 그 사람… 사실은 생각보다 대단한 사람이네. 이런 오지의 진을 맡고 있다고 해도 금문에 대해 잘 아는 사람이라면 누구나 주목하고 있는 사람일세. 그가 애초에 금문삼혈 중 한 곳에 머물다가 무슨 일 때문인지 몰라도 이 삼십오진으로 좌천되었다는 걸 아는 순간 난 망설일 이유가 없었네. 그를 잘 보필해 공을 세우면 금문삼혈에 갈 기회가 생길 거라 판단한 거지. 그런데… 제길 얼마나 큰 죄를 지었는지 벌써 오 년이 다 되어 가는데 다시 불려 올려갈 생각을 않더군. 더군다나 대주는 날

별로 좋아하지도 않는 것 같아. 그러니 금부에 이름을 올려 삼혈에 들어가기는 어렵다고 생각하고 있었지. 그래서 다른 방책을 강구하려는데… 흐흐흐 자네가 온 거야."

왕춘의 말에 대충 그의 사정을 이해한 석요송이 왕춘에게 다시 물었다.

"지난번에 대주가 말하는 것을 들으니 금부에 이름을 올려준다 하던데 그건 뭡니까?"

"자넨 정말 금문에 대해 아는 게 별로 없군. 금문의 문도치고 금부를 모르는 사람은 없는데… 금문에서 밥을 빌어먹고 있다고 모두 같은 금문의 사람이 아닐세. 금문에는 두 가지 종류의 사람이 있네. 금부에 적을 둔 사람과 금부 외의 사람들, 금부에 적을 둔다는 것은 금문이 정식으로 그를 금문의 정통 문도로 인정한다는 뜻이네. 금부에 적을 둔 사람에 대한 대우는 다른 사람들과는 전혀 다르지. 사실 금문삼혈에 들어가기 위해서는 반드시 필요한 신분이라네. 금문삼혈은 금부에 적을 두지 않은 자는 들어갈 수 없다네."

"그렇군요. 어르신께서는 이 일을 맡으실 수밖에 없었군요."

"그렇다네. 난 꼭 이 일을 성사시켜야 하네. 그러나 이번 일이 성공한다고 해도 내가 얻을 수 있는 것은 겨우 금부에 이름을 올리는 것, 삼혈에 들어가는 것은 또 다른 문제지. 그래서 자네에게 부탁하는 걸세. 사정이 되면 날 도와줄 수 있겠나 해서……."

왕춘이 다시금 기대를 품은 눈으로 석요송을 보며 물었다. 그러자 석요송이 고개를 끄덕였다.

"만약 훗날 제가 그럴 만한 위치에 오르게 된다면 어르신을 부르지요."

"정말?"

"그러나 너무 기대는 마십시오. 전 누군가의 호위무사로 키워진 사람이라……."

"그 주인이 고귀하면 그 하인도 고귀하다. 그것이 세상의 이치일세. 기대하겠네. 그나저나 어찌 되었든 이 모든 일이 제대로 되려면 이번 일이 반드시 성공해야겠군."

왕춘이 눈빛을 반짝였다. 늙은 그의 눈에 생기가 돌았다.

'사람은 왜 이렇게 과거에 얽매여 살아야 하는 걸까?'

석요송의 머리에 문득 이런 의문이 떠올랐지만, 그 생각은 유성보다도 빠르게 사라졌다. 밤하늘이 고왔다. 바로 눈앞에 다가온 밤하늘이 별을 쏟아내고 있었다.

두두두!

지축을 울리는 말발굽 소리를 듣는 순간 석요송은 왕춘의 말이 옳았다는 것을 알아챘다.

"움직였어."

보지 않아도 적들이 움직였다는 것을 알 수 있는 방법은 간단했다. 소리를 들으면 됐다. 거친 말발굽 소리에 이어 구름처럼 일어난 먼지가 북쪽을 향해 이어졌다.

"과연 말씀대로군요."

석요송이 튼실한 몸을 곧추세우고 손을 들어 햇빛에서 눈을 가리며 북쪽을 바라봤다. 해가 뜬 얼마 되지 않아 눈이 부셨지만 멀리 북쪽을 향해 달려가는 일단의 인마들을 볼 수는 있었다.

"우리도 준비를 하세."

왕춘이 서둘러 노숙지를 정리하기 시작했다. 석요송도 왕춘을 거들자 두 사람은 곧 떠날 준비를 마쳤다.

"가만있자. 조금 있다가 갈까?"

"왜죠?"

"이곳에서 사달이 생겨도 제때 돌아오지 못할 거리에 저들이 갔을 때 가는 게 낫겠어."

"생각해보니 그렇군요. 한 시진 후에 가죠."

"그러세."

왕춘이 고개를 끄덕였다. 그렇다고 마차에 실은 짐을 다시 풀지는 않았다. 두 사람은 마차에 올라 그저 때가 되기를 기다릴 뿐이었다.

사람들은 이 작은 동산을 야천릉(野泉陵)이라고 부른다. 이유는 단 하나, 이곳에 황야를 여행하는 사람들에게 꼭 필요한 샘이 있기 때문이었다. 혹자는 릉(陵)자가 붙어 있는 것을 이유로 오래전 초원을 지배한 어떤 칸(汗)의 무덤이었을 것이라고도 하지만 도굴꾼들이 몇 번 땅을 헤집었어도 무덤의 흔적은 찾을 수 없었다고 한다.

어쨌든 야천릉에는 대막의 여행자들에게 생명수와도 같은 샘이 있었기에 여행자들이 반드시 들려야 하는 곳이었다. 그런데 그런 야천릉에 수개월 전부터 사람들의 발길이 끊겼다. 대신 그곳에는 야천릉의 주인 행세를 하는 자들이 만든 진영이 들어섰다.

이십여 개의 모전천막이 야천릉에 세워졌고, 도검을 든 자들이 주변을 단단히 경계하고 있는 덕에 야천릉을 찾아들던 여행자들은 제풀에 뒤로 물러나 먼 길을 돌아가는 길을 택하고 있었다.

그런데 오늘 그 야천릉을 향해 두 대의 마차가 천천히 다가서고 있었다. 야천릉을 장악한 자들 중 경계를 서는 자들은 자신들을 향해 다가오는 두 대의 마차를 경계심이 아닌 호기심을 가지고 지켜보고 있었다.

다각다각!

경쾌한 말발굽 소리와 함께 두 대의 마차가 야천릉 입구에 섰다. 마차에는 각기 한 명씩의 마차꾼이 타고 있었는데, 한쪽은 초로의 나이였고, 다른 한쪽은 무척 젊었다.

"멈춰라!"

이미 마차가 멈췄음에도 불구하고 야천릉을 장악하고 있는 자들이 진득한 위협감이 느껴지는 목소리로 소리쳤다.

"어디서 오는 자들이냐?"

툭!

거친 황야의 바람처럼 신형을 날린 사내 셋이 마차 앞에 서더니 차갑게 물었다.

"어? 이곳이… 언제……?"

두 명의 마차꾼 중 나이 든 쪽이 조금 당황한 표정으로 중얼거렸다. 장사치 행색을 하고 있는 왕춘이었다.

"묻는 말에 대답이나 해라. 어디서 오는 자들이냐?"

"우, 우린 사막을 여행하며 양치는 사람들에게 장사를 하는 장사치요. 그런데 당신들은……?"

"흥, 사막을 왕래하며 장사를 하는 자들의 이곳 소식도 듣지 못했단 말이냐?"

"며칠 몸이 아파 흥안령 숲에서 쉬었다가 다시 길을 떠나는 바람에… 그런데 어떻게 된 일이오?"

왕춘이 능숙하게 장사치 노릇을 하며 물었다.

"이곳 길은 막혔으니 돌아가라."

사내 중 검은 천으로 상체를 둘둘 감은 자가 차갑게 말했다.

"아니, 야천릉을 막으면 대막으로 들어가는 길이 완전히 끊기게 되는데 어찌……."

"이곳은 우리 흑사풍이 접수한 지 오래다. 그러니 다른 길을 찾아라!"

"헉! 흑사풍!"

왕춘이 짐짓 크게 놀라 당황한 표정으로 소리쳤다. 왕춘의 반응에 흑사풍의 무사란 자가 거만한 표정을 지으며 말했다.

"흑사풍을 안다면 대막에서 흑사풍의 뜻을 거스르는 대가가 어떤 것인지도 잘 알고 있겠지?"

"물, 물론입죠."

"그럼 그만 돌아가라."

"저, 나리, 한 가지 부탁만 좀……."

"호오? 이 노인네가 제법 배포가 있군. 감히 흑사풍의 무사에게 부탁할 말이 있다니. 그래 들어나 보자. 무슨 부탁을 하고 싶은가?"

가소롭다는 표정으로 흑사풍의 무사가 물었다.

"말씀드렸듯이 저희는 이 야천릉에 흑사풍 나리들이 계신 줄 모르고 왔습지요. 또한, 몸이 아파 오래 야숙했기에 마실 물이 모두 떨어졌습니다. 외람되지만 야천릉의 샘에서 물을 좀 길어 갈 수 있게 해주십시오. 이곳이 아니면 저흰 돌아가다 목이 말라 죽을 것입니다."

왕춘이 상대의 발이라도 핥을 기세로 말했다. 그러자 흑사풍의 무사가 눈살을 찌푸리며 말했다.

"삼사일 버틸 물도 없단 말인가?"

"이미 물을 마시지 못한 지 하루가 지났습니다."

왕춘의 간절한 말에 흑사풍의 무사가 망설이는 듯 하다가 입을 열었다.

"잠시 기다려라."

흑사풍의 무사가 훌쩍 몸을 날렸다. 그러자 검은 잔영을 남기며 그의 신형이 순식간에 장내에서 사라졌다. 그리고 얼마나 지났을까. 사라졌던 무사가 다시 귀신처럼 일행 앞에 나타났다.

"허락이 떨어졌다. 우물이 어디 있는지는 알고 있지?"

"물론입지요. 한두 번 오는 곳도 아닌데."

"이각의 시간을 주겠다. 그 안에 물을 길어 이곳을 벗어나라."

"아이고, 감사합니다. 이 은혜 평생 잊지 않겠습니다."

"흐흐, 노인 우리가 다시 볼 일이 또 있겠는가? 평생은 무슨……!"

"그렇기는 하지만 세상일은 모르니……."

"어서 물이나 길어가라."

흑사풍 무사의 말에 왕춘이 급히 고개를 돌려 석요송을 불렀다.

"어서 준비하지 않고 뭘 하나?"

왕춘의 재촉에 석요송이 급히 미리 준비해 두었던 물주머니를 꺼내 들고는 마차에서 내렸다. 그러자 왕춘도 마차에서 내린 후 조심스럽지만 재빠른 걸음으로 야천릉 안쪽으로 걸어 들어갔다.

야천릉의 너비는 사방 백여 장이 되지 않았다. 수원(水原)이 있어 나무가 자라 숲을 이루기는 했지만 그 수원의 영향은 백여 장을 넘지 못했다. 수원의 영향이 미치지 못하는 곳에서 대지는 다시 황야로 변하고 그 너머로는 사막이 이어진다.

왕춘은 석요송을 데리고 야천릉의 중심에 있는 커다란 바위 아래로 갔다. 길이 외길이고 흑사풍 무사들이 둘을 주시하고 있었기에 다른 곳으로 벗어날 수도 없었다.

바위 아래에 다가서자 졸졸 물 흐르는 소리가 들려왔다. 왕춘이 재빨리 바위틈에서 새어나오는 샘물 아래로 다가앉았다.

"살펴보았는가?"

"천막이 이십여 채, 사람은 삼십여 명이군요."

"음, 나도 그리 보았네. 본래 이십여 채의 천막이라면 적어도 백여 명은 있어야 하는데 많이 빠져나갔군."

"그들이 모두 북쪽으로 갔다면 삼십오진의 사람들이 위험하겠군요."

"그렇겠지. 하지만 우풍사가 있으니 위기를 잘 헤쳐나갈 걸세. 더불어 이곳에서 분란을 벌이면 삼십오진의 행보도 좀 더 수월해지겠지. 그렇지 않다고 해도 남의 사정 봐줄 때가 아니고……."

"마차를 타고 단번에 뚫어내기가 쉽지 않을 것 같군요."

석요송이 슬쩍 시선을 돌려 야천릉을 관통하며 서북쪽으로 나 있는 길을 보며 말했다.

"그러게 말이야. 짐이 없다면 쉬운 일인데… 짐은 반드시 가져가야지?"

"그게 제게 주어진 임무지요. 식량을 놓고 간다면 굳이 이 길을 택할 필요도 없을 것이고 말입니다."

"제길… 어쩐다?"

왕춘이 고개를 갸웃하며 흑풍사의 진채를 살폈다. 그리고는 뭔가를 곰곰이 생각하다가 입을 열었다.

"어쩔 수 없군. 놈들의 입을 호강시켜주는 수밖에."

"방책이 있나요?"

"내가 마신 술 있잖은가?"

"그 대나무 통에 들었던 술 말인가요?"

"맞네. 그 술이 사실은 무척 대단한 술이라네. 선죽주라는 이름을 가지고 있는데 한 번 마시면 신선의 경지에 이른다고 할 정도로 귀한 술이지."

"그런 술이었나요?"

"흐흐, 삼십오진에 있는 사람들도 그 술의 정체를 모른다네. 오직 나만이 알고 있지. 그 술에는 큰 묘용이 하나 있어. 그게 뭔고 하니 대나무 통에 든 것은 보통 사람이 마실 수 없는 주정(酒精)이란 것이지. 보통의 경우 대나무 통 하나에 한 항아리의 물을 부으면 제대로 된 선죽주를 마시게 된다네."

"그걸 그냥 마신 겁니까?"

"아? 나 말인가? 나야 뭐 이젠 물 탄 술은 술 같지가 않아서……."

"그러고도 몸이 성하세요?"

"보다시피! 어쨌든 그 선죽주를 놈들에게 선물해야겠어. 저 놈들은 황야에서 야인으로 살아가는 것들이라 술이라면 사족을 못 쓰지. 더군다나 수뇌들은 대부분 북쪽으로 갔을 테니 마음도 조금 풀어졌을 테고… 선죽주를 조금 독하게 주면 틈이 생길 걸세. 이 선죽주는 한 번 마시면 계속 마실 수밖에 없단 말이야. 문제는……."

"뭐가 문제죠?"

"쩝, 아쉽게도 제법 많은 주정을 소비해야 한다는 거지. 에 휴… 다른 사람 몰래 선죽주의 주정을 만드느라 내가 얼마나 고생을 했는데……."

왕춘의 불평에 석요송이 빙그레 미소를 지으며 말했다.

"그 주정들을 마차에 싣고 온 것은 모두 이런 일이 있을 거라 예상하고 하신 것 아닌가요?"

"이크, 이제 보니 머리도 좋군. 맞아. 이런 일이 반드시 생길 줄 알았지. 아무튼, 가세. 가서 승부를 걸어보자고!"

왕춘의 말에 석요송이 물주머니를 어깨에 걸쳐 메고 일어났다. 왕춘 역시 물주머니 하나를 들춰 메고는 석요송과 어깨를 나란히 하고 마차가 있는 곳으로 내려가기 시작했다.

"물은 다 길었는가?"

샘에서 내려오자 흑사풍의 무사가 거드름을 피우며 물었다.

"덕분에 이제 살았습니다."

"그럼 어서 이곳을 떠나게. 한 몇 달은 이 길로 올 생각 말고."

왕춘의 언변 덕분인데 흑사풍의 무사는 충고까지 덧붙였다.

"알겠습니다. 덕분에 위험을 피할 수 있었으니 너무 고맙습니다."

"얼른 가보게."

흑사풍의 무사가 손을 내저었다. 그러자 왕춘이 망설이는 듯하다가 은근한 목소리로 말했다.

"저… 대협!"

"또 무슨 일인가?"

"오늘 흑사풍의 대협들께서 제게 은혜를 베푸셨으니 저도 마땅히 대협들께 보답을 해야겠는데 제가 가진 것이 많지 않습니다. 그런데 다행히 제게 아주 귀한 술이 있는 데 혹 맛이라도 보실런지……?"

"술?"

흑사풍 무사의 눈빛이 살짝 변했다.

"그렇습니다. 선죽주라는 술인데 이게 또 천하의 명주지요. 아는 사람만 안다고 선죽주를 아는 사람은 절대 다른 술을 마시지 않습니다."

"그런 술이 있었던가?"

"한 번 맛을 보시겠습니까? 이 늙은이는 은혜를 입으면 꼭 보답을 해야 하는 성미라서……."

왕춘의 말에 흑사풍 무사의 눈에 욕심이 깃들었다. 그러나 그는 쉽사리 술을 내놓으라는 말을 하지 못했다. 잠시 망설이던 그가 왕춘에게 말했다.

"잠시 기다려 보게. 사실 지금 우리 사정이 술추렴이나 할 상황이 아니네. 그러나 또한 귀한 술을 맛볼 수 있는 기회는 많지 않으니 내 윗사람께 가부를 여쭙고 오겠네."

"그, 그리하시지요."

왕춘이 고개를 끄덕였다. 그러자 흑사풍의 무사가 여러 채의 천막으로 이뤄진 진채 안으로 뛰어 들어갔다.

쿵쿵쿵!

거대한 체구의 사내가 바위 움직이듯 땅을 울리며 걸어왔다. 석요송과 왕춘은 사내의 등장에 놀라 서너 걸음 뒤로 물러났다. 오십대 초반으로 보이는 사내가 밤송이만 한 눈을 부라려 석요송과 왕춘을 번갈아 보며 물었다.

"누가 선죽주를 가지고 있느냐?"

그러자 왕춘이 겁에 질린 표정으로 얼른 대답했다.

"제, 제가 가지고 있습지요."

"노인장이? 그래 선죽주는 어디서 구했는가?"

"그건… 제, 제가 만들었습니다."

순간 사내의 표정이 실망으로 물들었다.

"직접 만들었다고?"

"그렇습니다."

"망산이나 이가장의 것이 아니고?"

"아이고 그 두 가문의 선죽주를 저 같은 사람이 가지고 있을 수 있나요. 그저 제가 한때 선죽주를 만드는 사람 밑에서 잠시 일을 한 적이 있어 어깨너머로 배운 대로 만들어 마시고 있습지요. 뭐, 가끔 팔기도 하고 말입니다."

왕춘이 어느새 사내에 대한 두려움을 잊었는지 길게 말을 뱉어냈다. 그러자 사내가 떨떠름한 표정으로 말했다.

"어디 한 번 줘보게. 망산과 이가장의 것이 아니면 선죽주가 제대로 맛을 낼 리 없는데… 뭐 이런 곳에서 그 두 가문의 것을 찾을 수는 없고, 아쉬운 대로 노인장의 술이라도 마셔보지."

"예, 예 그럼 바로 준비합지요."

사내의 말에 왕춘이 얼른 대답을 하고는 재빨리 마차 위에 실은 짐 속에서 검은 목함을 꺼냈다. 그리고는 조심스럽게 목함을 들고 사내 앞으로 오더니 목함을 열어젖혔다.

"엇!"

"아!"

순간 주변에 있던 흑사풍의 무사들이 갑작스레 탄성을 흘려냈다. 목함에서 흘러나오는 그윽한 주향이 사람들의 정신을 혼미하게 만들었던 것이다.

"이건 정말 제대로군."

단지 향기만으로도 흑사풍 무리의 우두머리가 술의 진가를 알아챘다.

"제가 비록 어깨너머로 배운 솜씨지만 허투루 술을 빚지는 않지요."

왕춘이 자신감을 드러내며 목함에 든 열두 개의 대나무 통 중 하나를 꺼내 들었다.

"이 안에 든 선죽주는 그대로 마실 수가 없습니다. 이건 수년 간 정제된 주정이지요. 여기에 적당량의 물을 섞으면 그때 사람이 달게 마실 수 있는 선죽주가 되는 것입니다. 이때 또 중요한 것이 물인데 다행히 이 야천릉의 샘은 물이 맑고 그 맛이 깊어 아주 제대로 된 선죽주를 만들 수 있을 것입니다."

"어, 어서 해보게."

흑사풍의 사내가 입맛을 다시며 왕춘을 재촉했다. 그러자 왕춘이 득의양양한 미소를 흘리고는 다시 마차로 가서 이번에는 어른 몸통만 한 항아리를 가져왔다.

왕춘이 항아리를 땅에 내려놓고 길러온 물을 부어 한 번 헹궈낸 후 항아리에 물을 삼분지 이 정도 채웠다. 그리고는 신중하게 물의 높이를 살핀 후 이번에는 목함에서 꺼낸 대나무 통의 마개를 열어 항아리에 선죽주의 주정을 부어 넣었다.

순간 좀 더 짙은 주향이 사방으로 퍼져 나갔다. 그러자 흑사풍의 무사들이 술을 마신 것도 아닌데 단지 그 내음에 취해 황홀한 표정을 짓는 것이었다.

왕춘은 항아리에 주정을 부은 후 일각 정도를 정성껏 저었다. 그리고는 일각여가 지난 후 허리춤에 차고 있던 표주박을 꺼내 항아리에서 술을 약간 떠낸 후 입으로 가져갔다.

"음!"

술맛을 본 왕춘이 고개를 끄덕였다.

"어떤가?"

흑사풍의 사내가 급히 물었다.

"아주 잘되었습니다. 한 번 드셔 보시지요."

왕춘이 이번에는 한 바가지 술을 퍼서 사내에게 건넸다. 그러자 사내가 입맛을 다시며 표주박을 받아 든 후 한 모금 술을 입에 머금었다. 술을 입에 담고 잠시 오물거리던 사내의 표정이 한순간 환해졌다.

"이건… 이건 제대로 된 선죽주야!"

사내가 탄성을 흘렸다. 그러자 그의 주위에 있던 흑사풍의 무사들이 저마다 입맛을 다시며 사내를 바라봤다. 마치 먹이를 들고 있는 주인을 바라보는 개들처럼 흑사풍 무사들의 입가에 침이 흘렀다.

"노인장, 이 술을 정말 우리에게 공짜로 주겠다는 말인가?"

"그, 그렇습니다. 하지만 뭐 금자를 조금 주시겠다면 그 또한 감사한 일이지요. 하하하!"

왕춘이 겸연쩍은 표정으로 웃었다. 그러자 사내가 호방하게 고개를 끄덕이며 말했다.

"암, 이 술은 공짜로 얻어먹을 수 있는 술이 아니다. 진정한 주객은 제값을 치르고 술을 먹지. 걱정 마시오. 노인장. 내 술값은 제대로 쳐 주리다."

"아이고, 그래 주신다면야 저야 감사합지요."

"보자, 사생!"

"예, 삼대주님!"

"내 칼을 가져와 봐."

삼대주라 불린 거한의 말에 사생이란 이름을 지닌 자가 재빨리 안으로 들어가더니 두 손으로 거대한 청룡도를 낑낑거리며 들고 나왔다. 그러자 삼대주란 자가 기다렸다는 듯이 청룡도를 받아들더니 한 손으로 나무토막 휘두르듯 청룡도를 휘둘렀다.

우우웅!

청룡도가 일으키는 파공음이 한밤중 불어대는 태풍의 울음보다 강렬하다.

왕춘은 그런 삼대주 앞에서 죽음을 앞둔 사람처럼 오금을 떨고 있을 뿐 자리를 피할 생각도 못하고 있었다. 그러던 한순간 풍차처럼 돌아가던 청룡도가 번개처럼 왕춘의 목을 베었다.

"헉!"

왕춘이 목을 훑고 지나가는 서늘한 기운에 자신도 몰래 두 손으로 목을 감쌌다. 그러나 다행히도 그의 목에선 한 방울의 피도 흘러나오지 않았다.

턱!

놀란 왕춘을 앞에 두고 흑사풍 삼대주가 청룡도를 땅에 내리꽂았다.

"이제 자네의 선죽주에 대한 값을 치르겠다."

"아이고, 되었습니다. 천하의 영웅대협을 접대하는 것만으로도 가문의 영광인데 어찌 금자까지 욕심내겠습니까?"

왕춘이 손을 내저으며 말했다. 그러자 삼대주가 고개를 저으며 말했다.

"아니야. 그래서야 내 체면이 서지 않지. 천하의 흑사풍 삼대주가 그 귀한 선죽주를 공짜로 얻어먹었다는 소문이 강호에 돌면 사람들이 날 어찌 생각하겠는가. 그러니 노인장은 두려워 말고 내 계산을 들어보게."

"그, 그럼 경청하겠습니다."

왕춘이 얼른 고개를 조아렸다.

"에… 본래 우리 흑사풍이 이 야천릉을 점거한 이후 야천릉에 든 자는 한 명도 없다."

"그야 그렇겠지요. 천하의 흑사풍이 점한 곳을 어찌 세인이……."

"그러나 간혹 흑사풍의 이름을 잊고 야천릉에 진입하려는 자가 있기는 했지. 물론 그들은 결코 야천릉 안으로 발을 들이지 못했지만! 왜냐하면 노인장도 짐작하다시피 그자들은 모두 나의 이 청룡도에 목이 달아났거든."

순간 왕춘이 흠칫하며 더욱 고개를 숙였다.

"당연한 일입지요. 대협의 도 쓰는 법은 신장(神將)과 같아서 천하의 그 누구도 감히 대항하지 못할 것입니다."

"하하하, 장사치답게 과연 언변이 좋군. 어쨌든 그래서 이 야천릉에 들려던 자는 누구라도 목숨을 그 값으로 내놓아야 했단 말이야. 그런데 노인장은 야천릉에 들어왔을 뿐 아니라 샘에서 물까지 길어 왔어. 그러니, 노인장의 목숨은 누구 것인가?"

흑사풍 삼대주가 은근한 살기를 흘려내며 물었다. 그러자 왕춘이 사색이 되어 그 자리에 바싹 엎드렸다.

"아이고, 사, 살려주십시오. 선죽주의 값은 제 목숨값으로 넘치고도 남게 받았으니 마음껏 드시고 제발 제 목숨만은……."

"하하하, 과연 노련한 장사꾼이라 셈이 빠르군. 음… 목숨값을 술로 대신하는 것은 아무래도 내가 손해나는 장사이나 나 판무동은 흥이 동하면 손해를 마다않는 장부이니 내가 양보하지. 노인장은 죽통에 든 주정 반을 선죽주로 만들라. 나머지 반은 아껴두었다가 이번에 우리 흑사풍의 행사가 성공을 거두면 그때 축하주로 쓰겠다."

"아, 알겠습니다."

왕춘이 머리를 조아리며 재빨리 일어나더니 마차에서 항아리를 더 내려놓기 시작했다.

"자넨 뭐하나? 얼른 날 돕게."

마차에서 항아리 네 개를 내려놓은 왕춘이 한쪽에 뻘쭘히 서 있는 석요송을 보며 말했다. 그러자 석요송이 짐짓 놀란 얼굴을 하더니 이내 석요송 곁으로 다가와 항아리에 손을 대었다.

"어때 잘되었지?"

석요송이 항아리를 들기 위해 허리를 숙이자 왕춘이 빙긋 눈웃음을 치며 속삭였다.

"어르신께선 정말 노련하시군요."

"흐흐흐, 저런 무식한 놈들을 다루는 것은 여반장이지."

왕춘이 나직하게 실소를 흘리고는 항아리를 들고 다시 판무동이라는 이름을 쓰는 흑사풍 삼대주 앞으로 다가갔다. 그리고는 항아리를 씻어 낸 후 다시 주정과 물을 부어 선죽주를 만들기 시작했다.

그렇게 잠시 후 장내에 다섯 개의 선죽주 항아리가 만들어졌다. 그러자 판무동이 하나하나의 항아리에서 모두 술맛을 본 후 연신 고개를 끄덕이며 말했다.

"좋아. 아주 좋아. 이건 정말 망산에서 나오는 진품의 선죽주를 능가하는군. 이봐라."

판무동이 수하들을 불렀다.

"옛, 삼대주님!"

앞서 판무동의 청룡도를 가지고 나온 사생이란 이름의 흑사풍 무사가 얼른 대답했다.

"한 항아리는 내 막사에 가져다 놓고, 나머지는 너희가 나누어 마시도록 해라. 그리고 남은 주정들은 시원한 곳에 잘 보관하도록 해. 하나라도 사라지면 네놈들 목이 달아날 테니 조심들 하고!"

"명대로 하겠습니다, 대주!"

"좋아. 그리고 노인장!"

"예,예, 대협!"

"선죽주를 만드느라 물을 다 써버렸으니 다시 물을 길어와야 겠구먼."

"허락만 해주신다면!"

"아, 물론 허락하고 말고. 이 귀한 술을 주었는데 어찌 물을 아낄까. 얼른 물을 길어와 그만 떠나게."

"고맙습니다. 대협! 가세."

왕춘이 얼른 석요송을 재촉해 텅 비어 버린 물주머니를 들고 야천룽의 샘을 향해 달려가기 시작했다. 그러자 석요송이 재빨리 그 뒤를 따랐다.

"흐흐흐, 어리석은 늙은이. 애초에 선죽주 같은 것을 드러내지 말았어야지. 일단 이 귀한 술을 보면 누가 빼앗지 않고 그냥 보낼 것인가? 하하, 아무튼 오늘 아주 횡재를 했군. 얼른 술을 내 막사로 가져와라, 너희도 한 잔씩 마시고. 하지만 경계를 늦춰서는 안 된다!"

"명심하겠습니다, 대주!"

주변의 흑사풍 무사들이 선죽주에 대한 욕심에 입맛을 다시며 우렁차게 소리쳤다.

"좋아. 모두들 수고해!"

판무동이 호탕하게 대답을 하고는 훌쩍 신형을 날렸다. 그러자 태산 같던 그의 몸이 바람처럼 안쪽으로 사라지는 것이었다.

"놈들, 잘도 마시는군."

샘가에 앉아 물을 길으며 왕춘이 선죽주를 나눠 마시고 있는 흑사풍의 무사들을 보며 중얼거렸다.

"얼마나 기다려야 합니까?"

"약한 놈은 일각에도 정신이 혼미해지지. 물로 희석시켰다 해도 선죽주는 독주네. 술은 독주가 곧 명주란 말씀이야. 보통 내기라면 대략 이각… 일류고수라면 한 시진이 필요하지."

"이곳에서 기다릴 수는 없겠군요."

"물러났다가 다시 와야 할 걸세."

왕춘의 말에 석요송이 고개를 끄덕이고는 물주머니를 들고 일어났다. 두 사람은 서둘러 샘에서 내려온 후 잔뜩 겁을 먹은 표정으로 급히 물주머니를 마차에 싣고 야천릉을 떠났다. 흑사풍의 무사들은 선죽주의 강렬한 향에 취해 두 사람이 떠나는 것에 관심을 두지 않았다.

그렇게 야천릉을 벗어난 두 사람은 그리 멀지 않은 곳에서 말을 멈췄다. 광야는 시야가 넓었으므로 야천릉 흑사풍 무사들이 보자면 능히 두 사람의 모습을 지켜볼 수 있는 거리였다. 그러나 그들은 이미 취기가 올라 사방을 경계하는 일을 소홀히 하고 있었다.

"이제 가볼까요?"

멀리서 야천릉의 흑사풍 진영을 바라보고 있던 석요송이 말했다.

"좋아. 가보자고! 각오는 되어 있겠지?"

왕춘의 말에 석요송이 고개를 끄덕였다. 그러면서 신중한 어조로 말했다.

"이 싸움은 제 싸움이니 만약 일이 어그러져 목숨이 위험해

지면 지체 말고 떠나십시오."

"자넬 두고?"

"제 걱정은 마십시오."

"흐흐, 내 걱정도 말게. 가자구!"

왕춘이 채찍을 들어 말의 엉덩이를 때렸다. 그러자 그가 탄 마차가 야천릉을 향해 질주하기 시작했다. 그 뒤를 석요송의 마차가 바람처럼 따라붙었다.

『북천십이로』 2권에 계속…

NOMEN

노멘

이영균 장편 소설

억울한 누명으로 인한 감옥살이 1년.
직장, 친구, 애인도… 모두 떠나 버렸다.

911테러 이후, 극비리에 진행된 프로젝트,
그리고 그 결과물, 슈퍼컴퓨터 HAL8999

대한민국의 평범한 청년 동범과
인류가 만든 최고의 컴퓨터에서 깨어난 존재의 만남.

Nomen est omen 이름이 곧 운명!

인류의 미래를 가르는 사건은
이 우연한 만남으로부터 시작되었다.

Book Publishing CHUNGEORAM

유행이 아닌 자유추구~
WWW.chungeoram.com

Lord of MAGIC TOWER
마탑의 영주

유왕 퓨전 판타지 소설

최대 장르 사이트 문피아 선호작 베스트!
작가 유왕이 그려내고,
청어람이 펼쳐내는 신마법의 세계!

『마탑의 영주』

마법이 사라지고,
드래곤은 환상 속의 신화가 되어버린 세계.
누구도 그 흔적을 알지 못하는 세계.

"마법이 사라졌다고? 누가 그래? 내가 있는데!"

위대한 마법사이자 마지막 마법사인
스승의 진전을 이은 카르!
황폐해진 영지를 되찾고, 마법사들의 꿈인 마탑을 세워라!
세상에 오직 하나뿐인 새로운 마법의 시대를 여는
독보가 펼쳐진다!

Book Publishing CHUNGEORAM

유행이 아닌 자유추구-
WWW.chungeoram.com

TURNING POINT
터닝 포인트

홀로선별 장편 소설

터닝 포인트

영빈!
동정의 몸이 되어
20년 전으로 회귀하다!!

나이 서른아홉 모든 것을 잃고 한강 다리 위에 올랐다.
검푸르게 넘실거리는 깊은 물을 대면한 순간.

운.명.은 이루어졌다!

정령의 힘으로 결의한 지금
새로운 인생의 전환점을 넘어 미래가 펼쳐진다!

『터닝 포인트』

홀로선별 작가의 새로운 도전이 펼쳐진다!

제국의 군인

요람 판타지 장편 소설

마도제국 알스테르담
그곳에 펼쳐지는 웅장한
스펙터클의 전율!

『제국의 군인』

"이런 미친……!'

분명 어제 전역을 했었다.
그리고 진탕 술을 마셨었는데……
눈을 떠보니 김철영이 아닌 휘안이다.

**살아남기 위해 미친개가 되었고,
돌아가기 위해 수문장이 되었다.**

징집병으로 시작해,
군인으로 정점을 찍은
한 사나이의 이야기가 시작된다!